우진 현대 판타지 장편소설

WISHBOOKS MODERN FANTASY STORY

다시 태어난 베토벤

다시 태어난
베토벤 18

우진 현대 판타지 장편소설

초판 1쇄 찍은 날 | 2020년 9월 21일
초판 1쇄 펴낸 날 | 2020년 9월 28일

지은이 | 우진
펴낸이 | 예경원

기획 | 위시북스
편집책임 | 이은송
편집 | 위시북스

펴낸곳 | 예원북스
등록번호 | 제396-2012-000132호
등록일자 | 2012. 7. 25
KFN | 제1-560호

주소 | 경기도 고양시 일산동구 호수로 646-24 위너스21Ⅱ빌딩 206A호 (우)10401
전화 | 031-819-9431 팩스 | 031-817-9432
E-mail | yewonbooks@naver.com

ⓒ우진, 2019

ISBN 979-11-365-4081-2 04810
      979-11-6424-234-4 (set)

우진 현대 판타지 장편소설

WISHBOOKS MODERN FANTASY STORY

다시 태어난 베토벤

18

Wish Books

CONTENTS

· 103악장 ·

속일 수 없는 것

한편 중계를 통해 거장의 선택을 지켜보고 있던 전 세계 음악 팬들은 혼란에 빠졌다.

└그러고 보니 그러네?

└저게 무슨 말이야? 모든 언론이 부패했다는 건 진짜 평단이 단합해서 아리엘 죽이기라도 했단 말이야?

└당사자가 하는 말인데 뭔 말인들 못 할까. 아리엘 얀스는 노답인 거 맞아.

└빡빡하다고 난리가 난 베토벤 기념 콩쿠르에게 만점을 받았는데 그 소리가 나옴?

└이거 음모임. 음악가들이 아리엘 얀스 살리려고 단합해서 만점 주

고 우승한 거임.

└미친 소리 하고 앉았네. 푸르트벵글러랑 토스카니니, 사카모토, 얀스, 발터, 배도빈이 그런 짓을 했다고?

└음악 좋았는데?

└난 뭐가 뭔지 모르겠다. 일단 적어도 만점 받을 만큼 좋았다고 생각함. 엄청 감동받았음. 콩쿠르가 조작되었다는 말은 못 믿겠는데.

└아리엘이 니아 발그레이를 이길 리가 있냐! 말도 안 되는 일이다!

└와, 이거 진짜 사실이면 소름인데. 차채은 말이 다 진실이었다면 평단이 멀쩡한 음악가 한 명을 재기불능으로 만들었단 거잖아;;

└멀쩡한 음악가 수준이 아니지. 심사위원단 반응 못 봤냐?

└굳이 심사위원단이 아니었어도 충분히 감동받았음. 왈츠 잘 모르는 나도 너무 좋았고. 지금 아리엘 욕하는 사람들은 대체 뭔 생각이야?

로버트 패트릭이 심어둔 아르바이트생들은 혼란에 빠졌다.

어떻게든 아리엘 얀스를 깎아내리고 레이라를 옹호해야 했는데, 두 사람이 동일인물이라는 것이 밝혀지면서 자신들도 무슨 말을 하는지 모를 채팅을 남기고 있었다.

"정말 멋진 소감이었습니다. 제3회 베토벤 기념 콩쿠르 우승을 축하드립니다!"

"아리엘! 아리엘!"

"아리엘! 아리엘!"

"대감!"

그러는 와중에도 시상식은 진행되었고, 진달래가 해일과 같이 밀려드는 환호를 뚫고 뛰쳐나왔다.

연인이 서로를 안아주는 장면은 많은 이들의 가슴을 뭉클하게 하였다.

"아."

"그러고 보니."

"그럴 줄 알았어."

"난 알고 있었지."

베를린 필하모닉의 단원들은 진달래가 본에 와 있었다는 사실을 떠올리며, 그녀가 왜 모든 휴가를 다 써가며 이곳에 와야 했는지 이해할 수 있었다.

마리 얀스가 심사위원석에서 벗어나 시상식이 이뤄지는 무대로 걸어 나갔다.

그를 확인한 진달래가 자리를 비켰고 아리엘은 천천히 조부를 향해 걸었다.

"할아버지."

"오오. 아리엘, 아리엘."

조부와 손자의 뜨거운 포옹 역시 뭇사람들의 눈물샘을 또한 번 자극했다.

한편.

"헐."

최지훈과 함께 거장의 선택을 지켜보고 있던 차채은의 눈은 튀어나올 것만 같았다.

최지훈이 야단법석을 떨었다.

"채은아! 얀스 씨야! 얀스! 어떻게 알았어? 도빈이도 나도 전혀 눈치 못 챘는데!"

"어, 어?"

최지훈에 의해 몸이 앞뒤로 휘둘리는 와중에도 차채은은 레이라와 아리엘 얀스가 동일 인물이라는 사실을 믿을 수 없었다.

그저 닮았다고 생각했을 뿐.

같은 사람일 줄은 꿈에도 몰랐다.

"대단하잖아! 정말 대단하잖아!"

"그, 그만 좀 흔들어!"

"멋지다, 차채은! 멋있어!"

"아! 쫌!"

최지훈은 차채은이 자신만의 시선을 갖추고 아무런 편견 없이 글을 쓸 수 있었다는 데.

그리고 그것을 거장의 선택을 지켜보던 모든 사람에게 알려졌다는 사실에 너무나 감격했다.

차채은은 자신보다 더 기뻐해 주는 최지훈에게 이끌려 강제로 춤을 추면서도 얼떨떨했다.

♩

"이게 어떻게 된 일이야!"

로버트 패트릭이 책상을 내려쳤다.

분노가 치민 탓에 통증조차 느낄 수 없었다.

"음모다. 이건 음모야! 잠적했던 놈이 1억 명이 보는 프로그램에서 우승을 해? 배도빈이냐! 마리 얀스가 사주한 일이냐고!"

단 한 순간의 일이었다.

모든 것이 완벽했거늘.

평단의 권위에 도전한 아리엘 얀스를 완전히 무너뜨리고, 그의 입맛에 맞는 음악가를 어떻게 어르고 달랠지 상상했던 로버트 패트릭은 뒤통수가 얼얼하였다.

"교수님, 저……."

"뭐야!"

연구원 마손 절머니가 전 세계 클래식 음악 팬들이 모인 사이트를 보였다.

ㄴ로버트 패트릭 수준ㅋㅋㅋㅋㅋ

ㄴ그렇기 까대더니 결국 같은 사람ㅋㅋㅋㅋㅋ 나 같으면 쪽팔려서 활동 못 한닼ㅋㅋㅋ

ㄴ나 그 사람 강의 듣는데 다음 수업에 어떨지 너무 궁금함 ㅎ

ㄴ와, 저런 자리에서 공개적으로 실망했다고 하네. 모르긴 해도 로버트 패트릭이나 북미 평론가 협회 말하는 거겠지?

ㄴ싸워라! 싸워라!

ㄴ또 무슨 말로 뻔뻔하게 나올지 궁금해 미치겠넼ㅋㅋㅋ

ㄴ패트릭 행님 보고 계십니까? 님 엿 됐습니다. 깔깔.

ㄴ차채은 까던 애들 다 어디 갔냐?

ㄴ이거 말이 안 됨. 심사가 잘못 되었음. 니아 발그레이가 우승해야 하는 게 당연하지 않나?

ㄴ알바들 뇌정지 왔닼ㅋㅋㅋ 심사위원단 권위 믿고 그렇게 빨던 놈들이 이제 심사가 잘못됐다고 하넼ㅋㅋㅋㅋ

"이것들 당장 그만두게 해!"

로버트 패트릭은 자신이 고용한 댓글 부대들이 더는 헛소리를 못 하도록 지시했다.

"뭘 꾸물거리고 있어! 당장 안 움직여! 박사 학위 필요 없어?"

마손 절머니를 내쫓은 로버트 패트릭은 우승 트로피를 들고 환하게 미소 짓는 아리엘을 보다가 이내 모니터를 뜯어 던져 버렸다.

그러고도 분이 풀리질 않아 책상에 있는 물건을 전부 집어 던진 뒤에야 냉정을 찾을 수 있었다.

"아니지. 아니야. 내가 이렇게 무너질 리 없지. 그래. 많이 발전했다고 하면 돼. 누구도 못 알아볼 정도로 성장했다고 인정하면 아무 문제 없어. 짜증 나는 방법이긴 해도 어쩔 수 없지."

오랜 세월 쌓아온 경험은 로버트 패트릭에게 지금은 굽혀야 할 때라고 말해주고 있었다.

말을 바꾸는 것은 얼마든지 가능했다.

애초부터 자신의 말에 책임질 생각이 조금도 없었다.

신념 없이, 남의 말을 인용할 뿐이었기에 조금도 망설여지지 않았다.

다만 마음에 걸리는 것이 있다면 자신의 권위에 흠이 난다는 것.

'멍청한 학생'과 '무지한 대중'에게 고개를 숙여야 한다는 점이 불쾌했으나 이 사건만 지나면 또 언제 그랬냐는 듯 그들에게서 돈을 뽑아먹을 수 있을 터였다.

그가 아리엘 얀스를 의도적으로 공격했다는 증거는 결코 나올 수 없었다.

아리엘 얀스와 차채은, 한이슬이 아무리 떠들어대도 평단은 결코 흔들리지 않을 터.

모두가 공범이기에 이러한 위기일수록 더욱 똘똘 뭉칠 것이었다.

지금까지 수많은 위기를 그렇게 헤쳐왔다.

그러나.

로버트 패트릭의 계획이 실현되는 일은 일어나지 않았다.

♪

베토벤 기념 콩쿠르 종료 후 일주일 뒤.

파이널리스트 네 명의 곡을 베를린 필하모닉의 연주진이 연주하는 날에 맞춰 전 유럽에 클래식 음악계를 발칵 뒤집는 뉴스가 전해졌다.

-최근 음악계가 음악가와 평단으로 나뉘어 치열한 공방을 주고받고 있지요. 관련 내용을 확인해 보도록 하겠습니다. 제인 기자?

-네. 저는 지금 베를린 필하모닉의 루트비히홀 앞에 나와 있습니다. 이곳의 악단주 배도빈 씨는 평단에 소속된 이들이 음악을 평하기보다 권력을 이용해 이권을 챙기기에 급급하다고 발언하였습니다.

-배도빈 씨는 평소에도 평론가에 대해 부정적 입장을 취하셨는데요.

-그렇습니다. 그러나 이번 일은 작은 해프닝으로 끝나지 않을 것 같습니다. 얼마 전 베토벤 기념 콩쿠르의 심사를 맡았던 거장들을 비롯해 세계 클래식 음악 협회 회원 모두 평단에 보

이콧을 선언한 상태입니다. 전 세계 음악인이 모두 모인 것은 지난번 홍콩 이후 처음 있는 일입니다.

-대체 무슨 이유 때문인가요?

-세계 클래식 음악 협회는 평단이 작곡가 아리엘 얀스와 칼럼니스트 차채은, 평론가 한이슬을 의도적으로 압박해 왔다고 주장하고 있습니다. 평단은 이를 적극적으로 부정하고 있었는데요. 어제, 로버트 패트릭 교수 아래서 연구원으로 재직하고 있던 이의 내부고발로 파장이 확산되고 있습니다.

-네, 수고하셨습니다. 자세한 이야기를 듣기 위해 이번 일의 당사자이신 이슬 한 씨를 모셨습니다. 안녕하세요?

-안녕하세요.

-로버트 패트릭 교수의 연구원으로 있던 분께 제보를 받으셨다고 들었습니다. 어떤 내용인가요?

-지금까지 로버트 패트릭 교수가 여론을 조작하기 위해 200명을 고용했다는 점과 친분 있는 평론가들에게 기사 내용을 제공했다는 이야기를 제보받았습니다.

-사실이라면 정말 큰일이 아닐 수 없습니다만, 한 사람의 발언을 마냥 믿을 수는 없지요. 어떤 근거를 갖고 계신가요?

-지금까지 로버트 패트릭 교수가 연구비를 횡령한 정황과 그것을 여론 조작에 활용한 내용이 적힌 장부 그리고 그가 동료 평론가와 주고받은 메시지 파일을 확보하였습니다. 언론과 평

단이 금전을 대가로 여론을 조작한 사실이 곧 밝혀질 겁니다.

해당 뉴스는 그 즉시 전 유럽으로 확산되었다.

영국 BBC, 독일 ARD, 프랑스 TF1, 스페인 Antena 3, 이탈리아 Rai 등 주요 국가의 뉴스에서 방영되었다.

한이슬 칼럼니스트는 마손 절머니가 제공한 정보를 활용하여 해당 사실을 적극적으로 알렸다.

조사에 착수한 검찰에게도 증거를 이관함과 동시에 본인 역시 증거 유출 혐의로 조사를 받게 되었다.

사태의 심각성을 깨달은 여론은 여태껏 속아 왔다는 사실에 크게 분노하였고 잡지 구독 취소, 온라인 개인 채널 가입 취소 등의 방식으로 화를 표출하였다.

관련 소식이 대서양을 넘기까지는 단 하루도 필요치 않았다.

북미 클래식 음악 팬들도 유럽과 마찬가지로 크게 반응했다.

로버트 패트릭 교수가 재직하고 있는 카네기 워터멜론 음대생들은 피켓을 들고 시위를 벌이기도 하였다.

그러한 상황에서 패닉에 빠진 로버트 패트릭의 연락을 받는 사람은 아무도 없었다.

"제기랄. 제기랄!"

집 앞에 진을 치고 있는 기자와 파파라치, 시간마다 수백 개씩 날아드는 비난성 이메일, 터질 듯이 울려대는 전화기로 로버트 패트릭은 제정신을 차릴 수 없었다.

그는 몰래 자택에서 빠져나와 연구실로 피신했다.

그리고 사건의 원흉을 발견할 수 있었다.

"너! 네가 어떻게 이럴 수 있어! 내가 널 얼마나 아꼈는데! 감히 내 등에 비수를 꽂아?"

로버트 패트릭 교수의 노성에도 마손 절머니는 어깨를 으쓱일 뿐이었다.

"12년간 박사 학위 하나 안 주고 부려 먹히긴 했는데, 귀염받은 기억은 없네요."

"뭐, 뭐?"

"그런 머리로 대체 박사 학위는 어떻게 땄대? 아직도 이해가 안 돼?"

"너 그게 무슨 말버릇이야!"

"정신 차리라고, 이 미친 노인네야. 난 더는 못 해 먹겠고 갈 길 가려니까 넌 그간 했던 죗값이나 치러."

로버트 패트릭은 당장 일주일 전만 해도 자신의 발이라도 핥을 듯 아부를 떨어대던 남자에게 어깨를 치이고 그대로 쓰러졌다.

"아, 아안 돼. 안 돼. 마손! 마손!"

다급히 일어난 로버트 패트릭이 마손 절머니를 돌려세웠다.

"자네가 뭘 서운해했는지 알았네. 올해. 올해만 넘기면 한 자리 알아봐 주지. 자네 딸 학교에 들어가지 않나. 와이프 좋은 옷도 사 줘야지."

로버트 패트릭은 괜히 마손 절머니의 옷을 털고 그의 팔을 붙잡으며 광기에 찬 눈으로 그를 바라보았다.

그러나 그의 눈에 비치는 것은 혐오스러운 물건이라도 보는 듯한 싸늘한 눈뿐이었다.

"이 새끼가 아직도 정신을 못 차렸네. 지금도 너한테 그런 힘이 있을 것 같아? 이 지경에도 네 연락 받는 사람이 있어?"

"그건."

"이미 늦었어. 끝났다고."

"아, 아니야! 자네가, 자네가 조작된 증거라고 말만 하면!"

마손 절머니가 로버트 패트릭을 뿌리쳤다.

그 바람에 엉덩방아를 찧은 로버트 패트릭이 고통을 호소할 때, 마손 절머니는 자조했다.

"그래, 내 와이프, 딸. 멍청하게 박사 한번 되겠다는 남편이랑 아빠 믿고 여태 고생만 했지."

"그, 그래. 그러니 지금이라도."

"그런데. 이젠 다 끝났어. 네 병신짓 때문에 다 날아갔다고. 너랑 똑같은 놈으로 볼 텐데 누가 날 받아주겠어? 그런데 그걸로도 모자라 이제 증거를 조작했다고 하라고? 모든 걸 뒤집어쓰라고?"

"금방, 금방 빼주겠네. 그간 자네 와이프랑 딸도."

"개소리 집어치워. 한 번만 더 그 더러운 입에 나와 내 가족을 담거든 혀를 뽑아버릴 거니까."

로버트 패트릭은 마손 절머니가 자신의 얼굴에 뱉은 침을 닦아낼 생각도 못 하고 몸을 떨었다.

북미 평론가 협회를 향한 대대적인 수사가 연일 보도되었다.

마손 절머니가 제공한 로버트 패트릭의 장부에는 무려 3,000명 이상이 연루되어 있었고.

수많은 언론인과 평론가가 금전을 대가로 평론을 써댔던 사실과 함께 유력 음악업체들이 그들에게 자금을 공급한 정황까지 낱낱이 밝혀지고 있었다.

현금을 통한 거래도 있었으니 경·검 이외에 미연방국세청까지 수사에 참여.

단 한 명의 예외도 없이, 세무범죄조사국의 무자비한 수사를 받아야만 했다.

그 과정에서 살아남을 수 있는 평론가, 언론인, 기업은 없었다.

로버트 패트릭을 포함한 평론가들은 그들의 정·재계 인맥을 동원하여 사태를 수습하고자 했으나 미연방국세청 산하 세무범죄조사국은 어떠한 걸림돌도 없이 그들의 자금 이동 정황을 털었고.

　지난 수십 년간 탈세를 이어온 평론가, 언론인 그리고 그들에게 자금을 대주었던 기업들은 그들이 감당할 수 없는 세금을 물어야만 했다.

　도덕적인 문제로 소비자를 잃은 손실과 형사상의 처벌 이전에 그들의 삶은 철저하게 무너졌다.

　그러한 상황에서 인플루언서 댄 하디는 유일하게 무혐의를 받았는데, 자신의 블로그를 통해 억울함을 표출하였다.

　-나는 진짜 억울하다니까? 무혐의라고. 난 돈 같은 거 받고 글 쓰는 사람 아니야. 단지 차채은이 한 말이 너무 말이 안 되니까 그랬던 거지. 평단 전체가 그럴 줄 누군들 알았겠냐? 정말 너무 억울해.

　그러나 그의 호소는 이미 사건의 전말을 알게 된 대중을 속일 수 없었다.

　ㄴ이 새끼가 젤 병신임ㅋㅋㅋㅋ

　ㄴㄹㅇ 돈도 안 받고 사기꾼들 똥 닦아주는 놈ㅋㅋㅋㅋㅋㅋㅋ

　ㄴ아, 그래서 로버트 패트릭이랑 찍은 사진이 3장이나 있어요? ㅎ

　ㄴ어떻게든 로버트 패트릭한테 빌붙어서 콩코물 주워먹으려 했는데 실패하니까 발 빼는 거 보속ㅋㅋㅋ

ㄴ마손 절머니가 공개한 자료에 니 이름도 있던데 무슨ㅋㅋㅋㅋ

ㄴ내가 바본 줄 아냐?

ㄴ로버트 패트릭한테 얘는 그냥 공짜로 쓸 수 있는 말이었다는 거잖아. 진짜 멍청한 놈이넼ㅋㅋ

ㄴ진짜 개웃김ㅋㅋㅋㅋ 돈 받지도 않으면서 그런 글을 썼댘ㅋㅋ 결국 자기가 멍청하다고 밝히는 말밖에 더 됨? ㅋㅋㅋㅋ

ㄴ너도 마손 절머니처럼 자수하고 형량이나 감형받아ㅋㅋㅋㅋ 아, 돈도 안 받고 발가락 핥아서 혐의는 없었구나 ^^

30만 명이 넘던 댄 하디의 블로그 구독자는 매일 1만 명 이상이 줄어들었다.

광고주들의 요청으로 그에게 붙어 있던 광고가 모두 내려갔고, 그렇게 구독자도 수익 모델도 잃은 댄 하디의 말을 믿어주는 사람은 고작 몇 백 명 수준이었다.

그는 끝까지 자신의 무혐의를 근거로 억울함을 호소했으나.

음악 칼럼니스트란 사람이 무엇이 옳은지에 대한 기준과 판단도 없이 무작정 달려들었다는 점에서 신뢰받을 수 없었다.

한편.

전 일본 클래식 음악 조합장 나카무라 이데도 이러한 상황을 놓치지 않았다.

그는 지금도 일본 및 유럽에서 활동하며 세를 유지하는 도요토미 류토와 일본 음악계의 종양, 일본 클래식 음악 협회를 몰아내기 위해 그간 준비했던 자료를 적극적으로 풀었다.

그 과정에서 한이슬과의 연대는 훌륭한 시너지를 보였다.

한이슬은 평단과의 전쟁 때문에 잠시 미뤄두었던 니혼 필하모닉 단원들의 집단 사망 사건에 관한 정보를 나카무라 이데에게 제공.

나카무라 이데 조합장은 이와 같은 사실을 의도적으로 숨긴 일본 클래식 음악 협회와 도요토미 류토를 규탄하는 성명을 냈다.

일본 국민의 반응도 전과 달랐다.

타마키 히로시 덕분이었다.

베토벤 기념 콩쿠르를 통해 일본에도 배도빈, 최지훈, 아리엘 얀스와 같이 뛰어난 젊은 음악가가 있었음을 깨달은 일본 국민은 그의 요절을 깊이 슬퍼했는데.

나카무라 이데의 도움으로 타마키 준코가 도요토미 류토와 일본 클래식 음악 협회로부터 이용당했던 정황을 밝힌 것이었다.

젊은 천재의 비극적 상황에 분개한 일본인들은 부패한 일본 클래식 음악 협회의 해체를 요구하였다.

최고 원로이자 권위자인 사카모토 료이치 역시 동참하니, 도요토미 류토와 일본 클래식 음악 협회에 대한 조사가 불가피해졌다.

사태의 심각성을 깨달은 도요토미 류토는 소환장을 받고도 귀국하지 않았다.

일본 내에서 살아남을 수 없다고 판단한 도요토미 류토는 자신이 재직하고 있는 대학에 머물며, 망명 신청을 하였다.

그러한 사실이 알려지자 일본인들은 더욱 분개, 독일인들조차 도요토미 류토와 같은 쓰레기를 받아들일 수 없다고 나섰다.

독일 이민보호심판소도 범법자의 망명 신청을 기각.

철저하게 고립된 도요토미 류토에게 마지막 비수가 날아들었다.

"네. 맞아요. 산타마르크 대학에 있을 때 자꾸 엉덩이를 만지더라고요. 자기 말 들으면 정식으로 학교 다니게 해주겠다고. 거기를 걷어차 주고 나왔죠."

오래 전 묻혔던 도요토미 류토 교수의 대학생 성폭행 사건이 한 용기 있는 음악가에 의해 다시금 폭로된 것이었다.

한이슬의 양심선언으로 다시금 재조명된 해당 사건에 대한 취재가 이어지던 중 세계적인 피아니스트 니나 케베리히가 자신의 청강생 시절 경험을 언급한 것.

그녀의 발언에 당시 도요토미 류토의 교수로서의 권위, 추천서를 빌미로 협박받았던 학생들도 목소리를 높였다.

비록 그들이 보상받을 길은 없었고 너무나 오래된 일이라 증거조차 제대로 잡을 수 없었지만.

일본, 독일을 물론 국제사회에서도 버림받은 도요토미 류토를 마지막 도피처에서 끌어낼 수는 있었다.

분노한 학생들과 피해자들의 목소리로 대학은 도요토미 류토를 해임하였다.

독일에 남아 있을 수 있는 명분이 사라진 그는 비자가 종료되는 시점까지 버티다, 일본으로 향해 처벌받길 기다리는 수밖에 없었다.

그러나.

그런 도요토미 류토조차 이 거대한 흐름 속에서 자신의 죗값을 가장 혹독하게 치른 사람은 아니었다.

영국 런던, JH그룹 사옥.

"흐음."

단 4년 만에 JH그룹을 유럽 최고의 음악 플랫폼, 악기제조업체, 음향업체, 공연사업체, 매니지먼트로 키워낸 굴지의 사업가 최우철이 턱을 쓸었다.

"말해보게. 대체 무슨 생각이었는지."

최우철은 그의 집무실로 초대한 해먼 쇼익에게 물었다.

해먼 쇼익은 소파 끄트머리에 걸터앉아 몸을 떨며 아무 대답도 하지 못했다.

기다리기 지루했던 최우철이 검지와 중지를 들었다.

곧 그의 비서가 시가를 손질해 최우철에게 들려주었다.

성냥으로 불을 붙이고 향을 느낀 뒤에도 해면 쇼익이 아무 말 없자 최우철이 다시 입을 열었다.

"겁먹지 말고. 정말 궁금해서 묻는 거니."

"죄, 죄송합니다."

"아니지. 아니야. 내가 두 번이나 묻지 않았나. 무슨 생각이었냐고."

최우철은 해면 쇼익을 이해할 수 없었다.

"난 자네 같은 사람을 싫어하지 않아. 도리어 신뢰하지. 권력과 돈에 빌붙어 욕심으로 가득한 사람만큼 솔직한 이도 드물거든."

사업가 최우철이 가장 신뢰하는 사람은 돈에 미친 사람이었다.

속내를 감추고 양심에 의해 움직이는 사람은 결코 믿지 않았다.

원하는 만큼 쥐여주면 평범한 인간이 가진 최소한의 양심조차 아무렇지도 않게 여겨, 어떤 일도 저질러버리기에 최우철에게는 그보다 훌륭한 말도 없었다.

"무엇을 그리 두려워하나. 실제로 제임스 버만이 무너질 때도 자네를 내버려 두지 않았나."

"……."

"자네가 버만 가문에 충성했다면 그때 처리했겠지. 하지만 난 자네가 좋았어. 왜? 제임스 버만이 무너지면 또 다른 권력에 빌붙을 걸 알았기 때문이야. 자네는 훌륭한 가축이 될 수 있었다고."

최우철은 진심으로 그리 생각했다.

자금을 대주던 인터플레이가 무너졌으니 해먼 쇼익과 비슷한 부류의 가축들이 자연스레 새 주인을 모실 거라 여겼다.

유럽 음악계의 패권을 장악한 JH와 베를린파 음악계를 위해 나아가 아들 최지훈의 훌륭한 발닦개가 될 수 있다고 믿었다.

그 전까지 누구의 편에서 떠들었던 자신의 말과 입장을 바꿀 수 있는 사람이라고 판단했다.

그렇기에 JH와 JH의 수익의 상당량을 확보해 주는 베를린파 음악계에 빌붙어 나팔을 불지 않은 해먼 쇼익을 이해할 수 없었다.

최우철의 상식으로는 너무나 멍청한 선택이었다.

"도대체 왜 그런 짓을 저질렀나? 이제 조금 지루해지니 어서 말해보게."

"저, 저는……."

최우철은 인내심을 갖고 해먼 쇼익의 말을 기다려주었다.

"무슨 말씀을 하시는 건지 도통 모르겠습니다……."

최우철이 눈을 두 번 감았다 떴다.

시가 연기를 입에 머금었다가 길게 내뿜을 뿐이었다.

침묵이 이어지자 해면 쇼익이 다시 입을 열었다.

"저, 저는 그저 제가 생각했던 바른 일을……."

"거짓말은 좋지 않아. 특히 속일 수 없는 거짓말은 더더욱 말일세."

해면 쇼익은 미칠 지경이었다.

'이 미친놈이 대체 뭐라는 거야.'

그는 대체 왜 이곳에 끌려왔는지 이해할 수 없었다.

현재 영국을 좌지우지하는 실세가 왜 자신과 같은 글쟁이에게 관심을 보이는지, 대체 지금 무슨 말을 하는 건지 그리고 앞으로 무슨 일을 당할지 알 수 없어 두려웠다.

해면 쇼익의 입이 또다시 닫히자, 최우철이 그의 비서에게 눈길을 주었다.

그의 비서가 고개를 숙이더니 해면 쇼익에게 다가가 그의 귀에 대고 속삭였다.

그러고는 사진 한 장을 보여주자 해면 쇼익의 얼굴이 순식간에 사색이 되었다.

기름진 수염과 머리카락이 아무렇게나 자라 있는 남자의 사진이었다.

사진 속 제임스 버만은 족히 몇 달은 씻지 않은 듯 때 묻은 얼굴로 푸른곰팡이가 핀 빵을 입에 물고 있었다.

신발도 없이 구석진 골목에 쪼그려 앉은 그는 무척이나 겁을 먹은 듯 보였다.

해먼 쇼익이 가까스로 얼굴을 돌려 최우철을 바라보았다.

그는 태연히 눈썹을 들어 올리며 답을 촉구할 뿐이었으나 해먼 쇼익에게는 제임스 버만처럼 되고 싶지 않다면 당장 입을 열라고 협박하는 것처럼 보였다.

지금껏 그가 느껴보지 못했던 감정이었다.

영국 최고의 재벌가였던 버만 가문마저 철저하게 몰락시킨 남자의 협박.

해먼 쇼익의 목소리가 두려움으로 잔뜩 떨렸다.

"이, 인터플레이가 무너지고 새, 생계가 힘들어서."

"그럴 테지."

최우철은 드디어 말이 통한다는 듯 고개를 끄덕이며 대답을 촉구했다.

"어, 어떻게든 평단에 다시 서고자…… 했습니다."

최우철이 눈썹을 모았다.

"그래. 그 부분이 이상하단 말일세. 누가 봐도 이상하지 않나. 자네 같은 돼지가 빌붙을 곳을 찾지 못했다는 게 이해가 안 돼."

"……."

"돈 냄새는 그리 잘 맡으면서 어찌 발을 담글 곳인지, 아닌

지를 모르냐 이 말일세."

"……"

최우철은 겁에 질려 벌벌 떠는 해먼 쇼익을 보곤 그제야 납득했다.

"아무래도 내가 잘못 본 듯하구만. 머리 잘 돌아가는 돼지인 줄 알았는데, 똥인지 된장인지 구분 못 하고 달려드는 멧돼지였어."

최우철이 해먼 쇼익의 얼굴에 시가 연기를 뿜었다.

"자네가 정말 살고 싶었다면 인터플레이 아래서 했던 말을 철회했어야지. 안 그런가?"

"……"

"내 아들에게 했던 말, 도빈이한테 했던 말 모두 말이야. 잘못을 빌고 그 더러운 입으로 구두라도 핥았어야지. 그게 자네의 유일한 쓰임새였는데 말이야."

최우철은 해먼 쇼익의 발언력을 높이 평가했다.

가장 앞에 나서서 베를린파 음악인들을 비판했던 해먼 쇼익이 말을 돌리면 그로 인해 대중은 누가 옳았는지 깨달을 터고, 동시에 인터플레이에 빌붙어 있던 벌레들이 낼 울음소리도 예방할 수 있었다.

그것이 해먼 쇼익이란 돼지의 유일한 존재 가치였다.

그런데 이젠 며느리로 삼고 싶은 아이마저 괴롭히다니.

최우철은 자신의 가치를 이해하지 못하고 또다시 실수를 저지른 멍청한 멧돼지를 더는 살려둘 마음이 없었다.

"가 봐."

최우철의 말에 해먼 쇼익이 깜짝 놀랐다.

꼼짝없이 어디론가 끌려가 아무도 모르는 곳에서 살해당할 거라 생각했기에 순순히 보내주겠다는 말을 믿을 수 없었다.

"뭘 망설이나. 힘든 하루였을 테니 집에 가서 가족들과 인사도 하고 근사한 곳에서 저녁도 먹게."

"예, 예! 죄, 죄송합니다. 감사합니다."

최우철은 도망치듯 나서는 해먼 쇼익에게 조금도 관심을 주지 않았다.

다만 그의 비서에게 무엇을 해야 하는지 알고 있냐고 묻는 듯한 시선을 보낼 뿐이었다.

· 104악장 ·

일상으로

유럽과 북미에서 부패한 언론과 평단이 대대적으로 물갈이되는 한편, 차채은과 한이슬은 그 반대급부를 톡톡히 누리고 있었다.

40만 구독자에서 27만까지 떨어졌던 차채은의 블로그 구독자가 열흘 만에 100만을 넘겼고.

그래모폰, 슈피겔, 클래시컬 뮤직, 르 피가로, 리스팀 등 유럽 각국의 유력 잡지는 앞다투어 차채은에게 인터뷰 요청을 보내왔다.

여러 매니지먼트에서 소속 아티스트에 대한 글을 의뢰해 오기도 하였으며 심지어는 학부생 신분의 차채은에게 강연을 요청하는 대학도 있었다.

[안녕하십니까, 차채은 칼럼니스트님. 우딘 매니지먼트입니다.]

[귀하의 칼럼을 싣고 싶습니다.]

[클래시컬 뮤직에서 연락드립니다.]

[베를린 대학 교무과입니다.]

[광고 문의 드립니다.]

갑자기 반전된 여론과 관심 속에서.

여태 절대 다수로부터 질타와 비난을 받았던 차채은은 안도와 기쁨 이전에 당황할 수밖에 없었다.

현재 자신을 향한 대중의 열광이 진실인지 의심하였고 긴고민 끝에 그것이 한시적인 현상일 뿐이라고 여겼다.

반면 한이슬은 적극적으로 활동하길 권했다.

"지금 나서야지. 네가 옳았단 걸 알리는 거야. 못 했던 말도 풀고."

"다들 알고 있는데, 뭐. 안 할래."

"언론도 자꾸 타야 해. 안 그러면 잊히는 거 순식간이다?"

"괜찮아. 이번 일로 느꼈는데…… 음악가는 음악으로 말한다는 걸 좀 알 것 같아."

한이슬이 고개를 살짝 기울이자 차채은이 한숨을 내쉬고 속내를 털어놓았다.

"내가 유명해지고 그런 거 그리 중요하지 않은 거 같아. 부담스럽고. 내 글이 더 많은 사람에게 읽히고 그걸로 좋은 음악가들이 알려지면 그걸로 만족할래. 그게 좋아."

음악가는 음악으로.

평론가는 글로 말하는 게 최선이란 생각이 들었다.

이번 일을 겪으며 대중의 지나친 관심이 얼마나 무서운지 새삼 깨달았다.

하루에도 수십 건씩 들어오는 평론 의뢰가 부담스러웠다.

"이런 일 받으면, 정말 유명해지면 나도 그 사람들처럼 되는 거잖아. 그런 거 싫어."

그로 인해 자신이 또 하나의 권력이 되는 것이 두려웠다.

단 한 편의 글로 평범한 사람은 상상도 못할 돈을 벌고, 주변의 기대와 주목을 받으며 지금처럼 자유롭게 글을 쓸 수 있을지 확신할 수 없었다.

방송사, 잡지사, 신문사 등을 통해 활동하게 되면 지금 이상으로 자본이 집중될 터였다.

사람인지라, 그 부와 명예가 탐나지 않는 건 아니었다.

그러나 그렇게 돈을 받고 음악가들을 조명시키다 보면 본인 생각과 다른 글을 쓰게 될 때도 생길 터.

그러고 싶지 않았다.

그런 생각을 털어놓자, 한이슬이 차채은의 머리를 쓸었다.

"그러지 않을 거잖아."

사랑 가득한 목소리에서 걱정과 안타까움이 묻어나왔다.

한이슬은 힘을 가진 사람의 책임과 부담을 이해하는 차채은이 대견했다.

어린 나이에 큰 관심을 받으면 한시적인 힘에 취해 자신을 과신하고 망가지게 마련이었다.

그러나 권력과 부에 눈이 멀지 않고 글로만 이야기하고 싶다고 말하는 차채은은 무엇이 더 중요한지 알고 있었다.

그러나 한이슬은 그렇기에 더욱 나서야만 한다고 생각했다.

"옳은 목소리를 내는 사람도 필요해. 이번 일 겪으면서 느꼈잖아."

"……."

대답하지 않았지만 한이슬은 차채은의 진심을 알고 있었다.

"무서운 거지?"

속내를 훤히 들여다보고 있는 듯해, 차채은도 더는 한이슬을 속일 수 없었다.

그녀의 눈에 눈물이 그렁그렁 맺혔다.

모르는 사람에게 이유 없이 욕먹는 것도, 자신의 글이 왜곡되어 알려지는 것도 싫었다.

최근 한 달간 차채은은 너무나 다양한 악의를 접했다.

동양인 주제에, 여자 주제에, 어린 주제에 관심받는다고, 부유하게 산다고 시기와 질투를 받았다.

'글이 예전 같지 않네요.'

'좀 멍청한 듯.'

'레이라랑 아리엘이 비슷하다고요? 유명한 사람들 전부 다르다고 하는데요? 제대로 공부도 안 하고 글 쓰시네요.'

'왜 이렇게 유치하지? 내가 쓰는 게 더 낫겠다.'

'대학생이 평론가 흉내 내고 있네.'

'아, 뭔 말 하는 거야. 글 병신 같이 쓰네.'

그들은 어떻게든 차채은을 헐뜯으려고 없는 말을 지어내거나 사실을 왜곡했다.

마음 놓고 반박할 수도 없었다.

간혹 차채은이 답글을 다는 경우는 오랫동안 봐오며 익숙한 몇몇 독자뿐이었다.

악플 쓰는 인간이 정상적으로 대응할 리도 없었으며, 자신만이 옳다고 여기는 이들은 차채은이 무슨 말을 하든 들으려 하지 않았다.

대중을 상대로 한 일이었기에 혹시나 안 좋은 이미지가 커질까 봐, 악플러를 마음 놓고 고소할 수도 없었다.

그러한 과정에서 억울함이 쌓였고 이내 형체를 알 수 없는 악의에 대한 두려움을 가지게 되었다.

또 상처받을까 봐 무서웠다.

"더 나서면…… 그런 일 더 많이 당할 거잖아. 난……. 싫어."

한이슬은 눈물을 훔치며 울먹이는 차채은이 너무나 안타까웠다.

대중을 상대로 한 사람이라면 필연적으로 거칠 수밖에 없는 과정이었고 평생을 짊어질 일이었다.

아픔은 무뎌지지도 않았다.

매일 새로운 악플로 상처 입을 터였다.

그러면서도.

잔뜩 겁에 질렸으면서도 글쓰기를 포기하지 않으려 하기에 더욱 안쓰러웠다.

"맞아. 앞으로 더 힘들 거야."

한이슬은 부정하지 않았다.

달콤한 거짓으로 잠시나마 달랠 수는 있겠지만 차채은을 위한다면 그래서는 안 되었다.

"끄으읍."

앙다문 입에서 두려움이 흘러나왔다.

"그래도 얀스처럼 네 덕에 희망을 갖는 사람도 생겼잖아."

차채은은 반응하지 않았다.

많은 생각이 엉켰다.

대중에 대한 두려움과 그럼에도 글을 써야 한다는 마음과 아리엘 얀스와 진달래가 전한 감사 인사.

"그러려고 시작한 일이잖아. 힘을 가져야 같은 일이 반복되지 않아. 마음 굳게 먹어야지."

차채은은 한이슬을 바라보다 고개를 끄덕였다.

잠시 뒤.

한 달 만에 외출하기 위해 나선 차채은은 문을 여는 것마저 마음 같지 않았다.

한이슬은 심하게 떨리는 차채은의 손을 지켜봐 주었다.

차채은은 눈을 질끈 감았고 간신히 손잡이를 잡았다. 한숨을 크게 내쉬고 문을 열어, 마침내 학교가 아닌 사회로의 첫발을 내디뎠다.

베토벤 기념 콩쿠르의 모든 일정을 마치고 베를린으로 돌아온 배도빈은 악단 관련 일을 처리하고 곧장 차채은을 찾았다.

"안녕하세요, 아주머니."

"안녕하십니까."

차채은의 모친 이은지가 배도빈을 반갑게 맞이했다.

"어머. 채은이하고 얘기 안 했니? 세상에 너무 잘생겼다. 반가워요."

"네?"

"방금 나갔거든. 방송국에 간다고 해서 금방 오진 않을 거 같은데."

아쉽기는 했지만 한 달 내내 틀어박혀 있던 차채은이 외출했다고 하니 배도빈은 일단 안도했다.

"어쩔 수 없죠. 다음에 올게요."

"그래. 또 놀러 와."

"다음에 찾아뵙겠습니다."

"그래요. 채은이도 좋아할 거예요."

어쩔 수 없이 발을 돌린 배도빈의 이마에 힘줄이 돋아났다.

베를린으로 돌아온 뒤로 줄곧 쫓아다니는 아리엘 얀스 때문에 신경이 날카로워져 있었다.

"왜 자꾸 따라다녀."

"차채은 칼럼니스트에게 볼일이 있을 뿐이야."

배도빈의 눈썹이 꿈틀거렸다.

그러나 막상 뭐라 할 수도 없는지라 세 블록 떨어진 자택으로 발을 옮기니 아리엘이 또다시 그의 뒤를 쫓았다.

"왜 따라와!"

"같은 방향이니까."

배도빈은 아직 자신의 저택에 하숙하고 있는 진달래를 떠올리며 아리엘과의 거리를 벌리고자 성큼성큼 걸었다.

그러나 아리엘 얀스의 긴 보폭 때문에 두 사람 사이는 좀처럼 벌려지지 않았다.

한 블록을 지나기도 전에 문자 메시지를 확인한 아리엘이 배도빈에게 물었다.

"달래가 오징어덮밥을 해놓았다고 하는데, 같이 먹을 거냐고 묻네."

"안 먹어."

"저녁때 오페라 예약했는데 같이 가지."

"안 가."

"그러면."

"왜 자꾸 친한 척이야!"

"달래가 친하게 지내라 했으니까."

배도빈이 머리를 벅벅 긁었다.

그는 전과 달리 정상적인 말투로 친근하게 다가오는 아리엘 얀스가 너무나 부담스러웠다.

음악가로서는 더할 나위 없이 훌륭했지만, 앙숙처럼 지내던 아리엘의 갑작스러운 태도 변화를 받아들이기 쉽지 않았다.

더구나 진달래뿐만이 아니라 프란츠 페터, 가우왕, 찰스 브라움, 나윤희, 왕소소 등 모든 사람이 아리엘과 배도빈이 친하게 지내길 바랐다.

배도빈은 그 참을 수 없이 간지러운 분위기를 감당할 수 없었다.

"좀 떨어져!"

"적당한 거리잖아."

배도빈이 아무리 성을 내도 아리엘은 뻔뻔하고 당당한 태도를 일관하며 배도빈과 친해지려 노력했다.

여태 스스로 친구를 만든 적이 없었던 아리엘의 미숙함과 충만한 의지가 배도빈에게는 쥐약이었다.

옥신각신하며 걷던 중.

한 차량이 그들 옆으로 서행하다 창문을 내렸다.

최지훈이었다.

"채은이네 들렀어?"

"잘 됐다."

최지훈을 발견한 배도빈은 냉큼 문을 열어 조수석에 앉았다.

"빨리 가."

최지훈은 배도빈의 말은 무시하고 아리엘 얀스와 인사를 나누었다.

"반가워요, 이렇게 보는 건 처음이네요. 최지훈이라고 해요."

"앨범은 여러 번 들었습니다. 아리엘 핀 얀스라고 합니다."

"도빈이네 가시죠? 괜찮으시면 타세요."

아리엘은 거절하려다가 호의에는 호의로 응해야 한다는 진달래의 가르침을 떠올리곤 고개를 끄덕였다.

배도빈이 관자놀이를 꾹꾹 눌렀다.

"어디 아파?"

"……아니."

배도빈의 반응을 개의치 않게 여긴 최지훈이 살짝 고개를 틀며 아리엘에게 말을 붙였다.

"아마데우스 정말 좋았어요."

"멋진 곡이죠."

"하하. 맞아요. 베를린 필하모닉이랑은 언제 연주하는 거예요? 오케스트라로 편곡도 하시겠죠?"

"편곡은 하지만 로스앤젤레스 필하모닉과 연주하고 싶어 남겨두었습니다."

"아, 확실히. 그러면 앨범 제작은 어떻게 되는 거예요?"

베토벤 기념 콩쿠르 우승자의 특권을 포기하겠다는 듯한 발언에 최지훈은 잠시 의아해했다.

그러나 아리엘 얀스에게 '아마데우스'가 어떤 의미인지 생각하면 로스앤젤레스 필하모닉과 녹음하고 싶은 마음도 충분히 이해할 수 있었다.

남은 문제는 베를린 필하모닉과의 협연이 어떻게 이뤄지는가였다.

"봄의 여신이란 곡을 하기로 했습니다."

"아! 재작년에 발표하신 곡이죠?"

"네. 달래가 불러주길 바랐는데, 베를린 필하모닉 소속이라 그럴 수 없었거든요. 이번 기회에 의뢰했습니다."

"아, 잘됐다. 정말 좋네요. 일이 잘 풀려나가서 다행이에요."

"감사합니다."

두 사람이 이런저런 말을 나누고 있을 때 배도빈은 최지훈과 아리엘 얀스가 친해지는 것을 경계했다.

무인도에서도 친구를 만들 정도로 친화력이 좋은 녀석이라 아리엘 같은 인간이라도 이렇게 대화를 이어나갈 수 있었고.

주변 사람 중에 아리엘과 친분을 나누는 이가 많아지는 것이 몹시 불쾌했다.

"그러면 미국으로는 언제 가시는 거예요?"

"마음 같아서는 당장 돌아가고 싶지만 여유가 있을 때 들어야 하는 이벤트가 있어서 그때까지는 머물 예정입니다."

"들어야 하는?"

"다음 주에 베를린 필하모닉의 퍼스트 피아노를 누가 맡는지 결정된다고 들었습니다."

"아! 아하하. 쑥스럽네요."

"현재 가우왕의 기량은 그 누구와도 비교할 수 없다고 생각하지만, 재밌는 경합이 되겠죠."

아리엘은 '세 개의 손을 위한 소나타'의 가우왕을 이 시대 최고의 피아니스트로 여기면서도.

작년, 부상에서 복귀한 최지훈의 기량이 그에 준하다고 생각했다.

유독 뛰어난 인물이 기라성처럼 버티고 있는 피아노계에서도 가우왕과 최지훈은 특별했다.

"저도 기대하고 있어요."

"이른 말이지만 괜찮으시다면 곡을 하나 써드리고 싶습니다. 당신과 같은 피아니스트가 연주해 준다면 영광이겠죠."

"정말요? 세상에. 저야말로 너무 감사하죠. 바쁘실 텐데 정말 괜찮아요?"

"복귀까지는 시간이 걸릴 테니 그간 작품 활동에 집중하려고 합니다. 찰스 브라움 왕자에게도 의뢰받았습니다."

찰스 브라움이 아리엘에게 곡을 의뢰했다는 소식에 배도빈이 눈썹을 꿈틀댔다.

"그간 이런저런 일로 답답하셨을 테니 좋은 일이네요. 그럼 기대할게요."

"웃기고 있네."

참다못한 배도빈이 입을 열었다.

최지훈이 잠깐 고개를 돌려 배도빈의 삐진 얼굴을 확인했다.

"왜?"

"베를린 필하모닉 퍼스트 피아니스트가 다른 사람 곡을 받는다는 게 말이 돼!"

배도빈의 외침에 깜짝 놀란 두 사람이 간격을 두었다가, 최지훈은 웃으며 아리엘은 무덤덤하게 반응했다.

"질투해?"

"질투였나."

배도빈이 입을 씰룩이더니 호통을 쳤다.

"차 세워!"

"응. 도착했어."

최지훈이 방긋방긋 웃으며 성을 내는 배도빈을 바라보았다.

독일 최고의 시사·교양 프로그램 '너만 모름'은 어렵게 섭외한 화제의 인물, 칼럼니스트 차채은 특집 방송을 앞두고 있었다.

2009년부터 가파르게 성장해 온 클래식 음악계.

기존 기득권의 병폐가 드러나기 시작한 시점에 용감히 나선 어린 칼럼니스트의 생각이 무엇인지, 그간 어떤 일을 겪었는지 또 앞으로 어떤 길을 걸을지 알아보려는 취지였다.

베토벤 기념 콩쿠르 진행을 맡았던 우진은 최근 지나치게 늘어난 활동에 피로를 느꼈다.

너만 모름의 담당 PD가 우진의 상태를 살폈다.

"괜찮겠어?"

"안 괜찮아. 죽겠어."

"혹시나 싶어서 오라 했는데 잘됐네. 야, 3번 대기실 가서 매리 씨 불러와."

"네, PD님."

최근 주목받고 있는 아나운서의 이름이 언급되자 우진의 얼굴이 사색이 되었다.

"아니, 그게 무슨 말이야? 내가 언제 안 한다고 했어?"

"뭔 소리야. 다음 촬영은 하루 미뤄줄 테니까 오늘만 좀 힘내. 얼굴 좀 펴고."

"내가 언제 울었나? 하! 하하하!"

"그래. 우리 이 자리까지 오는 게 얼마나 힘들었냐. 조금만 더 힘내자."

두 사람의 대화를 듣고 있던 조연출이 눈을 빛내며 물었다.

"시청자 생각하시는 모습이 너무 멋지십니다. 분명 오늘 방송도 재밌을 거예요."

세상에서 돈을 가장 사랑하는 우진은 조연출의 말을 흘려들었다.

피로를 잊기 위해 에너지 드링크를 털어 넣곤 그러고는 대본을 확인하는데 아무래도 신경 쓰여, 담당 PD에게 넌지시 물었다.

"괜찮을까?"

"뭐가?"

"왜, 차채은 아프다는 이야기 있잖아. 공황장애도 겪고 있다하던데."

"나올 만하니까 나오겠지. 그리고 출연자 긴장 풀어주는 건 네 역할이잖아."

"난 솔직히 배도빈 관련된 사람들 상대하는 거 무서워. 무슨 말만 하면 화내니까."

"봄 개편 때 짤리기 싫으면 열심히 해야 할걸?"

"내가 밥줄로 협박하지 말랬지."

"미안합니다."

PD의 협박에 궁시렁거리며 대본을 확인한 우진이 출연자 대기실로 향했다. 방송에 앞서 인사를 하기 위함이었다.

그가 문을 두드리자 잔뜩 겁먹은 목소리가 대답했다.

"네, 네."

우진이 영업용 미소를 지으며 안으로 들어섰다.

'심각하네.'

우진은 일단 아는 얼굴을 보고 안심하는 차채은을 보며, 그녀가 얼마나 심적으로 위축되어 있는지 알 수 있었다.

"반가워요, 채은 학생. 나 알죠?"

"네……. 안녕하세요."

"방송 전에 이렇게 인사 나누거든요. 긴장도 풀 겸."

"아, 네."

차채은은 우진과 눈을 마주하지 못하고 이미 몇 번이고 확인한 대본을 볼 뿐이었다.

'이런 이미지 아니었던 거 같은데.'

실제로 대면한 적은 없었지만 배도빈 주변에 있었던 모습과 글에서 받았던 느낌이 아니었다.

당장에라도 무너질 것처럼 위태롭게 버티고 있는 이런 모습은 결코 아니었다.

오랜 방송 경력을 가졌던 우진은 그녀와 같은 경우를 많이 봐 왔다.

심각한 수준의 대인기피증을 겪어 보기도 한 우진이 말을 걸었다.

"이건 그냥 모르는 아저씨가 하는 말이라고 생각하면 좋겠는데. 그냥 흘려들으라고."

차채은이 고개를 들었다.

"나도 안티 정말 많거든. 우리 같은 사람들은 매일 검색해 보잖아? 고글에다가 자기 이름 검색해 보고."

차채은이 우진을 이상하게 보았다.

"……넌 아니구나. 난 그래. 관심 먹고 사는 사람이니까 엄청 중요한 일이라고."

차채은은 우진이 갑자기 왜 이러는지 이해할 수 없었다.

그저 오늘 방송할 프로그램의 진행자고 쫓아낼 방법이 없으니 그저 가만있을 뿐이었다.

"어이가 없더라고. 화도 나고. 걔들이 올린 악플 때문에 내 이미지 나빠지면 어쩌나 싶더라. 난 관심으로 먹고사는 사람 인데 말이야. 이것밖에 못 하는데, 이거 아니면 굶어 죽는데 왜 없는 말을 지어내나 싶더라고. 엄청 힘들었어. 엄청."

"아…… 네."

"너무 예민해져서 하루에 두세 시간밖에 못 자고 그랬거든. 3년을. 나머지 시간에는 일만 했어. 진짜 가난해서 할 수 있는 일은 다 했거든. 일을 못 하면 공부라도 했어."

갑작스럽고 영문을 알 수 없었지만 적어도 진심을 담아 이야기하고 있는 것 같아서.

차채은은 갑자기 찾아와 신세를 한탄하는 아저씨의 말을 들어주기로 했다.

"그러다가 너무 힘들어서 주변에 이야기하고 다녔는데, 뭐랄까. 이해 못 하더라고. 악플 같은 걸 왜 신경 쓰냐고. 네 일만 하라고. 지금은 돈 잘 벌지 않냐고 말이야."

"히, 힘드셨겠어요."

"그럼. 엄청 힘들었지. 지금도 마찬가지야. 너도 그렇잖아?"

"……."

"아마 배도빈이나 최지훈도 마찬가지일걸? 아니, 그 두 사람은 좀 사람 같지 않은 면이 있어서 모르겠다."

"으흥."

차채은은 심각한 이야기를 듣던 중 너무나 공감되는 이야기가 나와 웃고 말았다.

배도빈, 최지훈, 차채은은 모든 것을 공유하며 성장했다.

특히 인터넷에서 이뤄지는 배도빈, 최지훈의 이야기는 차채은이 본인들보다 잘 알고 있었다.

그래서 지금에 와서는.

두 사람이 그 어린 나이에 어떻게 자신을 유지할 수 있었는지 너무나 신기했다.

우진의 말대로 인간 같지 않았다.

"그래서 그만둘까도 정말 많이 고민했는데, 그러다 보니 더 명확해지더라고."

"뭐가요?"

"이 일을 할 수밖에 없다는 거 말이야."

차채은이 대본을 쥔 손을 꼼지락댔다.

"억울한 거야. 내가 왜 악플 때문에 좋아하는 일을 그만둬야 해? 그 인간 같지도 않은 인간들 때문에 밥벌이를 포기해야 해? 그런 생각."

차채은이 반응하지 않자 우진이 당황해서 사족을 덧붙였다.

"그 배도빈이랑 최지훈한테 했던 인간 같지 않다는 말이랑 다른 뜻이라는 거 알지?"

"흐. 네."

"다행이다. 아무튼 그러니까 정말 비참한 건 자기가 좋아하는 일을 포기하는 거더라고."

차채은은 뜬금없이 찾아와 자기 이야기를 풀어내는 우진을 이상하게 여겼다.

본인도 아는 이야기를 장황하게 풀어냈다.

다른 사람들의 말처럼 크게 위안이 되거나 힘이 되진 않았다.

그러나 막상 방송을 앞두고 두려움이 커지던 상황에서 우진이 보내온 호의는 분명 큰 힘이 되었다.

긴장하지 않도록 편하게 해주려는 것 같아 고개를 끄덕였다.

"그럼 이따 세트장에서 보자. 시간 뺏어서 미안."

"아니에요. 감사합니다."

우진이 멋쩍게 대기실을 나섰다.

대답할 말을 정리한 문서를 확인하고자 스마트폰을 펼친 차채은은 진달래, 왕소소, 나윤희, 나카무라 료코, 최지훈, 배도빈으로부터 온 메시지를 확인할 수 있었다.

달래 언니♥ 15:38

대박! TV 나온다고? 왜 말 안 했어! 고집부려서 떡칠하지 말고 꼭 미용실 가! 너 화장 진짜 못 하니까. 꼭!

쑈 언니♥ 15:39

올 때 케이크. 딸기 올려진 거.

푸린 언니♥ 15:44

케이크 있으니까 천천히 와. 파이팅!

료코쓰♥ 15:59

소소 언니랑 배도빈 진짜 너무해. 윤희 언니가 사 온 케이크 다 먹어 버렸어 ㅠ

♥ 16:07

다 같이 방송 기다리고 있어. 끝나면 연락해. 데리러 갈게.

할아버지♥ 16:11

우진이라고 그 양반 몇 번 같이 일했는데 가끔 헛소리하더라. 무시해.

'방송 둘이 하는데 무시하면 어쩌라고.'

차채은은 배도빈의 메시지에 어이가 없어 속으로 웃고 말았다.

어떻게 알았는지 이필호와 정세윤으로부터도 응원의 메시지가 와 있어 답장을 보내고 한숨을 길게 내쉬니 한이슬이 들어왔다.

"시간 됐다."

"응."

"나 여기 계속 있을 거니까 세트장 들어가면 어디 있는지 확인하고 불안하면 나만 보고 말해. 알았지?"

"그럴게."

"막 잘하지 않아도 되니까 말 막히면 시간 좀 달라고 해도 돼."

"응."

"너 지금 엄청 예쁘니까 자신감 갖고. 세상에 이 피부 좀 봐. 완전 애기네. 애기."

"……"

"우진이 농담 던져도 굳이 막 웃어주지 않아도 돼. 안 웃긴 데도 웃는 게 더 안 좋아. 독일 사람들한테나 먹히지 그 사람 농담 진짜 못 하거든."

"응."

"화장실 다녀왔어?"

"다녀왔어."

"90분짜리 방송이라 생각보다 길어. 긴장하면 가고 싶을 수도 있으니까 한 번 더."

"알았어! 그만 좀 해. 누가 보면 앤 줄 알겠다."

차채은이 한이슬의 지나친 관심과 애정에 웃음 섞인 투정을 부렸다.

'웃잖아.'

한이슬은 그제야 마음을 놓을 수 있었다.

똑똑-

"방송 3분 전입니다! 대기해 주세요!"

때마침 스태프가 문을 두드려 시간을 알렸고 이내 '너만 모름'이 독일 전역에 송출되기 시작했다.

♪

"아, 진짜!"

나카무라 료코가 소리를 빽 질렀다.

차채은이 생방송을 마치고 돌아오면 함께 먹으려고 준비한 케이크를 배도빈과 왕소소가 앉은 자리에서 다 먹어버린 탓이었다.

왕소소와 배도빈은 료코를 보다가 한 조각 남은 케이크로 시선을 옮겼고 어쩔 수 없다는 듯 그것을 접시에 담아 료코에게 향했다.

"안 먹어! 채은이랑 먹으려고 사 온 거잖아!"

"괜찮아. 시간 많으니까 다시 사 올게. 그러지 않아도 샴페인 사러 가야 했어."

"언니가 그렇게 다 받아주니까 이러는 거예요!"

"난 괜찮은데……."

료코는 세상에서 가장 존경하는 나윤희가 배도빈과 왕소소에게 부려먹히는 것이 몹시 마음에 안 들었다.

배도빈이 입가를 닦고 일어서자 그제야 만족하며 주방으로 향했다.

혼이 나서 잔뜩 침울해진 왕소소는 스칼라가 챙겨준 마카롱 덕분에 금세 기분을 회복했다.

아리엘과 최지훈이 이야기를 주고받고 진달래와 료코가 음식을 준비하는 한편.

배도진과 스칼라가 배토벤의 하품을 관찰하다 보니 '너만 모름'의 방송 시간이 다가왔다.

저녁 음식을 거의 준비해 둔 료코는 방송을 보며 마실 에이드를 준비해 거실로 나왔다.

사람들에게 음료수를 나눠주었는데 마침 배도빈과 나윤희가 케이크를 사 들고 귀가했다.

"아, 시작한다."

떠들썩했던 배도빈 저택의 1층이 조용해졌다.

-안녕하십니까, 시청자 여러분. 너만 모름의 우진입니다. 어제 갑작스레 발표했던 대로 생방송으로 진행하게 되었습니다. 화제의 인물이죠? 최근 평단에 새로운 활력을 넣어준 칼럼니스트 차채은 씨를 모시겠습니다.

우진의 소개와 함께 차채은이 세트장에 들어섰다.

TV를 보고 있던 진달래와 나윤희가 오두방정을 떨었다.

"대박! 대박!"

"너무 예쁘다."

너만 모름의 스태프가 메이크업을 해주려 했으나, 한이슬은 독일 연예인들의 진한 화장이 차채은에게 어울리지 않는다고 생각했다.

차채은도 처음에는 거절했지만 한이슬이 막무가내로 나서자 어쩔 수 없이 얼굴을 맡겼다.

자연스럽게.

피부는 웜글로우 색상의 베이스를 레이어링 한 뒤 투명 파우더로 정리할 뿐이었고 입술은 피치 색상의 틴트로 자연스러운 분위기로 연출했다.

웨이브 진 단발머리는 한쪽을 귀 뒤로 넘겨 세팅했고 단정한 이미지를 위해 쉬람색 재킷과 일자바지, 흰색 울 티셔츠를 입혔다.

아주 간단한 화장이었지만 차채은은 생전 처음 보는 자신의 모습이 익숙하지 않으면서도 아주 작은 자신감을 얻을 수 있었다.

그녀를 응원하는 여러 사람의 메시지와 우진의 헛소리 그리고 무엇보다 평론가로서 계속 활동하고 싶다는 의지에 더불어.

가슴 깊이 자리한 두려움을 억누를 수 있게 해주었다.

-반갑습니다, 채은 씨. 우선 시청자 여러분께 인사 한마디 부탁드릴게요.

차채은이 빨간불이 들어온 카메라를 보고 살짝 웃었다.

-안녕하세요, 평론가 차채은입니다.

차채은이 인사하자 진달래가 비명을 질렀다.

"평론가래! 평론가!"

대중 앞에 나서길 두려워했던 차채은이 스스로를 평론가로 소개하니 진달래뿐만 아니라 그녀를 아는 모든 사람이 기뻐했다.

-많은 분께서 어떻게 그렇게 어린 나이에 음악적 지식을 풍부히 쌓을 수 있었는지 궁금해하십니다. 주변 영향을 받았을 거라 예상들 하시는데, 실제로는 어떤가요?

-생각하시는 대로 영향을 받은 것 같아요.

-역시 배도빈 악단주나 최지훈 피아니스트겠죠?

-네. 하지만 공부를 할수록 모르는 게 더 많다는 생각만 들어서, 지식이 많다는 말씀은 아닌 것 같아요.

우려와 달리 제대로 문답을 나누는 모습에 배도빈과 그 무리의 입가에 작은 미소가 깃들었다.

우진은 차채은이 무엇을 좋아하고 평소에는 어떻게 지내는지 등의 가벼운 질문을 이어가다 이내 본론으로 들어섰다.

-좋습니다. 그러면 이제 다들 궁금해하시는 질문을 해야 할 텐데요. 준비되셨나요?

-네.

-최근 평단과 언론의 병폐가 크게 이슈화되었습니다. 그 포문을 채은 씨가 열었다고 해도 과언이 아닌데, 실제로 그간 협

박 및 조롱으로 고생하셨다고 들었습니다.

차채은이 숨을 크게 마셨다가 내쉬었다. 감정을 애써 억누르고 어색한 미소를 지으며 고개를 끄덕였다.

방청객과 시청자 모두 그녀가 불안정하다는 걸 알 수 있었다.

-평단이라는 거대한 집단에 대항할 용기는 어디서 나왔나요?

-용기는…… 아닌 것 같아요. 지금도 무서우니까요.

우진은 차채은이 자기 이야기를 할 수 있도록 끼어들지 않고 천천히 고개를 끄덕여 반응할 뿐이었다.

-사실 좀 더 일찍 시작할 수 있었는데 망설였어요. 누군가는 하지 않을까, 저 말고도 대단한 분이 많으니까요.

-그러다 결국은 평단의 잘못을 지적하셨죠.

차채은이 고개를 끄덕였다.

-네. 더는 가만히 있으면 안 되겠더라고요. 베토벤 기념 콩쿠르를 보면서 정말 많은 음악가가 노력하고 있다는 사실을 깨달았어요. 제 생각보다 훨씬 더 많이요.

-전적으로 공감합니다.

거장의 선택 진행을 맡았던 우진이 차채은의 발언을 지지했다.

두 사람이 시선을 마주하고 가볍게 웃으며 공감했다.

-네. 단 한 번 방송을 타기 위해, 심사를 맡으셨던 거장들의 말을 한 마디도 놓치지 않으려는 모습을 보고 뭐랄까. 저렇게까지 하는데, 저렇게 좋은 곡을 쓰는데 굳이 왜 콩쿠르에 나섰

을까 싶었어요.

-이미 알려진 음악가도 다수 참가했었죠.

-네. 그리고 굳이 저렇게 안 해도 충분히 자기 입지를 굳힐 수 있을 것 같은데 왜 참가했을까란 의문 자체가 틀렸단 걸 깨달았어요.

-틀렸다.

-네. 2라운드 직후에 음악가 파울 리히터 님과도 인터뷰를 나눴는데. 그…… 곡을 만들고 녹음하는 건 문제가 아니지만 홍보가 문제였대요. 사실 정말 유명한 분이시잖아요. 그런데도 그런 어려움이 있어서 출전하셨단 말에 조금 충격이었어요.

-이제 무슨 생각으로 나섰는지 알 것 같군요.

-네. 음악가들은 그렇게 필사적인데, 정말 좋은 곡을 만들었는데 정당한 평가를 못 받고 있다는 걸 참을 수 없었어요. 용기는 아니었던 것 같아요.

TV를 시청하고 있던 차채은의 지인들은 내심 안도했다.

유려한 화술은 아니었지만 평범하게 본인 생각을 전하는 친구가 자랑스러웠다.

특히 아리엘 얀스는 눈 한 번 깜빡이지 않고 차채은의 말을 놓치지 않으려 했다.

-글쎄요. 채은 씨는 용기가 아니라고 하시지만 들으면 들을수록 대단하다는 생각이 듭니다. 덕분에 아리엘 얀스 씨도 역

울함을 조금이나마 푸셨고요.

우진의 칭찬에 차채은이 민망해했다.

-아리엘 얀스에 관한 이야기를 안 할 수가 없겠습니다. 저도 정말 깜짝 놀랐는데요. 화제의 인물 레이라와 아리엘 얀스가 동일 인물이었단 사실이죠. 베토벤 기념 콩쿠르 심사를 맡으셨던 분들께서도 채은 씨의 날카로운 분석을 언급하셨고요. 어떻게 발견하셨나요?

-그 부분은 조금 부풀려진 점이 많은데.

-부풀려졌다.

-네. 사실 그렇게까지 큰 공통점이라고 할 수는 없거든요. 글에서도 적었지만 같은 인물이라고 쓴 게 아니라 닮았다는 뉘앙스였습니다. 아리엘 얀스 씨와 레이라가 동일 인물이 아니냐는 말은 종종 나왔고요.

우진이 질문을 이어가려다가 차채은이 하고 싶은 이야기가 있는 것 같기에 말을 삼켰다.

차채은은 가볍게 목례하고 입을 열었다.

-관련해서 꼭 하고 싶은 말이 있었는데요.

-네.

-저는 아리엘 얀스 씨와 레이라가 같은 사람이었단 게 중요하다고 생각하지 않아요. 아무도 몰랐던 사실을 저만 밝혔다고 잘못 알려지는 것도 꺼려지고요.

하고 싶은 이야기가 자꾸 돌아가는 듯했다.

기왕 방송에 나섰으니 명확하게 말하고 싶은데 부담이 어깨를 짓눌렀다.

차채은이 방청객 구석에 있는 한이슬을 보았다. 그녀는 눈이 마주하자 두 주먹을 쥐고 가슴 앞에서 힘껏 내리며 힘을 북돋아 주었다.

'괜찮아.'

안간힘을 다해 머릿속에 복잡하게 얽힌 이야기를 풀어낸 차채은이 다시 입을 열었다.

-팬 분들이 스스로 자기는 음악을 잘 모른다고 여기시면서, 제 이야기를 믿으시려는 게 걱정돼요. 이번 일도 사실 평단의 말을 맹신해서 벌어진 일이라고 생각하거든요.

-확실히 권위자의 말은 일단 신뢰가 가니까요.

-네. 그런 경향을 이용하려는 사람이 문제죠. 자신의 이권을 위해서요.

우진은 고개를 끄덕이며 차채은이 이야기를 계속 진행할 수 있도록 도왔다.

-다들 그걸 느끼시고…… 바른말을 했던 분들의 말을 믿으시는 것 같아요.

-좋은 현상 아닌가요?

-그렇지 않아요.

조심스럽게 발언하던 차채은의 어조가 바뀌었다.

-본인을 믿으셔야 해요. 평론가의 말이 개인의 감상보다 앞서면 안 돼요. 이번 일로 커뮤니티 사이트나 포럼에서 곡에 대해 말씀하시고 감상을 남기고 그런 활동이 줄어들었는데.

-확실히 자제하는 분위기가 확산되고 있죠.

-네. 근데 저는 팬 여러분이 스스로를 무지하거나 틀렸다고 생각 안 하셨으면 좋겠어요.

차채은이 고개를 들어 우진과 눈을 마주했다.

-많은 분께서 제가 글을 쓰기 전부터 이미 아리엘 얀스 씨의, 아니, 레이라 씨의 곡에 감동하셨잖아요.

-분명 그랬죠.

-좋다. 싫다. 취향이 아니다. 이런 느낌이 틀리지 않았다는 걸 알아주셨으면 좋겠어요. 어떤 평론가가 욕을 하고 칭찬하든 자기에게 좋은 음악은 좋은 음악이에요.

-아.

-레이라가 아리엘 얀스 씨였다는 걸 몰랐다고 실망하시고, 그걸 몰랐던 평론가를 비난하고 그 대안으로 저를 믿으실 필요 없어요. 전혀요. 여러분도 결국 좋은 곡이 무엇인지 알고 계셨단 걸 알아주셨으면 해요.

한차례 말을 마친 차채은이 다급히 말을 덧붙였다.

-그렇다고 자기 생각을 적을 때 욕설을 쓰거나 사실이 아

닌 걸 말하는 건 안 된다고 생각해요. 그건 감상이 아니라 범죄니까요.

'언제.'

배도빈은 엄마 뒤에 숨어 고개도 못 내밀던 어린아이를 떠올렸다.

낯을 많이 가려 피아노를 함께 치기 전까지는 마음을 열지 못했던 다섯 살 꼬마가 지금은 수만 명이 보는 방송에서 자신을 분명히 드러내고 있었다.

해외 활동이 잦았기에 헤어질 때마다 울고 삐지고 했던 녀석이, 음악가와 대중 그리고 평론가의 입장을 너무도 명확히 풀어내고 있었다.

기특하고 대견한 마음에 배도빈의 입가에 자연스레 미소가 어렸다.

"좋은 음악은 좋은 음악일 뿐."

아리엘 얀스가 차채은의 말을 곱씹었다.

"좋은 말이네."

나윤희도 웃으며 TV 속 부끄러워하는 차채은을 바라보았다.

진달래와 왕소소가 엄격하고 진지한 얼굴로 고개를 끄덕이며 차채은의 말에 동조했다.

배도빈은 평론이 작품을 더욱 깊게 이해하기 위한 수단이라고 생각했다.

평론가도 음악을 사랑할 뿐이었다.

좋으니까 더 알고 싶어서 파고들고 자신의 감상과 분석을 글로 표현하는 것으로 생각했다.

대중도 그들의 글로 미처 알지 못했던 정보를 얻어 아쉬움을 달래지 않을까 여겼다.

문제는 그것이 어느 순간부터 옳고 그름의 문제로 발전하면서 생겼다.

공부한 사람은 대중이 무지해서 클래식을 제대로 이해하지 못한다고 여겼고.

대중은 클래식 하는 사람은 고상하고 대하기 어렵다고 여겼다.

그 때문에 몰락의 길을 걷고 있었다.

의식 있는 음악가들이 클래식의 대중화를 시도했지만 가시적인 효과는 없었다.

그러나 20세기 말부터 조금씩 변화했다.

그 중심에는 사카모토 료이치를 비롯한 몇몇 뉴에이지 음악가가 있었고 마침내 배도빈에 이르러 클래식의 대중화가 이루어졌다.

쉬운 음악.

대중은 배도빈과 사카모토 료이치를 구심점으로 이해하기 쉬운 음악, 솔직한 음악, 정체성을 가진 음악을 받아들이기 시작했다.

관중과의 교감을 중시했던 빌헬름 푸르트벵글러의 지휘도 새로 유입된 이들이 감상하기 좋았다.

대중을 향해 당신들이 틀리지 않았다고 말하는 차채은은 그러한 경향을 이해하고 있었다.

결국 음악은 음악가와 대중의 대화 수단.

권위도 정답도 있을 리 없었다.

차채은이 가장 걱정하는 것은 팬들이 자신의 솔직한 감상이 아무 의미 없다고 여기고, 권위자의 말을 좇는 것이었다.

현재 차채은 본인의 말만을 믿으려는 경향을 저어하는 이유이기도 했다.

본인의 말은 좋은 음악을 더 알아보기 위한 참고서일 뿐, 좋아하지도 않으면서 평론가가 좋게 말한 곡을 들으려 애쓰지 않았으면 했다.

반대로 평론가가 나쁘게 말한다 해서 좋은데도 좋다고 말하지 못하는 문화가 생기지 않길 바랐다.

중요한 것은 대화를 나눈 음악가와 대중이 어떤 감정을 느꼈는가.

평론가는 그들의 대화를 좀 더 원활하게 돕는 사람일 뿐이었다.

"채은이 멋있다. 그치?"

"그러게."

최지훈이 빙그레 웃으며 물었고 배도빈은 고개를 끄덕이며 음료수를 마셨다.

♪

"하아."

방송을 마친 차채은이 한숨을 길게 내쉬었다. 모르는 사람을 대하는 게 쉽지 않았지만 '너만 모름' 팀 모두와 인사를 나누었다.

"잘하는데?"

"언니이."

한이슬이 다가오자 차채은이 그녀에게 안겼다.

한이슬은 조금 놀랐지만 이내 하나의 고개를 넘은 차채은을 꽉 안아주었다.

두 사람은 짐을 챙겨 방송국을 나섰고 이내 로비에서 몇몇 기자에게 잡혀 있는 최지훈을 발견할 수 있었다.

"데려다주려고 했는데 마중 나와 있네?"

"도빈 오빠네에서 파티하거든. 언니도 가자."

"배도빈 저택에서의 파티면 욕심이 나긴 하는데, 이번엔 패스."

"왜? 같이 가."

"내일 아침에 또 조사받으러 가야 하거든."

"……."

"그런 표정 짓지 마. 양심에 찔리는 일이긴 해도 범법행위는 안 했으니까."

"고마워."

"됐네요. 너 때문에 한 일 아니라고 했잖아. 빨리 가. 남친 기다린다."

"언니!"

"사귀는 거 아니야?"

"아니야!"

"핸드폰에 하틉."

"채은아."

최지훈이 차채은을 발견하고 다가오자 차채은이 한이슬의 옆구리를 찔렀다.

어떤 상황인지 이해한 한이슬은 더 놀렸다간 차채은이 크게 삐질 것 같아 입을 닫았다.

"끝났어?"

"아, 어. 이, 인사해. 이슬 언니야."

차채은이 허튼소리 하지 말라는 뜻으로 얼굴을 험악하게 일그러뜨리며 한이슬을 협박했다.

"안녕하세요, 최지훈입니다."

"반가워요. 한이슬이에요."

"이번에 많이 도와주셨다고 들었어요. 감사합니다. 괜찮으시면 도빈이네옥."

"언니 나 갈게. 모레 봐. 오늘 고마워. 사랑해."

한이슬은 최지훈을 끌고 나서는 차채은을 보며 웃고는 한숨을 크게 내쉬었다.

한 달간의 전쟁이 비로소 어느 정도 마무리된 기분이라, 또 차채은이 조금씩 예전 모습을 찾아가는 듯해 답답했던 가슴이 조금은 후련했다.

· 105악장 ·
새빨간 재킷과 선글라스

2026년 새해를 맞이한 클래식 음악 팬들은 베토벤 기념 콩쿠르가 끝났음에 아쉬움을 느낄 새도 없었다.

　　작년부터 예정되어 있었던 빅 이벤트 때문이었는데.

　　디지털 콘서트홀 구독자 수, 앨범 판매량, 인지도 등 모든 면에서 세계 최고의 오케스트라로 군림하고 있는 베를린 필하모닉의 퍼스트 피아노 자리를 두고 세대를 대표하는 두 피아니스트가 경합을 앞두고 있었다.

　　'세 개의 손을 위한 소나타'로 입지를 확고히 한 가우왕과 '피아노 협주곡 A108'로 성공적인 복귀를 넘어서 이제는 유럽 최고의 피아니스트로 손꼽히게 된 최지훈의 대결은 팬들로부터 '베를린 대전'으로 명명될 정도로 큰 이슈였다.

발표 후 1년이 지나도록 가우왕을 제외하고 '세 개의 손을 위한 소나타'를 완벽하게 연주하는 사람은 나타나지 않았지만.

그런 가우왕에게 호기롭게 도전장을 내민 최지훈 역시 현재 만만치 않은 퍼포먼스를 보여주었다.

많은 이가 동양에서 온 빛이란 의미로, 최지훈을 종종 태양에 빗대어 표현했다.

황제와 태양의 격돌.

크리스틴 지메르만이라는 걸출한 인물 아래서 수학한 두 피아니스트의 경쟁은 음악을 사랑하는 이라면 놓칠 수 없는 사건이었다.

한편.

치열한 접전이 예상되는 베를린 대전에 감히 도전하려는 사람이 적지 않았다.

가우왕이 '세 개의 손을 위한 소나타' 이후 전 세계 모든 피아니스트를 도발한 탓이었다.

재작년 퀸 엘리자베스 콩쿠르 우승자이자 북미 최고의 티켓 파워를 자랑하는 니나 케베리히가 그러했고.

수많은 국제무대에서 우승권에 들었던 사카모토 료이치의 애제자 엘리자베타 툭타미셰바 또한 참전 의사를 밝혔다.

그뿐만 아니라 베토벤 기념 콩쿠르의 파급력을 확인한 전 세계 여러 피아니스트가 속속들이 참가 의사를 밝히니 이 좋은 기회를 언론이 그냥 넘어갈 리 없었다.

[니나 케베리히, 베를린 대전에 참전 의사를 밝히다!]

[니나 케베리히, 참가 동기 질문에 "재밌을 것 같아서요."]

[엘리자베타 툭타미셰바, "세 개의 손을 위한 소나타가 피아니스트의 기량을 측정하는 척도는 아니다."]

[툭타미셰바, 세 개의 손을 위한 소나타를 못 치냐는 질문에 대노]

[유명 피아니스트의 연이은 참전에도 여유로운 가우왕]

[가우왕, "하고 싶으면 하라 해."]

[가우왕, "어차피 우승은 나." 우승 확신 발언! 참가자들이 시간과 노력을 낭비하고 있다고 덧붙여 파문]

[컨디션 조절에 들어간 최지훈]

[최지훈, "평소처럼 할 생각이에요." 자신감 과시!]

각 언론이 타오르는 불길에 기름을 끼얹자 팬들의 관심도 더욱 커졌다.

ㄴ가우왕은 진짜 저놈의 입 때문에 문제임ㅋㅋㅋㅋ

ㄴ다른 사람들 개무시하는데 실제로 제일 잘해서 더 화남ㅋㅋㅋㅋ

ㄴ최지훈 여유 있어 보인다.

ㄴ그러니까 ㅠㅠ 우리 지훈이 언제 저렇게 컸니 ㅠ

ㄴ내가 나이는 더 많지만 이제 형이라고 부르고 싶어 ㅠ

ㄴ부르면 되잖아.

ㄴ그러네. 지훈이 형 파이팅♥

ㄴ가우왕, 최지훈, 니나 케베리히 이 세 명 중에 한 명이 우승하겠네.

ㄴㅋ

ㄴ뭐.

ㄴ두 사람도 대단하지만 가우왕한테는 아직 아니지.

ㄴ그건 그럼. 가우왕한테 부족한 건 사회구성원으로서의 예절과 패션 센스뿐임. 피아니스트로서는 완벽함.

ㄴ근데 왜 아직도 언제 뭐 어떻게 한다는 거 발표가 안 됨? 어디서 볼 수 있음?

ㄴ베토벤 기념 콩쿠르 때문에 도빈이가 바빠서 그런 거 아닐까?

ㄴ일을 배도빈 혼자 하나? 베를린 필에 직원이 몇 명인데.

ㄴ지금까지 참가 신청도 안 받는 건 이상하긴 하다.

ㄴ곧 발표하겠지. 아, 아쉽다. 3~4년만 더 빨리 했어도 전 세대 거장들도 볼 수 있었을 텐데.

ㄴㄴ 그 사람들이 뭐가 아쉬워서 베를린 필하모닉 소속으로 활동하겠냐?

ㄴ근데 진짜 우승하면 베를린 필하모닉 들어가야 해? 그럼 솔직히 말해서 손해인 사람도 많은데.

ㄴ그래서 참가하려는 사람이 많은 게 신기한 거임ㅋㅋㅋㅋ

ㄴ솔직히 베를린 필하모닉 퍼스트 피아니스트로 배도빈 곡 받는 것
도 욕심나지.

ㄴ돈 더 많이 벌고 자유롭게 활동할 수 있는데 뭐 하러 들어가. 배도
빈 곡 연주하고 싶으면 로얄티 지불하면 되지.

ㄴ로얄티 지불하고 연주하는 거랑 헌정 받는 거랑 같냐.

ㄴ막심 에바로트는 안 나오려나?

ㄴ크으. 그러면 진짜 정상대전인데.

은퇴한 글렌 골드와 그레고리 소콜라브, 밀스 베레조프스
키, 미카엘 블레하츠를 제외하고.

현세대 가장 뛰어난 피아니스트로는 크리스틴 지메르만, 가
우왕, 막심 에바로트, 배도빈, 사카모토 료이치가 꼽혔다.

그러나 사카모토 료이치는 피아니스트로서의 활동이 극히 줄
었고 배도빈 역시 마찬가지라 남은 세 명이 주로 언급되었는데.

'세 개의 손을 위한 소나타' 이후로는 가우왕이 앞서나가는
추세였다.

그런 상황을 가우왕의 강력한 라이벌이자 건반 위의 혁명가
로 불리는 막심 에바로트가 좌시할 리 없었다.

본인도 참가하고 싶다는 의지를 밝힌 바 있었지만, 소속사와
의 문제, 솔로 피아니스트로서의 활동에 제약이 발생할 수 있는
이유 등으로 최종적으로는 경합에 참가하지 않는다고 밝혔다.

크리스틴 지메르만 역시 관중으로서 두 제자의 경합을 즐기고 싶다는 뜻을 전하니.

이번 경합의 우승은 가우왕이 가장 유력했고 그 뒤를 니나 케베리히와 최지훈이 뒤쫓는 그림이 그려졌다.

그러나 이 숭고한 대결에 치명적인 약점이 있었으니, 다름 아닌 악단주 배도빈이었다.

베를린 필하모닉이 퍼스트 피아니스트 공개 오디션 요강을 지체하게 된 원인은 악단주 배도빈에게 있었다.

카밀라 앤더슨 전무 겸 사무국장이 나섰다.

"퍼스트 피아니스트 공개 오디션은 이미 돌이킬 수 없는 일입니다. 지금 와서 무를 수 없어요."

이자벨 멀핀 경영본부장이 거들고 나섰다.

"앤더슨 전무의 말씀대로입니다. 이미 1년 전부터 예고한 일이라 하루에도 수백 개의 기사가 올라오고 있고, 팬들도 바라고 있습니다."

배도빈은 가장 신뢰하는 두 사람의 설득에도 좀처럼 마음을 돌리지 않았다.

"공개 오디션을 하지 않겠다고 하시니, 그 이유라도 좀 말씀해 주셔야죠."

이자벨 멀핀의 거듭된 설득에 배도빈이 긴 침묵을 깨고 입을 열었다.

"처음부터 최지훈 자리였어요."

"……."

"……."

운영진은 황당한 기색을 감추느라 애썼고, 어지간하면 웃고 넘기는 악장단도 입을 벌렸다.

카밀라 앤더슨 전무와 이자벨 멀핀 본부장이 다시 나섰다.

"그런 이유로 이 이벤트를 넘길 순 없어요. 모든 사람이 기대하고 있습니다."

"올해 크루즈 사업이 확장되면 악단 재정에 영향을 끼칠 겁니다. 피아니스트 공개 오디션은 그 공백을 채우는 데 큰 도움이 될 거고요."

"크루즈 사업에 적자 생길 것 같아요?"

"티켓 값을 올리거나 패키지 기간을 줄이지 않는 이상 그렇게 예상하고 있습니다. 자세한 사항은 지면을 통해서 보고드린 바 있습니다."

"음."

크루즈 사업에서 적자가 발생한다 해도 베를린 필하모닉의 탄탄한 재정이 당장 흔들리진 않았다.

그러나 작년 기준으로 마지노선에 그쳤던 티켓 값을 유지한다면 시간이 흐를수록 인건비와 물가 상승 등 여러 요인으로 적자가 늘어날 터였다.

"그건 따로 논의하도록 해요. 원인이 발생한 부분을 해결해야죠. 다른 쪽에서 벌어다 막는 건 임시방편일 뿐이니까요."

"그렇게 하겠습니다. 하지만 공개 오디션으로 얻을 수 있는 수익이 크다는 건 변치 않습니다. 더군다나 당사자들이 바라는 일이지 않습니까."

멀핀의 설득은 합리적이었다.

운영진과 악장단 대부분이 여론을 따라 오디션을 진행해야 한다고 생각했다.

그러나 배도빈은 이러한 상황이 무척 마음에 들지 않았다.

그의 마음을 이해하는 빌헬름 푸르트벵글러 상임 지휘자가 나섰다.

"악단의 인사권한은 전적으로 악단주에게 있다. 공개 오디션이 아무리 이득이 있다 해도 악단주가 결정할 일이야."

푸르트벵글러의 발언에 카밀라 앤더슨이 그를 노려보았다.

"베를린 필하모닉은 이미 전 세계 모든 오케스트라의 본이 되고 있습니다. 이미지를 위해서라도 취소할 순 없어요, 세프."

"명분은 어느 쪽에도 있지. 그걸 결정할 사람은 악단주뿐이라는 뜻이었어."

푸르트벵글러가 물러서지 않자 카밀라 앤더슨이 비아냥거렸다.

"그렇죠. 배도빈 악단주는 누구처럼 독단해서 판단하지 않으니 안심해도 되겠어요."

"뭐, 뭐야?"

"뭐가요! 도빈이도 당신처럼 폭군 소리 듣게 할 생각이에요?"

"내가 뭘! 40년간 잘만 해왔어! 어떤 연주자를 어떻게 뽑을지는 지휘자 권한이고 악단주의 권한이야! 그걸 부정하는 게 말이 된다고!"

"베토벤 기념 콩쿠르 이후 도빈이한테 생긴 공정한 이미지는 포기할 수 없어요. 마왕이니, 폭군보다 더한 폭군이니 하는 프레임보다 훨씬 긍정적이라고요! 인제 와서 오디션 없이 뽑아 버리면 그 뒷감당은 어쩌려고? 안 그래도 일 많아서 사람 많이 필요한데 앞으로 누가 우리 악단에 지원하겠어요?"

베를린 필하모닉에서 각각 50년, 37년을 근무한 원로 중의 원로이자 배도빈을 제외하고는 최고 실세 두 사람의 격돌에 회의실 분위기가 험악해졌다.

악장단이 푸르트벵글러를, 운영진이 앤더슨을 말리고 나서야 겨우 회의실 분위기가 가라앉았다.

그때까지 뚱한 표정으로 상황을 지켜보고 있기만 하던 배도빈이 입을 열었다.

"카밀라 말이 맞아요. 지금 와서 물리는 건 말이 안 돼요."

"도빈아."

카밀라 앤더슨이 배도빈을 대견하게 보는 한편, 빌헬름 푸르트벵글러를 째려보며 철부지 취급하였다.

"하지만 피아니스트는 최지훈 아니면 들일 생각 없어요. 가우왕은 특별한 상황이었을 뿐이에요."

"암. 그렇고말고."

푸르트벵글러가 그것 보라는 듯 의기양양해졌다.

그러나 운영진은 배도빈을 이해할 수 없었다.

배도빈과 최지훈의 친분은 익히 알고 있었지만 왜 최지훈이어야만 하는지에 대해서는 공감하지 못했다.

운영진 쪽에서 이러한 의문을 표하니 나윤희 악장이 나섰다.

"저…… 쉽게 이야기할 문제는 아닌 것 같아요. 실은."

그녀는 배도빈의 입장이 오래 전부터 약속된 일이었음을 설명하기 시작했다.

배도빈은 퀸 엘리자베스 콩쿠르 출전을 앞둔 최지훈의 자리를 마련해 두고 있었다.

그가 우승 트로피를 손에 쥐고 베를린으로 돌아온 날, 그에게 베를린 필하모닉의 퍼스트 피아노를 맡기려 했다.

그러나 같은 무대에 서고 싶다는 형제의 꿈은 최지훈의 부상으로 연기되었고.

그 자리를 지키기 위해 배도빈은 지휘와 작곡을 이어가는 중에도 무리하면서 피아니스트직을 맡아두고 있었다.

가우왕이 위기를 겪으며 그를 살리기 위해 잠시 내주었으나, 배도빈은 언제나 그 자리를 최지훈의 것으로 생각하고 있었고.

동시에 모든 단원이 배도빈의 그러한 마음을 이해하고 있었다.

"그래서 처음부터 지훈이 자리라고 생각하는 것도 무리는 아닌 것 같아요."

"흠."

나윤희로부터 배도빈의 입장을 전해 들은 운영진은 더욱더 답답해졌다.

애초부터 최지훈을 위해 배도빈이 마련한 자리라면 저렇게 고집을 부리는 것도 일견 납득되었다.

푸르트벵글러의 말처럼 직원 고용에 관한 일은 악단주에게 권한이 있기 때문이었다.

문제는 큰 수익을 기대할 수 있는 이벤트를 놓칠 수 없다는 입장과 팬들의 기대를 저버릴 수 없다는 것이었다.

"상황이 이상하게 돌아가는군."

찰스 브라움이 입을 열었다.

"팬들의 바람을 따라 오디션을 하자니 배도빈 마음에 안 들고, 그냥 임명하자니 이미 기대하고 있는 사람이 많다는 건네."

찰스가 배도빈을 보았다.

"하지만 또 내가 알기로 그 친구도 한 번 뱉은 말을 주워 담는 사람은 아닌 것 같던데. 아닌가?"

"맞아요."

배도빈이 가장 짜증 나는 부분이었다.

그는 가우왕과 최지훈이 멋대로 일을 벌인 탓에 상황이 이 지경에 이르렀다고 생각하고 있었다.

"최지훈이 그 양아치의 코를 밟아주고 쫓아내 준다면 그보다 근사한 상황도 없겠어."

"……"

"……"

회의실에 있던 모든 사람이 찰스 브라움의 발언을 무시했다.

그때 나윤희가 조심스레 손을 들었다.

"그래서 말인데요."

"좋은 방법이라도 있어?"

케르바 슈타인과 헨리 빈프스키, 왕소소 등 악장단이 반갑게 반응했다.

푸르트벵글러 탄핵 사건과 배도빈 강제 취임 사건의 주동자.

베를린의 모리아티 나윤희라면 이번에도 좋은 해결책을 내주리라 여겼다.

"지금 오디션이 관심받는 이유는 가우왕 씨를 누가 이길 수 있을까에 대한 기대 때문인 것 같아요."

"아무래도 그렇죠."

이자벨 멀핀 본부장이 긍정했다.

"그리고 도빈이는 지훈이를 자리에 앉히고 싶어 하고."

"맞아요."

배도빈도 고개를 끄덕였다.

"양쪽 다 만족할 방법이 있는데……."

"말해봐요."

배도빈이 반갑게 나섰다.

이 지루한 회의를 조금이라도 빨리 마무리하고 싶었다.

"가, 가우왕 씨를 해고하면 돼요."

지난 두 번의 사건과 달리.

그녀를 강력하게 지지하는 배도빈과 왕소소마저도 나윤희
의 발언을 이해할 수 없었다.

두 사람뿐만이 아니었다.

운영진과 악장단도 나윤희의 말을 이해하지 못하여 황당해
하는 사이 소소가 나섰다.

"일단 찬성."

영문을 모르긴 마찬가지였지만 민폐 덩어리인 엄마 아들이 베를린 필하모닉을 떠나는 데에는 무조건 찬성이었다.

"아주 좋은 생각이군."

찰스 브라움도 망설이지 않고 의견을 표명했다.

그와 나란히 앉은 헨리 빈프스키 악장이 물었다.

"나 악장 말 이해해?"

"……."

소중한 동생을 꾀어낸 파렴치한을 안 볼 수만 있다면 이유 따위 상관없었다.

"모르는구만."

헨리 빈프스키의 지적에도 찰스 브라움은 신념을 굽히지 않았다.

"자, 잠시만요. 나윤희 악장님. 무슨 뜻인지 모르겠어요. 설명을."

이자벨 멀핀이 물었다.

갑작스럽게 함께한 동료였지만.

피아노의 황제로 불리는 가우왕이 베를린 필하모닉에서 올린 성과는 이루 다 말할 수 없었다.

'세 개의 손을 위한 소나타'는 연주 자체가 독점이 되어 지금도 '잠자는 숲속의 공주' 다음으로 가장 많이 판매되고 있었다.

그뿐만 아니라 가우왕의 비인간적으로 다양한 레퍼토리 덕분에 배도빈은 자신이 원하는 피아노 협주곡을 얼마든지 프로그램에 포함할 수 있었다.

웃고 떠드는 실내악단이 예상보다 일찍 자리 잡은 데에도 그의 공헌이 컸다.

운영진 측에서는 현재, 그리고 가까운 미래에도 가우왕이 최지훈보다 모든 면에서 앞선다고 판단하여 내심 그가 베를린 필하모닉에 남아주길 바랐다.

이자벨 멀핀의 질문에 운영진이 고개를 끄덕였고.

나윤희는 차분히 입을 열었다.

"세 개의 손을 위한 소나타 이후로 가우왕 씨가 최고라는 데 이견은 없을 거예요. 그런데 그런 말까지 하셨으니까……."

회의실에 모인 이들은 1년 전, 가우왕의 도발을 떠올릴 수 있었다.

'여기 이 꼬맹이 말고도 도전하고 싶은 사람 있으면 찾아와. 내년 이맘때까지 기다려 주지. 발악들 해보라고.'

전 세계 모든 피아니스트를 상대로 감히 자신을 따라올 수 있겠냐고 부축였던 가우왕.

그의 말대로 현재까지 '세 개의 손을 위한 소나타'를 연주할 수 있는 사람은 아무도 없었다.

현재 가장 촉망받는 니나 케베리히조차 고개를 저었고.

6개월 이상 매진하고도 완벽히 연주해내지 못했던 엘리자베타 툭타미셰바의 일화가 공공연히 알려져 있었다.

"덕분에 오디션에 참가하려는 분들도 베를린 필하모닉 퍼스트 피아니스트가 되고 싶어서 오는 게 아니라 어떻게든 가우왕 씨를 이겨보겠단 생각 같아요."

조심스러운 목소리였지만 그녀가 무엇을 말하려는지 이해하는 사람이 조금씩 생겨나고 있었다.

"오디션과 피아니스트 섭외를 별개로 처리하자는 말씀이네요."

"네."

나윤희의 말대로 참가를 희망하는 피아니스트들이 가우왕과 자웅을 겨루는 데 무게를 두고 있다면, 그녀의 제안이 좋은 해결책이 될 수 있었다.

대중이 기대하는 빅 이벤트를 취소하지 않아도 되었고 동시에 배도빈의 의지대로 최지훈을 영입할 수도 있었다.

"남은 문제는 오디션이 아니게 된 행사를 우리가 무슨 명분으로 주최할 수 있는지네요."

죠엘 웨인의 말에 모두 고개를 끄덕였다.

나윤희가 답을 이어갔다.

"그때 가우왕 씨가 너희도 도빈이한테 곡 받고 싶으면 도전하라는 식으로 말씀하셨는데."

나윤희의 말에 배도빈이 탄식했다.

대교향곡 완성이 코앞이라 더더욱 짜증이 밀려들었다.

"도빈이 곡이 걸려 있다면 당연히 주최도 도빈이가 할 수 있을 것 같아요. 베토벤 기념 콩쿠르처럼요. 그렇게 되면 오디션이 아니라 경연이 되겠네요."

운영진과 악장단은 모든 일을 명쾌하게 설명하는 나윤희를 보며 그저 고개를 끄덕일 뿐이었다.

그러나 아직 해결할 일이 남아 있었다.

배도빈이 곡을 써 줄 수 있는지.

또 상금을 거는지, 걸어야 하면 베를린 필하모닉에서 걸어야 하는지에 대한 문제였다.

모두 배도빈을 바라보자 그가 어쩔 수 없다는 듯 수긍했다.

"그건 알아서 할게요. 상금은."

그러나 아무리 생각해도 가우왕과 최지훈이 벌어놓은 상황이 짜증 났다.

"가우왕 퇴직금으로 해요."

배도빈의 말에 두 사람을 제외한 회의 참석자 모두가 깜짝 놀랐다.

"찬성."

"좋은 생각이야. 그런 놈을 위해 아까운 운영비를 떼줘선 안 될 일이지."

소소와 찰스 브라움이 배도빈을 지지했지만 다른 쪽에서 난리가 났다.

"찬성하면 안 되죠!"

"보스! 무슨 말씀 하시는 거예요! 퇴직금을 상금으로 건다니, 잡혀가실 거예요!"

다행히 정상적인 사고를 하는 이들의 격렬한 반대로 경연 상금은 적당한 수준에서 책정되었다.

다소 분위기가 진정되었고 경연을 어떻게 운영할지에 관한 논의가 계속되었다.

"홍보가 중요할 텐데."

"맞아요. 본래 예정과 달라지는 만큼 참가자와 팬들이 잘 받아들일 수 있도록 해야 해요."

"또 명분 문제네요."

문제가 생기자 회의 참석자들은 자연스레 나윤희 악장에게 시선을 모았다.

지금까지 곧잘 답을 내놓았던 나윤희가 그러한 분위기에 부담을 느끼며 또다시 입을 열었다.

"은퇴 무대가…… 적당할 것 같아요. 지금까지 베를린 필하모닉을 위해 함께해 준 가우왕 씨에 대한 헌정 이벤트로."

"가우왕 씨라면 좋아할 것 같긴 하네요."

뽐내길 좋아하는 가우왕이 그런 대대적인 헌정 이벤트를 싫어할 리 없다고 판단했다.

카밀라 앤더슨도 고개를 끄덕이며 수긍했다.

"축제 느낌으로 다가갈 수 있겠어. 누가 우승하는지 궁금한 건 마찬가지지만 퍼스트 피아니스트 자리에 누가 앉을지에 대한 기대가 분산되기도 하고."

"그, 그리고."

나윤희가 카밀라 앤더슨의 분석에 말을 덧붙였다.

"그렇게까지 안 하면 가우왕 씨를 달랠 수 있는 일이 떠오르지 않아서요."

"아."

확실히 해고당한 가우왕이 무슨 짓을 저지를지 생각하면 끔찍한 일만 떠올랐다.

"언론에는 가우왕 씨가 스스로 내려놓았다고 알리면 되지 않을까요? 가우왕 씨의 체면도 지켜주고요."

죠엘 웨인의 말에 나윤희가 고개를 격하게 끄덕였다.

왕소소와 찰스 브라움은 주먹을 불끈 쥐었다.

이대로만 진행되면 정말 가우왕을 성공적으로 내쫓을 수 있을 것만 같았다.

해결책을 확인한 배도빈도 망설이지 않았다.

"멀핀."

"네."

"참가 희망자들이 이미 모이고 있다고 들었어요. 내일 당장 공고 올리도록 준비해 주세요."

배도빈이 잠시 고민한 뒤 계속해 주문했다.

"경연 제목은 적당히 지어주세요. 가우왕 은퇴식 때문에 정기 공연에 차질이 생기면 안 되니 되도록 짧게 가죠. 본선 30명. 1라운드 8명. 결승 4명이 좋겠습니다. 심사는 저와 세프 그리고 크리스틴 지메르만으로 해주세요."

"섭외 가능하신 건가요?"

"회의 끝나고 바로 연락할 거예요. 괜찮을 겁니다."

"네. 알겠습니다."

"참가 신청은 일주일 뒤까지 받아주세요. 예선 심사는 악장단이 도와주시기 바랍니다."

"네."

배도빈의 지시에 악장단이 흔쾌히 고개를 끄덕였다.

"본선 시작일은……."

"2월 4일이 좋을 것 같습니다. 심사에 3일 정도 필요할 테고, 일정을 빠르게 가져가신다면 심사 끝나는 대로 시작하는 편이 좋을 테니까요."

"좋아요. 그날로 하죠. 세부 사항은 추후 공지하는 것으로 하겠습니다."

"네. 바로 진행하겠습니다. 아, 가우왕 씨에게는 어떻게 연락할까요?"

배도빈이 곧장 가우왕에게 전화를 걸었지만 수화음이 이어질 뿐, 연결되지 않았다.

"안 받네요. 나중에 제가 설명할게요."

다음 날.

코끝으로 부드러운 감촉을 느낀 가우왕이 눈을 떴다.

그가 가장 사랑하는 푸른 눈이 여느 때와 같이 장난스럽게 웃고 있었다.

가우왕은 잠에서 덜 깬 목소리로 물었다.

"뭐 해."

"구경."

가우왕이 다시 눈을 감았다가 기지개를 켜곤 예나 브라움을 끌어안았다.

"깨우지 그랬어."

"왜? 잘 때가 제일 좋은데."

가우왕이 슬며시 눈을 떠 자신의 가슴에 기대 누워 있는 예나를 바라보았다.

"무슨 뜻이야?"

"글쎄."

가우왕이 팔에 힘을 주자 예나가 웃으며 몸을 비틀었다.

빠져나오려는 그녀와 가우왕의 힘겨루기가 이어졌고 결국 지친 두 사람은 침대 위에 포개어 축 처졌다.

예나 브라움이 입을 열었다.

"배고파."

가우왕이 나이트 스탠드로 손을 뻗어 핸드폰을 쥐었다.

예나가 함께 볼 수 있도록 멀찍이 들었는데 배도빈에게서 온 두 통의 부재중 통화 기록을 볼 수 있었다.

"귀여운 악단주님이 전화했네?"

"그러게."

"전화해 봐."

"오후에 출근할 텐데 뭘."

예나는 대수롭지 않게 여기며 어깨를 으쓱였다.

두 사람은 프라이버시를 지킬 만한 레스토랑을 검색했지만 그들이 바라는 은밀하고 조용한 곳을 찾을 순 없었다.

"그냥 여기서 먹을까?"

"조식 시간 끝났을 텐데."

"당신이 늦게 일어나서 그래."

예나가 가우왕을 노려보았다.

"그럼 적당히 예쁘든가."

"그건 그래."

예나가 웃으며 가우왕의 뺨에 입을 맞추고 일어났다.

가우왕도 정신을 차리고자 몸을 일으켜 그들이 묵고 있는 방의 거실로 향했다.

냉장고에서 어제 주문해 둔 콜드브루 커피를 꺼내 잔에 따랐다.

'괜찮네.'

커피 맛에 만족한 가우왕은 어슬렁거리며 TV 앞 소파에 앉았다.

-어제 오후, 독일 문단에서 소설가 겸 평론가 해먼 쇼익 씨를 제명하였다는 입장을 밝혔습니다.

"또 저놈이야?"

-금전 수수 혐의를 받고 있는 해먼 쇼익 씨는 최근 본인의 소설에 관한 세 건의 표절 시비에도 연루되어 있었습니다.

'얼씨구.'

-해먼 쇼익 씨는 결백을 주장하며 억울함을 호소했으나 받아들여지지 않았습니다. 문단과 출판업계는 해먼 쇼익 씨를 규탄하는 성명을 내며 강경한 입장을 취하고 있습니다.

'답 없는 인간이구만.'

-한편 과거 해먼 쇼익 씨가 재직했던 대학 교직원이 학력 위조 사실을 제보해 논란이 되고 있습니다. 제보자는 당시 대학 인사에 문제가 있었음을 피력하고 있습니다.

'가지가지 하네.'

-또한 해먼 쇼익 씨의 아내는 지금까지 그가 해 온 일들을 믿을 수 없다며 이혼을 요구한 것으로 알려져 있습니다. 한때 유명 소설가이자 평론가로 활동했던 해먼 쇼익 씨에 관련한 일들이 어떻게 진행될지 귀추가 주목되고 있습니다.

"쯧쯧."

가우왕은 하찮기 그지없는 인간의 소식을 들으며 커피를 마셨다.

-다음 소식입니다.

그때 TV 화면에 가우왕의 사진이 내걸렸다.

가우왕은 가만히 있으려 해도 내버려두지 않는 자신의 인기를 탓했다.

'어쩌겠어. 다들 보고 싶어 안달인데.'

슬며시 그의 입가에 미소가 어렸다.

-세 개의 손을 위한 소나타를 연주하며 정상에 오른 가우왕 씨가 지난 14개월간의 활동을 마무리하고 베를린 필하모닉과 결별한다는 소식입니다.

"어머. 당신 짤렸어?"

샤워를 마치고 나온 예나가 타월로 머리에 남은 물기를 짜며 나왔다.

-이자벨 멀핀 경영본부장은 그동안 악단을 위해 헌신한 가우왕 씨에 대한 예우로 그를 위한 경연을 다음 달 초에 개최할

예정이라고 밝히며, 가우왕 씨의 선택을 존중한다는 말을 덧붙였습니다.

"……."

"상냥하기도 해라. 도빈이가 당신 좋아하긴 하나 봐."

가우왕은 뉴스 보도도, 예나의 말도 들을 수 없었다. 그저 초점도 없이 눈을 뜨고 굳어 있을 뿐이었다.

그가 들고 있던 커피 잔을 놓칠 것 같아, 예나 브라움이 다급히 손을 받쳤다.

"덜 깼어? 왜 그래?"

"……배도빈."

"어?"

"배도비이이이이인!"

가우왕의 노성에 예나 브라움이 귀를 막았다. 깜짝 놀라기도 하고 이 사람이 드디어 미쳤나 싶기도 했다.

"귀 떨어지겠어!"

"……."

"왜 그래. 당신도 줄곧 솔로로 돌아가고 싶어서 나가겠다고 한 거 아냐?"

"나간다고 한 적 없어!"

"그럼 짤린 거네?"

"아니야!"

예나 브라움은 분해서 바들바들 떠는 가우왕이 너무나 귀여워서 놀리지 않고는 배길 수 없었다.

"차분히 이야기해 봐. 이유 없이 그럴 애 아니라는 거 알잖아. 전화도 이 문제 때문에 한 거 같은데."

"……."

예나 브라움의 말에 가우왕이 일단 진정했다.

"그나저나 직장 잃어서 어떡해?"

"어떻게 하긴 뭘 어떻게 해!"

"예쁘게 굴면 키워줄게."

"시끄러워!"

간신히 진정했던 가우왕은 자신을 바라보는 사랑스러운 시선을 뿌리쳤다.

안쪽 방에서 핸드폰을 찾은 그는 곧장 전화를 걸었고 잠시 후 배도빈과 연결되었다.

-왜 이렇게 전화를 안 받아요?

"내가 언제 나간다고 했어! 저 뉴스는 또 뭐고!"

-나간다고 안 했어요.

배도빈의 태연한 태도에 가우왕이 멈칫했다.

"안 했다고?"

-그래요. 안 했어요.

배도빈의 대답에 가우왕이 그제야 안도의 한숨을 내쉬었다.

"그래. 이상하다 싶었어. 뉴스에서 내가 베를린 필에서 나간 다고 나오더라고. 또 누가 루머를 퍼뜨린 모양이야. 아침부터 미안하다."

-루머 아니에요.

"......뭐?"

-해고할 거예요. 만나서 얘기해요. 지금 어디 있어요?

예나 브라움은 멀쩡히 통화하던 가우왕이 굳어버린 것을 보곤 그가 괜찮은지 확인하기 위해 쿡쿡 찔러보았다.

-제 말 듣고 있어요?

"왜? 뭐라고 하는데?"

배도빈과 예나가 번갈아 물었지만 너무나 큰 충격을 받은 탓에 가우왕의 이성은 돌아오지 않았다.

가우왕은 예나가 그를 걱정하여 침대 위에 앉히고 나서야 정신을 차릴 수 있었다.

-옆에 누구 있어요?

가우왕이 배도빈을 다그쳤다.

"시끄럽고. 방금 너 뭐라 했어?"

-어디 있냐고요. 차 보낼 테니까 만나서 이야기해요.

"그 전에!"

-해고할 거라고요.

"해고!"

가우왕이 벌떡 일어나 노성을 터뜨렸다.

그 바람에 예나 브라움과 배도빈이 깜짝 놀라고 말았지만 이성을 잃기 직전인 가우왕은 진정할 수 없었다.

"나를? 이 가우왕을? 그 버터 새끼도 아니고 나를?"

-네.

기가 막혀 또다시 멈춰버린 가우왕이 분노를 폭발시켜 포효했다.

"이 빌어먹을 꼬맹이가! 너 어디야!"

잠시 후.

배도빈 저택을 찾은 가우왕은 그때까지도 흥분을 가라앉히지 못했다.

당장에라도 잡아먹을 기세로 눈을 부라리며 윽박질렀다.

"네가, 네가 나한테 어떻게 이럴 수 있어!"

가우왕이 배도빈의 양팔을 쥐고 흔들었다.

"진정해요."

"진정하게 생겼어! 뭐가 문제야! 이번엔 뭐가 문제냐고!"

"일단 이것부터 봐요."

"말해!"

배도빈도 가우왕이 화낼 거라 예상하고는 있었지만, 이렇게 까지 흥분할 줄은 몰랐다.

그의 불 같은 성정에 익숙한 배도빈으로서도 눈이 반쯤 돌아간 가우왕의 태도에 당황하고 있었다.

가우왕에게는 무척 중요한 일이라는 것을 몰랐던 탓이다.

13년 전.

독일에서 한국까지 한달음에 달려가, 그토록 함께하고 싶었던 배도빈을 만난 가우왕은 배도빈에게 한 차례 거절당한 적이 있었다.

그것은 가우왕의 완벽한 이력에 유일한 흠이었고 트라우마였다.

자신이 유일하게 인정한 현대 작곡가에게 거절당한 경험은 피아니스트 가우왕의 자부심을 철저하게 짓밟았고.

동시에 자신의 부족함을 깨닫는 계기가 되기도 하였다.

배도빈과의 경합과 함께 절치부심한 가우왕은 뼈를 깎는 노력으로 현재, 자타가 공인하는 최고의 피아니스트로 우뚝 설 수 있었다.

덕분에 가우왕은 세계를 발아래에 둔 듯한 기분으로 인생에서 가장 행복한 시기를 누리고 있었다.

그가 인정하는 유일한 작곡가의 곡을 받으며 최고의 연주를 해내고 모든 이로부터 추앙받는 삶.

브라움 가문과의 문제만이 남아 있을 뿐.

가우왕의 오만함과 자신감은 하늘을 찌르고 있었다.

그렇게 행복한 상황에서 배도빈의 해고 통보는 그에게 충격으로 다가올 수밖에 없었다.

"말해! 뭐가 부족해! 3개로는 부족해? 4개라도 치겠어!"

"말 같지도 않은 소리 마요!"

"그럼 뭐야! 뭐냐고!"

"이것 좀 놓고 말해요!"

"내가, 이 내가 뭐가 부족해서 해고했냐고!"

"안 했다고!"

가우왕에 의해 있는 대로 휘둘리던 배도빈이 더는 못 참고 그의 턱을 들이박았다.

극심한 통증을 느낄 터였으나 가우왕은 배도빈이 자신을 해고하지 않았다는 사실이 더욱 중요해 아픔도 잊고 말았다.

"……뭐?"

"해고 안 했다고요."

"정말이야?"

"네."

"그럼 왜 그런 말을 해서 사람 열 받게 해?"

"곧 할 거니까요."

"이 자식이!"

가우왕이 또 달려들자 배도빈이 몸을 숙여 피해냈다.

"다짜고짜 흥분하지 말고 앉아요. 설명할 테니까."

"그래. 지금 되게 추해, 자기."

한차례 난동을 부린 가우왕은 예나 브라움에 의해 소파에 앉는 와중에도 씩씩댔다.

시간을 확인한 배도빈이 한숨을 내쉬었다.

"기자회견 잡아놨으니 일단 가면서 해요."

"설명부터 해."

어제 그가 연락을 받지 않아 급하게 처리한 일이기도 하여, 배도빈은 어쩔 수 없이 입을 열었다.

"지훈이랑 두 사람이 벌인 일 때문에 경연 우승자를 퍼스트 피아니스트 자리에 앉혀야 하게 되었어요."

배도빈이 일 이야기를 시작하자 흥분한 가우왕이 운전 중에 사고를 내진 않을까 싶어 따라온 예나 브라움이 자리를 비켜주었다.

가우왕도 짚이는 구석이 있어 우선은 배도빈의 말을 듣고자 팔짱을 꼈다.

"그리 유쾌하지 않아요."

"왜. 최지훈이 나한테 질 것 같으니까?"

약이 바짝 오른 가우왕이 배도빈의 성질을 긁으려 도발했다.

자신은 이렇게 화가 나는데 침착하게 앉아 있는 모습이 보기 싫은, 유치한 발상이었다.

그러나 의외의 반응이 돌아왔다.

"네."

"……."

빠바바밤- 빠바바밤-

배도빈의 핸드폰이 울렸다.

알람을 확인한 배도빈이 일어났다.

"가면서 이야기해요."

"아직 이야기 안 끝났어."

"……마음대로 해요."

배도빈이 나서자 가우왕이 어쩔 수 없이 따라나섰다.

차량에 탑승하고 배도빈이 입을 열었다.

"퍼스트 피아니스트 자리는 지훈이 거예요. 그건 가우왕도 알고 있었잖아요."

"그래."

"오래 전부터 생각해 왔고 다른 사람은 생각해 본 적 없어요. 그래서 가우왕이랑 지훈이가 벌인 일과 분리할 필요가 있었어요."

"……그런 생각이었구만."

가우왕의 반응에 배도빈이 작게 한숨을 내쉬었다. 그가 자신의 바람을 이해해 주었다는 착각이었다.

"그래서 일을 이 따위로 진행했어. 빌어먹을 자식."

"일을 멋대로 진행한 건 당신이랑 지훈이예요."

"헛소리."

"고집 부리지 마요. 누구를 데리고 오든 그건 내 마음이에요. 당신도 나가고 싶었으면서."

가우왕은 반응하지 않았다.

그렇게 두 사람은 기자회견장에 이를 때까지 한 마디도 섞지 않았고 백여 명의 기자들 앞에 섰다.

이 시대 최고의 음악가 배도빈과 가우왕의 아름다운 이별과 그 은퇴식을 기대하는 팬들도 중계를 통해 두 사람이 나란히 앉은 모습을 지켜볼 수 있었다.

진행을 맡은 이자벨 멀핀이 기자회견을 알렸고 배도빈이 입장을 밝히려는 찰나, 가우왕이 입을 열었다.

"시작하기 전에 말해 두는데, 나갈 생각 없어."

배도빈이 고개를 돌렸다.

가우왕도 마이크를 떼고 배도빈을 보며 말했다.

"멋대로 정하지 마. 내가 나가고 싶었다고? 이제 와 쫓아낸다고?"

충격적인 발언에 기자들조차 놀라, 잠시 멈추고 말았다.

그러나 이내 셔터 소리가 연속해 울리며 이목이 집중되었다.

ㄴ저게 무슨 말이야?

ㄴㅁㅊ 뭔 일이래.

시청자들도 당황해하며 상황을 지켜보았다.

"본인 입으로 그랬잖아요. 오래 있지 않을 거라고. 아까 내 말은 뭐로 들었어요?"

가우왕의 얼굴이 씰룩였다.

"내가. 내가 너한테 그렇게 걸림돌이었냐."

"누가 그렇대요?"

"그럼 왜 이런 웃기지도 않는 짓을 해서 난리야!"

"지훈이 들이고 싶어서요. 당신도 나가고 싶어 하니까!"

"누가!"

가우왕이 다시금 흥분했다.

그의 자존심은 이미 무너질 대로 무너져 있었다.

"누가 나가고 싶다고 했어!"

"며칠 전까지만 해도 그렇게 말했잖아요! 1년 내내 입에 달고 살았으면서!"

"……."

"나간다고 했으면서 왜 이제 와서 심술이예요? 내가 원치도 않는 당신을 잡았어야 했어요?"

배도빈의 말에 가우왕은 반응하지 않았다. 그러다 놀라서 달려온 단원들을 볼 수 있었고.

차마 떨어지지 않았던 입을 열 수 있었다.

"누가 나가고 싶었다는 거야!"

"본인이 그랬잖아요! 왜요! 그새 마음이 달라졌어요?"

"그래!"

가우왕의 말에 배도빈도 단원들도 놀랐다.

"빌어먹을 오케스트라에 있는 것도 재밌더라. 같이 하는 음악도 재밌더라!"

"가우왕?"

"머저리들만 모여 있는 게 아니라, 죽기 살기로 하는 놈들만 있어서 좋았다고!"

배도빈은 가우왕의 눈에 맺힌 눈물을 보고 적잖이 당황했다.

베를린 필하모닉에 들어오기 전만 해도, 아니, 들어오고 나서도 혼자 활동하길 좋아했던 가우왕이.

베를린에서의 생활이 좋다고 말하고 있었다.

"점잔 빼고 음악 한답시고 개염병 떠는 새끼들만 보다가! 진지한 놈들이랑 있으니까 좋았다고! 엉망이긴 해도 페터 저놈이 편곡한 거 연주하는 것도 재밌었고!"

지목당한 프란츠 페터가 깜짝 놀랐다.

"소소가 웃으면서 지내는 거 보는 것도 좋았고! 덜떨어진 인간들이랑 술 마시는 것도 좋았어. 좋았다고!"

가우왕의 속내를 몰랐던 왕소소가 눈썹을 찡그리며 아파했고.

가끔 가우왕과 술잔을 기울였던 피셔 디스카우, 한스 이안, 진 마르코가 작게 탄식했다.

가우왕은.

프로로 활동하면서부터 튀는 행동과 복장으로 여러 사람에게 질타받았다.

티켓 파워는 20대 때부터 확실했으나 평단은 그를 기교는 있지만 깊이가 없는 이류로 평가했다.

자신의 부족함을 깨닫고 음악적 완성을 이룬 뒤에도, 그 깐 깐하고 까탈스러운 성격 탓에 여러 오케스트라로부터 함께하기 어려운 피아니스트로 여겨졌다.

가우왕도 그들을 배척했다.

완벽하지 못한 연주를 할 바에야 무대에 오르지 않는 것이 낫다고 생각했기에 적당히 대충대충 하는 뭇 음악가들을 하찮게 여길 뿐이었다.

그래서 배도빈이 더욱 좋았고.

그래서 베를린 필하모닉이 좋았다.

베를린 필하모닉 피아니스트 자리가 최지훈의 것임을 알고 있었지만, 지난 1년간 너무나 행복했다.

솔직하지 못한 마음으로 언젠가 떠날 거다, 솔로가 더 좋다 같은 말을 하고 다녔지만.

떠나고 싶지 않았다.

"가우왕……."

배도빈이 그를 안타깝게 불렀다.

"그래! 솔직하지 못해서 미안하다! 나갈 거라 했어! 혼자 활동하는 게 더 좋다고 했어!"

가우왕이 이를 악다물었다.

그의 분이 흘러나왔다.

"그래도 이러는 법이 어딨어. 나만 좋았냐? 나만 즐거웠던 거냐고!"

배도빈과 베를린 필하모닉은 그들이 가우왕의 마음을 이해하지 못했음을 절실히 느낄 수 있었다.

평소 버릇처럼 솔로 활동으로 돌아갈 거라 말했던 탓에 그가 진심으로 베를린 필하모닉에서의 생활을 좋아하고 있는지 몰랐다.

자존심 강한 그가.

전 세계로 송출되는 수백 대의 카메라 앞에서 자신을 내려놓을 만큼.

진심으로 그들을 소중하게 여기고 있는 줄은 차마 몰랐다.

미안하면서도. 고마우면서도.

그러한 감정에 앞서 유대감을 확인할 수 있었다.

배도빈의 목울대가 뜨거워졌다.

"그럼 그렇다고 처음부터 말하지 왜 마음에도 없는 소리를 해대요!"

"너 같으면 그런 부끄러운 말을 할 수 있겠냐!"

"잘만 하면서 뭐라는 거야!"

다시금 싸우기 시작한 두 사람을 보며 시청자와 기자들은 어리둥절하였다.

ㄴ쟤들 지금 뭐 하는 거임?

ㄴ사랑과 전쟁 시즌2임?

ㄴ시즌1 in 푸르트벵글러호에 이어 사랑과 전쟁 in 베를린이 방영 예정입니다. 시청자분들의 많은 사랑 바랍니다.

ㄴ아닠ㅋㅋㅋㅋㅋㅋ 뭐야 대첼ㅋㅋ 누가 나 이해 좀 시켜쥘ㅋㅋㅋ 은퇴 관련 기자회견 한다고 했으면서 갑자기 왜 사랑싸움이얔ㅋㅋㅋ

ㄴ배도빈은 가우왕이 나가고 싶다고 해서 내보내려 했는데 실은 가우왕은 나가고 싶지 않았다는 거 같은데.

ㄴ은퇴식 하기 전에 물어보고 했어야 할 거 아냒ㅋㅋㅋㅋ

"그걸 왜 지금 말해요! 어쩌자고!"

"너야말로 난데없이 무슨 짓이야!"

"당신이 멋대로 일정 잡아서잖아! 사람들 베를린에 와 있다고 난리고 오디션 언제 하냐고 성화인데! 어제 전화만 받았어도 이렇게 안 됐잖아요!"

"전화 안 받은 게 문제야? 어제만 날이었어? 왜 인제 와서 난리야!"

"바빴잖아!"

베토벤 기념 콩쿠르, 타마키 히로시의 장례, 평단과 언론 등을 규탄하는 시위 등으로 송년 음악회조차 케르바 슈타인에게 맡겼던 배도빈이었다.

악단과의 사전 협의 없이, 전 세계 피아니스트들에게 1월 말에 덤비라고 광고했던 가우왕은 잠시 말문이 막혔다가 다시금 성을 냈다.

"그렇다고 날 해고해? 못 나가. 안 나가!"

"……진심이에요?"

"그래!"

"진심이냐고요."

배도빈의 달라진 말투 때문에 회견장이 조용해졌다.

"솔로로 활동하고 싶다는 것도 거짓말이었어요? 맨날 공연수 부족하다고, 출장 좀 보내 달라고 한 것도 거짓말이었어요?"

"……."

"하고 싶은 연주회 마음껏 하고 싶잖아요. 그 연주 더 많은 사람한테 들려주고 싶잖아요!"

"……."

"그런 마음 뻔히 아는데 내가 당신 붙잡고 있어야 해요? 여기 남아서 뭐 하려고!"

"너."

"왜 내가! 왜 베를린 필하모닉이 당신 걸림돌이 되어야 해! 난! 난 당신한테 기회 더 못 주는 나는 그동안 편했을 것 같아요? 왜 일을 복잡하게 만들어!"

"……."

"당신 피아노 좋은 거 세상이 다 아는데! 내가 제일 잘 아는데 잡아주길 바랐냐고, 이 머저리야!"

"머, 머저리?"

"그래!"

ㄴ이 드라마 재밌네요.

ㄴ뜨겁다 뜨거워.

ㄴ아, 도빈이도 내심 고민 많이 했었나 보네.

ㄴ솔직히 가우왕 실력은 배도빈이 가장 잘 알고 있을 듯. 그런 사람이 공연 좀 많이 다니게 해달라고 하는데 악단주로서 무조건 그렇게 해 줄 수도 없었을 테고.

ㄴ둘이 너무 아끼고 사랑하는데 오해가 있었네.

ㄴ둘 다 똑같음ㅋㅋㅋㅋ 멋대로 일정 잡고 나간다고 노래 부른 가우왕이나 미리 상의 안 하고 일 처리한 배도빈이날ㅋㅋㅋ

ㄴ또 신파야? 드라마 진짜 볼 것 없다.

ㄴ이걸 내가 생중계로 보다니. 오늘 복권 사야겠다.

"너 아까부터 말이 자꾸 짧다?"

"어쩔 건데!"

언성을 높이고, 점점 유치해지는 싸움 속에서.

짝짝-

짝짝짝짝-

두 사람의 열렬한 사랑싸움을 지켜보고 있던 사람들이 박수를 보내기 시작했다.

있는 힘껏 싸우던 배도빈과 가우왕은 그들을 따뜻한 시선으로 바라보는 주변에 당황했다.

있는 대로 인상을 쓰며 의자에 앉고는 서로가 있는 반대 방향으로 고개를 돌렸다.

"아무튼 나갈 생각 없어."

"말했잖아요. 처음부터 정해진 자리였다고."

"그러니까 경연하면 될 거 아냐. 네가 베를린 필하모닉의 연주자는 최고여야 한다며."

"그러니까 누구를 들이는 건 제 마음이라고요."

"그래서 최지훈으로 하겠다? 최고여야 한다며! 자신 있으면 최지훈 보고 참가해서 우승하라 하면 되잖아!"

그때 한 센스 있는 카메라 기자가 상황을 흥미롭게 지켜보던 최지훈을 잡았다.

항상 방실방실 눈웃음 짓고 있던 최지훈의 눈이 드물게 커져 있었다.

"우승이랑 상관없다고 몇 번을 말해요! 내가 최지훈 데려오고 싶다고! 내 악단이야!"

"왜 난 안 되고 갠 되는데!"

잠깐의 휴전 뒤에 다시금 말싸움이 시작되었다.

가우왕이 배도빈을 몰아세웠다.

"내가 우승할 것 같으니까 그러잖아! 그러니 내쫓고 이벤트로 치부하려는 거 아냐!"

가우왕의 말에 답하지 못하는 배도빈을 보는 최지훈의 눈이 흔들렸다.

'왜 가만히 있어?'

배도빈은 언제나 당당했다.

모든 행동에 확신이 있었다.

그 어떤 때라도, 누구 앞에서라도 결코 망설이거나 주저하지 않았다.

그런 배도빈이었기에 가우왕의 말에 답하지 않는 모습이 낯설었다.

"네 입으로 말했지. 최지훈 우승 못 할 것 같다고. 내가 더 잘났는데 그놈은 되고 난 안 되는 이유가 뭐냐고!"

"유치하게 굴지 마요!"

가우왕의 말이 최지훈의 가슴에 비수처럼 꽂혔다.

그의 말을 부정하지 않는 배도빈의 모습이 총알처럼 박혔다.

'정말 그렇게 생각했어?'

얼마 전, '피아노 협주곡 A108'을 연주하며 최지훈은 마침내 배도빈과 같은 곳에 이르렀다 생각했다.

그저 동경만 했던 별들의 세계에 마침내 이르렀다고 여겼다.

마침내 형제와 나란히 섰다.

가장 존경하는 피아니스트 가우왕이라도, 스승 크리스틴 지메르만이라도 그 자리를 양보할 순 없었다.

자신 있었다.

모든 사람이 어렵다고 말해도 최지훈만은 자신의 자리를 되찾을 자신이 있었다.

오래전부터 나눴던 약속이었고.

적어도 배도빈만은 자신을 믿어줄 거라 믿었다.

"정말이야?"

최지훈이 앞으로 나섰다.

언성을 높이던 가우왕과 배도빈이 잠시 행동을 멈추고 최지훈을 보았다.

항상 웃고 있던 얼굴이 싸늘하게 식어 있었다.

"정말 내가 우승 못 할 것 같아서. 그래서 가우왕 씨 내보내려는 거야?"

"아니야. 오해라고."

"오해는 무슨 오해야! 네 행동이 그렇잖아!"

"좀 닥쳐요!"

배도빈이 가우왕에게 일갈하고 고개를 돌렸을 때, 냉정했던 최지훈의 눈에 눈물이 맺혀 있었다.

"야."

최지훈은 배도빈과 대화하고 싶지 않았다.

추궁할 용기가 나지 않았다.

배도빈이 정말 자신 때문에 가우왕을 내보내려 했을까 봐.

자신이 가우왕을 넘어서지 못할 거라 생각해서, 그래서 그랬다고 할까 봐 무서웠다.

그러면 정말 실망할 테니까.

세상에서 가장 사랑하고 신뢰하는 형제가 그럴 리 없다고 생각하면서, 오해라는 말을 믿고 싶어서 자꾸만 치미는 나쁜 생각을 입에 담고 싶지 않았다.

울고 싶지 않았다.

그래서 자리를 피하려는데.

"어디 가!"

배도빈이 자리를 박찼다.

최지훈에게 달려가 그의 손을 잡고 있는 힘껏 돌려세웠다.

최지훈은 그의 손을 뿌리치려 했으나 배도빈은 결코 놓아주지 않았다.

"내 말 들어!"

최지훈이 애써 눈물을 참고 배도빈을 보았다.

그럴 마음만 먹었다면 체격 차이가 있는 배도빈을 내치지 못할 리 없었다.

믿고 싶었기에.

냉정을 가장하고 배도빈을 보았다.

"그래. 맞아. 가우왕이 이길 것 같았어."

"……."

차라리 거짓말이라도 해주지.

최지훈은 머리를 세게 얻어맞은 것처럼 현기증을 느꼈다.

└남주가 쓰레기네.

└나 지금 너무 충격이야. 진짜 도빈이가 그랬다고?

└발단 전개 없이 절정만 보여주는 막장 드라마 좋고요.

"놔."

"끝까지 들어!"

최지훈이 손을 들며 몸을 틀자 배도빈이 다시금 그를 돌려 세웠다.

"처음부터 네 자리였어. 다른 사람이 아니라 너였다고."

"듣기 싫어."

"최지훈!"

"그만해!"

애써 참았던 화가 터져 버렸다.

"최고가 아니면 곤란하다며. 베를린 필하모닉 피아니스트는 그래야 한다며!"

믿을 수 없었다.

"정말 노력한 사람은 보상받아야 한다며! 베토벤 기념 콩쿠르에서 했던 말들은 뭐야? 나한테 해줬던 말은 뭐냐고!"

믿고 싶지 않았다.

"내가 좋아할 줄 알았어? 자리 맡아주면 정말 좋아할 줄 알았어? 너한테 난 정말 그 정도밖에 안 되는 사람이었어?"

지난 시간이 모두 거짓인 것 같아서 차라리 악몽이길 바랐다.

"그래! 가우왕 씨한테 질 수 있어. 내가 가장 존경하는 피아니스트니까! 세계에서 제일 멋진 피아니스트니까!"

"최지훈!"

"어렵다는 거 알아! 그래도, 그래도 이런 식으로 바라진 않았어. 한 번으로 안 되면 두 번, 세 번, 열 번 도전하면 된다고 생각했어. 지금까지 그랬으니까!"

결국 참았던 눈물이 쏟아졌다.

"남들보다 못하면 그만큼 더 노력하면 된다고 했잖아! 그런 말을 했던 네가, 네가 어떻게 날 이렇게 비참하게 해?"

기자회견장이 숙연해졌다.

"……너만은 믿어줄 거라 믿었는데."

최지훈이 떠나려 할 때.

배도빈의 혼잣말이 그를 멈춰 세웠다.

"너야말로 날 그렇게밖에 안 봤냐."

배도빈이 가우왕과 최지훈을 번갈아 보았다.

"필요 없다고. 세상에서 제일 잘하는 사람 필요 없다고. 몇 번을 말해야 알아들어!"

배도빈이 소리쳤다.

"내가 너랑 함께하고 싶다고. 너랑 가우왕 중에 누가 더 뛰어난지 조금도 관심 없다고!"

배도빈은 자신의 마음을 이해하지 못하는 가우왕과 최지훈이 답답해 미칠 지경이었다.

"최고여야 했으면 내가 했어. 사카모토를 들이든 지메르만을 들이든 글렌 골드를 들이든 이미 정해졌을 일이야. 왜 이해를 못 해!"

"……."

"내가 너랑 하고 싶다고. 네가 저 인간보다 잘하든 못하든! 손이 부러졌든 망가졌든 너랑 하고 싶다고!"

"도빈아……."

"그걸 왜 니들끼리 정해? 왜! 다른 사람이 우승하면 그 사람 데리고 해야 해? 웃기지 마! 내 악단이고 내 곡이야. 내가 만든 무대에 왜 관심도 없는 피아니스트를 올려야 하냐고!"

배도빈이 고개를 돌려 가우왕에게도 소리쳤다.

"떼쓰지 마! 당신 리사이틀 듣고 싶은 사람 수백만이야. 당신이 연주하는 소나타 듣고 싶어 하는 사람이 얼마나 많은데 여기 있겠다고 고집이야?"

"……."

"곡 받고 싶으면 얼마든지 말해! 당신이라면 열 개든 스무 개든 써 줄 수 있어. 협연하고 싶으면 와서 해! 자기도 솔로로 활동하고 싶으면서 대체 뭔 고집이야! 내가! 팬들이 내가 적어놓은 대로 연주하는 당신을 좋아할 것 같아? 지금까지 맘대로 해놓고?"

"……."

피아니스트 가우왕의 강점은 누가 뭐라 해도 화려한 기교와 전위적인 해석이었다.

배도빈은 본인과 팬들이 가우왕의 어떤 점을 좋아하는지

언급하며 그의 개성을 죽이고 싶지 않음을 피력했다.

그것을 너무나 잘 이해하기에 가우왕은 아무 말도 꺼내지 못했다.

배도빈이 고개를 돌렸다.

"최지훈 너! 넌 내가 최고가 아니면 같이할 생각 없었냐? 내가 얀스보다 덜 팔면 LA로 갈 생각이었어?"

"왜 말이 그렇게 돼!"

"지금 너랑 저 인간이 이딴 식으로 억지 부리잖아!"

배도빈이 테이블 걷어차 버렸다.

"더러워서 못 해 먹겠네."

배도빈이 떠나려 하자 단원들과 함께 있었던 나윤희가 튀어나와 배도빈을 붙잡았다. 그리고는 가우왕과 최지훈에게 고개를 숙였다.

"죄송해요. 오해하지 마세요. 전부, 전부 제 탓이에요."

"그만 해요."

"제가 그러자고 했어요. 가우왕 씨랑 악단을 분리하면 도빈이가 원하는 대로 진행할 수 있을 거라 생각했어요. 제 탓이에요. 지훈아, 도빈이 그런 생각 조금도 안 했어. 나보다 네가 더 잘 알잖아."

나윤희가 최지훈과 가우왕에게 애걸복걸했다.

"가우왕 씨도 아시잖아요. 도빈이가 가우왕 씨 얼마나 좋아하는지. 그동안 마음고생 정말 많이 했어요. 개인 활동 보장 많이 못 해준다고, 자기가 자꾸 걸림돌이 되는 것 같다고. 저 때문이에요. 제가 멍청해서 그래요. 제발 오해 풀어요."

"그만 해요."

배도빈이 나윤희를 말렸다.

"세 사람 오해 저 때문에 생긴 거예요. 죄송해요. 정말 죄송해요."

"그만 하라고요!"

배도빈이 자꾸만 고개를 숙이는 나윤희를 붙들었다.

  └나윤희는 뭐얔ㅋㅋㅋㅋㅋ

  └대환장파틱ㅋㅋㅋㅋㅋ

  └아니, 나윤희가 그러자고 해서 진짜 그렇게 된 것도 이상한데?

  └킹능성 있어 보임. 푸르트벵글러 실각과 배도빈 취임을 주도했다는 카더라도 있었음.

  └역시 모리아티.

  └베를린 필하모닉 실세 ㄷㄷ

  └이 드라마 엔딩 어떻게 되죠?

  └아닠ㅋㅋㅋㅋ 그렇게 소리치고 싸웠으면서 지금 다들 민망해하고 있는 거 실화야?

  └오해 풀리니까 다들 시선 피하는 거 봨ㅋㅋㅋㅋㅋㅋㅋㅋㅋ

당황해서 끼어들 생각도 못 했던 이자벨 멀핀이 마이크를 잡았다.

"……사, 삼십 분간 조정에 들어가겠습니다. 내빈 여러분께 양해 구하겠습니다."

♪

"캴핡햫핰크핳악항하악핳핳캌핰."

마누엘 노이어와 피셔 디스카우는 웃음을 참을 수 없었다.

가발이 벗겨진 것도 모른 채 웃어댔고 이승희에게 발을 밟히고 나서야 겨우 소리 죽여 웃었다.

카밀라 앤더슨과 이자벨 멀핀, 빌헬름 푸르트벵글러는 미팅실에서 배도빈, 가우왕, 최지훈, 나윤희를 앞에 두고 있었다.

"대체 이게 무슨 망신이야!"

푸르트벵글러가 일갈했다.

배도빈은 짜증 나는 듯 시선을 피하고 있었고 가우왕도 별반 다르지 않았다.

최지훈은 얼굴이 빨개져 고개를 들지 못했고 나윤희는 여태 자기 잘못이라며 가우왕과 최지훈에게 고개를 숙였다.

"윤희 너도 그만 좀 해라!"

푸르트벵글러가 혼을 내고 나서야 겨우 그쳤다.

카밀라 앤더슨이 나윤희를 두둔했다.

"나 악장 잘못 아니야. 중간에 세 사람이 이야기만 했어도 아무 문제 없었어."

"내 말이 그거잖아. 대체 왜 말도 없이 일을 진행해?"

가우왕이 기회를 놓치지 않고 불평을 늘어놓자 배도빈이 짜증스럽게 반응했다.

"어제 전화 두 번이나 안 받았으면서 뭘 잘했다고 그래요?"

"……."

차마 예나 브라움과 같이 있어 몰랐다고 답할 수 없었던 가우왕은 입을 다물었다.

"나한테는 연락 없었잖아."

최지훈이 따졌다.

"……이해할 줄 알았지."

"말도 안 했으면서 어떻게 이해해."

"시끄럽다!"

푸르트벵글러가 테이블을 내려쳤다.

"어쩔 거야! 밖에 기자들만 백 명이 넘게 기다리고 있어! 어떻게 할지 정해야 할 거 아니냐!"

가우왕이 귀를 파다가 배도빈에게 물었다.

"진짜 최지훈 말고는 생각 없냐."

"네."

"빌어먹을 꼬맹이."

"……."

"내가 원하면 언제든지 협연해."

"그럼요."

"네가 한 말이니까 지켜. 곡도 내놔. 다른 누구도 연주 못 하는 곡 만들라고."

"내키면요."

가우왕은 여전히 서운하고 분했다.

그러나 배도빈이 정 그렇다면 어쩔 수 없는 일이라 생각했다.

실은 그를 보내고 싶지 않은 배도빈도 그가 자유롭게 활동하길 바라며 아쉬움을 달랬다.

그때 쭈꾸리가 된 나윤희가 어렵게 입을 열었다.

"저……."

그녀가 상당히 위축되어 있었기에 배도빈은 테이블 아래에서 그녀의 손을 잡아주었다.

"지금 생각해 보니까 좀 이상해서요."

"뭐가?"

되물은 카밀라 앤더슨뿐만 아니라 다들 의아해했다.

겨우 고쳤던 말 더듬는 버릇이 튀어나왔다.

"퍼, 퍼스트 피아니스트는 한 사람이겠지만 꼬, 꼭 피아니스트를 한 명만 둬야 하는 거예요?"

"……."

"……."

"오, 오케스트라에 피아니스트를 두는 경우를 못 봐서. 대부분 외, 외부 단원이니까. 꼭 그, 그래야 하나 싶어서……"

나윤희의 질문에 아무도 답하지 못하고 한숨을 내쉴 뿐이다가.

푸르트벵글러의 우렁찬 목소리가 복도까지 퍼졌다.

"이 머저리들한테 악단을 맡긴 내 잘못이지! 어? 다 내 탓이야!"

열이 머리끝까지 뻗친 푸르트벵글러가 그들을 탓했다.

"알아서들 해!"

그가 미팅실을 나서자 나윤희를 제외한 다른 사람도 배도빈, 가우왕, 최지훈이 따로 이야기할 수 있도록 자리를 비켜주었다.

배도빈도 가우왕도 최지훈도 나윤희도 민망한 나머지 차마 입을 열지 못했다.

배도빈이 악단주로서의 책임감 때문에 어쩔 수 없이 먼저 말을 꺼냈다.

"어쩔 거예요?"

"뭘."

가우왕이 팔짱을 낀 채 돌아보지도 않고 답했다.

"나가고 싶어 하는 줄 알았어요. 그래서 적당한 때라 생각했고."

"......"

배도빈이 토라져 고개도 안 돌리는 가우왕의 등을 보며 한숨을 내쉬었다.

"있어 달라고는 못 해요. 당신 기다리는 팬들이 많고, 내가 바라는 연주보다 당신이 원하는 연주를 더 듣고 싶었단 말도 진심이에요. 가우왕 연주 좋아하니까."

"......"

"그래도 있어 준다면, 지금보다는 더 신경 쓸게요."

배도빈의 진심을 이해한 가우왕은 더 이상 버티지 못하고 팔짱을 풀었다.

"그래."

"그래서 뭐요."

"남고 싶다고! 굳이 말을 해야 알아듣냐! 어! 그렇게 확답을 듣고 싶어?"

"말을 안 하는데 어떻게 알아요!"

"방금 내가 한 말이잖아!"

가우왕에게 소리치던 배도빈이 최지훈의 반격에 할 말을 잃었다.

최지훈이 배도빈에게 서운한 점을 말하려던 차, 가우왕이 선수를 쳤다.

"그래서. 넌 어떤데."

"뭐가요?"

"내가 어떻게 했으면 좋겠냐고!"

베를린 필하모닉에 남고 싶다는 마음과는 별개로 가우왕은 배도빈이 그것을 원하는지 확실히 하고 싶었다.

최지훈의 지적에 깨달은 바가 있던 배도빈이 머뭇거리다가 이내 실토했다.

"······좋겠어요."

"뭐?"

"있으면 좋겠다고!"

배도빈은 자꾸만 답을 재촉하는 가우왕의 엉덩이를 걷어차고 싶었지만 그러면 또 싸울 것 같아 일단은 참았다.

고개를 돌려 얼굴이 빨개진 최지훈을 보았다.

"서운했냐."

최지훈이 답하지 않았다.

최고가 아니라도, 손이 망가졌더라도 자신을 바란다는 말이 자꾸만 떠올라 애써 속내를 감췄다.

"그런 생각 했다는 걸 알았는데 어떻게 괜찮아."

"지금은?"

"······몰라."

배도빈이 거듭 묻자 최지훈이 대답을 회피했다.

"네 실력을 못 믿어서가 아니라 네가 어떤 상태든 널 들이고 싶었던 거야. 날 믿어."

"……."

"마, 맞아. 도빈이 어제 회의할 때도 너만 찾았어. 정말이야."

나윤희의 말에 최지훈이 고개를 끄덕였다.

일단 형제도 마음을 푼 듯하였기에 배도빈은 우선 당면한 일을 처리하고자 했다.

"오해가 있었다고 설명할게요. 남아 줘서 고마워요."

배도빈이 고맙다는 뜻을 전하자 그제야 가우왕의 마음도 누그러들었다.

"피아니스트는 두 사람으로 하고. 경연은 은퇴 무대가 아닌 이벤트로 하죠."

상황을 정리하던 배도빈이 갑자기 이상함을 느꼈다.

"그 전에."

세 사람이 배도빈을 보았다.

"왜 내가 두 사람이 벌인 일에 곡을 써 주고 상금까지 줘야 하는지 말해 봐요."

"……."

"……."

가우왕과 최지훈이 답을 찾지 못하다가 동시에 입을 열었다.

"미안."

배도빈이 주먹을 꽉 쥐고 두 사람을 노려보다가 한숨을 내쉬었다.

단원이 저지른 일을 수습하는 것도 악단주의 역할이라 생각하며 애써 화를 눌렀다.

'성격 정말 많이 죽었다.'

19세기 빈이었다면 상상도 못 할 일이었고 그만큼 배도빈이 두 사람을 아끼는 탓이었다.

"그럼 퍼스트 피아니스트는."

"그래. 맡아야지."

"아, 응."

가우왕과 최지훈의 말이 겹쳤다.

두 사람은 서로를 무슨 말을 하냐고 묻는 듯 바라보다 입을 열었다.

"제 자리예요."

"내가 네 밑에 있는 게 말이 된다고 생각하나?"

"배려해 드릴게요."

"배려어?"

겨우 한차례 태풍이 지나갔건만 또 다른 싸움이 일 것 같았다.

배도빈이 한숨을 내쉬었다.

"당연히 더 잘하는 사람이 맡아야지."

"지지 않아요."

가우왕이 최지훈의 말을 맞받아치려다가 문득 조금 전 있었던 일을 떠올렸다.

"배도빈."

"왜요."

"너 아까 완벽한 피아니스트를 들일 생각이었다면 직접 한
다고 했었지?"

"그랬죠."

"말이 안 되잖아. 너보다 내가 더 나은데 무슨 말이야."

가우왕의 말에 배도빈이 코웃음을 쳤다.

"괜찮은 농담이었어요."

"농담은 무슨. 어쩌다 한 번씩 연주하는 너랑 내가 비교가
되겠냐?"

"……말 다 했어요?"

"다 했어."

겨우 흥분을 가라앉혔던 배도빈의 눈썹이 꿈틀거렸다.

"객기 부리지 마요. 또 망신당하고 싶지 않으면."

"글쎄. 13년 전이랑 똑같을 거라 생각하면 오산이야."

"세 개의 손을 위한 소나타를 연주했다고 자신감 가지는 건
좋은데 그게 실력의 전부는 아니죠."

"러시아 꼬맹이도 그런 말로 변명하더라고."

"뭐라고요?"

"억울하면 너도 참가하든가."

배도빈이 가우왕의 도발을 철없이 여기며 고개를 저었다.

오케스트라 대전이 내년으로 다가왔고, 올해 예선을 치러야 했기에 의미 없는 일에 시간을 투자하고 싶지 않았다.

그러나 그때 최지훈이 나섰다.

"나도 그 말 이상했어."

"뭐가."

"오래 쉬었잖아. 꾸준히 했던 나랑 가우왕 씨보다 낫다고 말하는 건 아닌 거 같아."

"그래. 말 한번 잘했다. 지금으로선 네가 배도빈보다 낫지."

배도빈이 눈을 부라리며 가우왕을 보았다. 억울하면 덤비라는 듯 턱을 들고 거만한 표정을 짓고 있었다.

고개를 돌려 최지훈을 보자 진심으로 이길 거라 생각하는 듯 투지가 담긴 시선을 보내오고 있었다.

"이 인간들이 정말."

애써 자신을 억누르던 배도빈도 결국 전 세계 모든 피아니스트와 마찬가지로 가우왕의 유치한 도발에 넘어가고 말았다.

[베를린 필하모닉 입장 소명]

[배도빈 악단주, "물의를 일으켜 죄송하다. 예정된 경연과 퍼스트 피

아니스트 자격은 무관. 축제로 즐겨달라."]

　[가우왕 잔류! 최지훈 베를린 필하모닉과 정식 계약 체결!]

　[충격! 배도빈 악단주 참전!]

　[베를린 필하모닉의 퍼스트 피아니스트는 누구?]

　[배도빈, "베를린 대전에서 성적이 더 높은 쪽이 퍼스트를 맡기로 했다."]

　[베를린 필하모닉의 퍼스트, 세컨드 피아니스트에 주목!]

　[황제와 태양 중 퍼스트 자리를 차지할 사람은?]

　[베를린 대전 참가 신청 오늘부터]

　[우승 상금 40만 유로, 총상금 100만 유로의 빅 이벤트 개막!]

　[우승자에게는 배도빈 악단주가 곡을 수여]

　[막심 에바로트 참전 의사 밝히다!]

　[16년 만에 격돌하는 황제와 혁명가!]

　[막심 에바로트, "흥분된다."]

　[해고 논란의 가우왕 심경 토로]

　[가우왕, "충분히 대화하고 서로의 입장을 이해했다. 베를린 필하모닉은 이미 내게 소중한 존재."]

　[빌헬름 푸르트벵글러, "이런 놈들을 두고 내가 어떻게 마음 편히 은퇴해?"]

　[심경을 묻자 최지훈 인터뷰 거절.]

　[마왕과 태양의 뜨거운 대화. 열애설에 다시 불붙나]

└결국 퍼스트 되려고 싸우네. 세컨드 되고 싶은 사람 없지. 암.

└미친놈아 그런 뜻 아니잖앜ㅋㅋ

└? 그런 뜻이 뭔데요?

└나만 쓰레기야?

└시청률 치솟는 소리 들린다앗!

└키야. 가우왕이랑 최지훈이라니. 배도빈 복 받았네. 복 받았어. 양손에 꼬ㅊㅜ

└??????????????

└양손에 꽃이라고.

└무슨 생각 하는 거얔ㅋㅋㅋㅋ

└여기 이상한 사람만 모인 듯.

└미쳤다. 도빈이도 참가해?

└쇼팽 콩쿠르 우승하고 피아니스트로 경쟁하는 건 11년 만이래.

└중간중간에 한 번씩 연주는 했는데 앙코르 무대 정도였음.

└가장 최근에 했던 게 작년 월광이었지. 하, 벌써부터 기대된다.

└배도빈이 우승해서 자기가 건 상금이랑 곡 자기가 받아 가는 거 아님? ㅋㅋㅋㅋㅋ

└진짜 그럴 생각인지도 모르겠닼ㅋ 엄청 귀찮아 하던뎈ㅋㅋ

└글쎄. 예전이라면 모를까 가우왕이랑 최지훈이 워낙 성장해서 배도빈이 우승하는 건 힘들 것 같음. 니나 케베리히도 만만치 않고.

└세월 참. 라떼는 말이야 배도빈이 어디 대회 참가하면 누가 2등할

까 고민했지 우승은 당연히 배도빈이었어!

ㄴ아냐. 막심 에바로트까지 합류해서 진짜 쟁쟁함. 사실 현세대 정상은 다 모인 거나 다름없음. 피아니스트로 활동 안 한 지 오래되어서 솔직히 배도빈은 그냥 참가했다고 봐야지.

ㄴ아 경연도 경연인데, 세 사람 이야기가 진짜 뭔가 따뜻하다.

ㄴ따뜻이요? 치정극으로 봤는데.

ㄴ맞아맞아. 처음에는 좀 놀랐는데 단원들끼리 저렇게 서로를 위할 수도 있구나 싶음.

ㄴ베를린 필하모닉이 좀 특이한 듯.

ㄴㅇㅇ 아무리 친해도 결국에는 직장인데 신기하다.

ㄴ좋은 게 좋은 거지.

ㄴ아닠ㅋㅋㅋㅋㅋ열애설 나만 웃긴갘ㅋㅋㅋㅋ 저 기사 쓴 사람 마약 검사 해야 함ㅋㅋㅋㅋ

기사를 확인한 배도빈이 눈을 감고 이마를 짚었다.

"……."

"……."

최지훈도 입을 가리고 착잡한 마음을 가라앉히고 있는데 차채은만은 즐거워 미칠 지경이었다.

"앙학학향학학학향꾸엑아앙향학."

심하게 웃은 탓에 헛구역질까지 나왔으나 차채은은 웃음을 멈출 수 없었다.

눈물을 흘리고 숨이 넘어갈 때까지 웃으니 참다못한 배도빈이 짜증스럽게 입을 열었다.

"그만 웃어."

"힣힣히히핫핳힣히."

"그만 웃으라고!"

"아핳핳학핳학핳학!"

가만있던 최지훈이 뾰로통하게 반응했다.

"그러니까 왜 말도 없이 그런 일을 해. 괜한 오해하게."

"오해할 게 뭐가 있어! 애초에 네 자리란 건 알고 있었잖아!"

"그, 그래도 가우왕 씨 내쫓는 게 말이 돼? 정정당당하게 가져오려고 벌인 일이었잖아!"

"아직도 더 남았어? 해결됐잖아! 그만해!"

"캬하핳학핳학핳학!"

"웃지 말라 했지!"

"웃지 좀 말아 봐!"

차채은이 더욱 크게 웃자 배도빈과 최지훈이 동시에 외쳤다.

그 모습이 차채은을 더욱 즐겁게 해 웃음소리가 끊이질 않았고 두 사람은 싸우고 싶어도 계속 싸울 수 없었다.

한편.

예나 브라움도 즐겁긴 마찬가지였다. 가우왕이 그렇게까지 흥분하고 당황하는 모습은 그녀로서도 처음 보는 광경이었다.

예나가 가우왕의 양 볼을 잡고 그의 얼굴을 살폈다.

"왜 이렇게 귀여워?"

"시끄러워."

예나가 한 번 더 웃다가 감탄사를 냈다.

"참. 어머니랑 아버지 놀러 올 거야."

"뭐?"

"사위 될 사람이 주인공인 경연인데 꼭 보러 오라고 했지."

들뜬 예나의 표정과 달리 가우왕의 얼굴이 어두워졌다.

그것을 놓칠 리 없는 예나 브라움이 가우왕 옆에 앉았다.

"불편해?"

가우왕이 혀를 차며 고개를 돌렸다.

"가가."

가우왕을 부르는 예나의 목소리가 가라앉았다.

그녀는 돌아보지 않는 가우왕을 억지로 돌려세우고 시선을 교환했다.

예나는 자신의 마음을 확신하고 있었고, 가우왕의 눈에서 사랑을 잔뜩 느낄 수 있었다.

그걸로 충분했다.

자리에서 일어선 그녀는 가방에서 소중히 간직했던 반지를 꺼내, 가우왕과 마주 앉았다.

"예나."

"당신이랑 살고 싶어."

"나는."

"이제 듣고 싶어."

예나가 반지함을 열어 가우왕에게 향했다.

"우리 무슨 사이야?"

투덜대는 말투, 예의 없는 행동, 이상한 옷차림, 유치하고 고집 센 성격.

그래도 사랑했다.

단점 따위 중요하지 않았다.

투덜대면서도 결국은 날 위해 남몰래 함께해 주었다. 무뚝뚝한 목소리로 아침마다 잘 잤냐고 상냥히 물어봐 주었다.

꼭 70년대 펑크 록커처럼 입고 다니길 고수해도 날 가르치러 올 때는 항상 정장을 입고 와주었다.

안하무인처럼 행동해도 정말 옳은 일을 위해서라면 결코 타협하지 않는 모습이 멋졌다.

'가가.'

가장 인기 있는 피아니스트, 잘생긴 얼굴, 부유한 재산, 피아노 앞에서의 진지한 표정.

장점이 차고 넘쳤지만 그 때문에 사랑한 것은 아니다.

까칠한 외면 뒤에 여린 마음을 본 뒤로 나도 모르는 사이에 자꾸만 관심이 갔다.

매일 무얼 하고 있는지, 무슨 생각을 하고 있는지 궁금해하다 보니 어느새 그를 사랑하고 있다는 걸 깨달았다.

함께하고 싶었다.

그래서 그가 저녁 식사를 제안했을 땐 소리 지르지 않으려고 안간힘을 다해 얼굴에 힘을 줘야 했다.

첫 데이트는 신선했다.

나도 그도 지나친 관심을 받는 터라 마땅한 식당을 찾을 수 없었고 도중에 비까지 내려 두 시간 동안 그의 차에서 그가 사온 햄버거를 먹었다.

비를 맞아 스트레이트를 해둔 머리가 꼬불꼬불해졌고, 모처럼 차려입은 옷은 어두운 탓에 보이지도 않았다.

그는 그대로 당황하는 눈치였다.

축축한 햄버거는 얼굴에 묻을까 봐 얼마 먹지도 못했다.

그래도 그와 그렇게 오래 이야기해 본 적은 처음이었고 더 많이 사랑하게 되었다.

그렇게 9년을 만났고.

어제 우리 만남이 끝이라는 것을 깨달았다.

'미안.'

왜 사과했을까.

생각하기 싫다.

어제까지만 해도 사랑 가득했던 그의 눈빛이 거짓이었다고 믿기 싫다.

지금은.

그와 함께할 수 없다는 사실을 받아들이고 싶지 않다.

"예나, 무슨 생각을 그렇게 하니?"

어머니의 말씀에 겨우 상념을 떨쳐낼 수 있었다.

"그냥. 야경이 멋있어서요."

괜한 걱정 끼쳐드릴까 싶어 포크를 쥐니 아버지께서 하고 싶지 않은 이야기를 꺼내셨다.

"그래. 소개해 준다는 사람은 언제 볼 수 있느냐?"

"갑자기 일이 생겨서 당분간은 어려울 것 같아요. 여기까지 오셨는데 죄송해요."

"음. 예나, 괜한 말 꺼내는 것 같지만 약속을 지키지 않는 사람은."

"그러게요. 정말 못됐죠?"

더 말이 이어질 것 같아서 어쩔 수 없이 긍정했다.

"그래. 그렇게 생각한다니 다행이구나."

"아쉽긴 해도 엄마는 오랜만에 가족끼리 모여서 기분이 좋단다."

"저도 그래요."

웃으며 음식을 입에 넣었다.

"찰스, 콩쿠르는 언제 시작하니?"

"다음 주 수요일부터 해요."

"누가 나오니?"

그에 대해 잔뜩 자랑할 생각이었던 화제가 지금은 불편할 뿐이다.

"배도빈, 막심 에바로트, 최지훈, 니나 케베리히, 가우왕 정도가 유명하죠."

"어머나. 정말 기대되는구나."

"잠깐. 가우왕이라면 예나 피아노 선생 아니었나?"

"맞아요."

"그 친구는 항상 구설에 오르더구나. 지금도 연락 오고 그러는 건 아니지?"

"네?"

당황스럽다.

아버지가 그를 부정적으로 보고 있었다는 것도, 말한 적도 없는데 그와의 관계를 알고 계신 것도 이해할 수 없었다.

"아니면 됐다."

"그게 무슨 말씀이세요?"

어머니가 아버지를 대신하셨다.

"예전 일 때문에 걱정하시는 거야. 신경 쓸 필요 없어."

"예전 일이라뇨. 전 들은 적 없어요. 무슨 일인데요."

알 수 없는 불길한 느낌에 거듭 물으니 아버지께서 입가를 닦으시곤 별일 아니라는 듯.

잔인한 말씀을 하셨다.

"너와 교제하고 싶다고 하더구나. 잘 타일렀으니 걱정 마라."

너무 당황스러워 생각을 정리할 수 없었다.

"그게 무슨 말씀이세요?"

"무슨 말이긴. 들은 대로다."

"무슨 말씀이시냐고요!"

흥분해 목소리가 커지고 말았다.

"얘나, 실례잖니."

어머니께서 주변을 둘러보며 묵례하신 뒤 날 탓하셨지만 그런 일 따위 조금도 상관하지 않았다.

"그 사람이 아버지께 그런 말을 했었어요?"

"왜 그러느냐. 이상하구나."

"타일렀다니 무슨 말씀이신지부터 알려주세요. 알아야 하겠어요."

아버지께서 한숨을 짧게 내쉬더니 대수롭지 않은 듯, 믿을 수 없는 말을 꺼내셨다.

"널 좋아한다고 하기에 달랬을 뿐이야. 식민지 사람과 만나게 할 순 없잖느냐. 더구나 동양인이고."

"……네?"

귀를 의심했다.

"진심이었던 것 같지만 생각은 짧더구나. 유명해지고 돈을 많이 벌게 되면 허락해 주겠냐고 해서 그런들 출신이 달라지진 않는다고 잘 알려주었다. 끝난 일이야."

지금 내가 무슨 말을 들은 걸까.

아버지가 지금 무슨 말을 하신 걸까.

"아버지!"

"예나!"

어머니께서 엄하게 꾸짖으셨다.

"너 대체 왜 이러니? 너를 위해서도 그 사람을 위해서도 현명하게 대처하신 거야. 대체 무엇 때문에 이러니?"

엄하게.

말도 안 되는 말을 꺼내신다.

"너 설마…… 그 사람이랑 만나고 있었니?"

사랑하는 사람이, 사랑하는 사람에게 상처를 주었단 사실을 믿을 수 없었다.

예절을 지켜라. 어려운 사람을 보듬어라. 이웃을 사랑으로 대하라고 가르치시고 행하셨던 부모님이.

그런 부모님이 어떻게 이런 말을 할 수 있는지 도저히 이해할 수 없었다.

"네. 저 그 사람 사랑해요."

"예나!"

아버지께서 어렸을 적 날 꾸짖으실 때와 같이 언성을 높이셨다.

"대체 무슨 생각이냐! 네가 뭐가 아쉬워서 그런 사람을 만나?"

"그런 사람이라뇨!"

생전 처음 느껴보는 기분.

믿어 의심치 않았던 부모님을 향한 이 마음은 분명.

말도 안 되는 말씀을 하시는 아버지를 향한 이 당혹스러운 마음과 화는 분명 배신감이다.

"세상 누구보다 멋진 사람이에요. 자기 분야에서 그렇게 되는 게 쉬운 일인 줄 아세요? 제가 아는 누구보다 올곧은 사람이에요!"

미련할 정도로 정직하고.

억울하게 죽은 이를 애도할 줄 알며, 신념을 다한 사람이라면 개인적 친분이 없어도 위할 줄 아는 사람이다.

"그러니까 말하지 않았느냐! 네가 누구냐. 위대한 브리튼 왕실의 피를 이어받은 아이다. 그런 네가 식민지의 그것도 평민과 만나는 게 말이 된다고 생각하느냐!"

"아까부터 대체 무슨 말씀을 하시는 거예요!"

"내 이런 말까지는 하지 않으려 했지만 그 웃기지도 않는 차림으로 웃음이나 팔고 다니는 자가 너와 어울린다고 생각하느냐?"

"아버지!"

"음악을 해도 점잖게 하는 네 오빠를 봐라. 재주가 있어도 귀천은 어디 가지 않아!"

믿을 수 없어서.

고개를 저었다.

"이웃을 사랑하고 어려운 사람을 보듬으라고 하셨잖아요. 어떻게, 어떻게 그런 말씀을 하세요?"

"귀족으로서 마땅히 지켜야 할 도리다. 그것을 어찌 혼인과 같이 중대한 일에 적용하려 하느냐!"

말문이 막힌다는 느낌도 처음이었다.

어떻게 아버지가 이런 말씀을 하실 수 있지?

말도 안 되는 궤변으로 아무렇지도 않게 그 사람을 짓밟을 수 있는지.

인종과 국가로 차별할 수 있는지 이해할 수 없었다.

혼란스럽다.

"거짓말."

"네 오빠도 유색 인간들을 교화시키고 있잖느냐. 안타깝고 불쌍하니 그러는 것 아니겠어. 나도 그들이 가엽다. 그러나 결혼은 다른 문제야. 내가 언제 네게 거짓을 말했단 말이냐."

아니야.

이럴 리가 없어.

무엇을 어떻게 해야 좋을지 알 수 없어 머리가 하얗다.

오빠의 목소리가 정신을 차리게 해주었다.

"그만 하세요."

"찰스?"

"제가 왜 그 일을 하는지 정녕 모르시는 것 같아 말씀드립니다. 왕실의 피를 이었다는 자부심은 저 또한 가지고 있지만, 그렇다고 해서 어떻게 타인을 천하다고 여기십니까."

"찰스 너마저?"

"식민지라니. 대체 언제까지 제국주의의 망령에 사로잡혀 계실 겁니까? 부끄럽습니다."

"찰스, 지금 네가 무슨 말을 입에 담는지 알고 있니? 나는 너를 그렇게 키운 적 없구나."

말문이 막힌 아버지와 오빠를 탓하는 어머니를 두고 오빠가 손을 잡아 이끌었다.

"가자."

"어딜 가느냐!"

아버지께서 테이블을 내려치셨다.

"정녕 네 동생이 그 불한당 같은 놈과 만나게 내버려 둘 셈이냐!"

"매너없고 모난 성격에 뭐 하나 마음에 드는 구석 없는 인간이지만 적어도 아버지와 같은 이유로 반대하진 않습니다."

"찰스!"

정신을 온전히 유지할 수 없는 상태라, 억지로 이끌고 나온 오빠에게 고마웠다.

그 자리에 계속 있었다면.

부모님께 무슨 말을 했을지 알 수 없었다.

그러나 그런 생각 이전에 자꾸만 눈물이 나왔다.

"고마워."

오빠가 차를 타주었다.

어렸을 때는 이런 시간을 많이 가졌는데 그때가 조금 그립기도 하다.

"원래 그런 분들이니 신경 쓰지 마."

오래전부터 알고 있었다는 듯한 말투에 웃음밖에 나오지 않았다.

"충격이야."

오빠는 한숨을 길게 내쉬고 홍차로 속을 달랜 뒤에야 입을 열었다.

"부모님 세대에는 당연한 일이었어. 아직도 태양이 지지 않는 나라라고 생각하시는 거야."

"……."

"왕실 오케스트라에서 활동하길 바라셨던 것도, 독일에서 활동하는 걸 반대하신 것도 비슷한 이유였고."

전공이 전공인지라 지식으로는 잘 알고 있었다.

전부터 그런 면이 있었다.

식민지를 개척하면서 다른 국가를 아래에 두었다.

그것은 아시아, 아프리카, 아메리카만이 아니라 유럽 내에서도 마찬가지였다.

대영제국.

부유한 자본과 막강한 군사력을 지녔던 탓에 전후 유럽에 대한 지배권을 포기하지 않았다.

그래서 독일과 프랑스, 이탈리아 같은 나라들이 ECSC와 같은 기구를 창설해 서로 협력할 때도 동등한 입장이 될 수 없다는 고집을 부렸다.

위대한 브리튼 왕실과 부강한 왕국에게 그들은 저급한 나라였으니까.

브렉시트도 그 연장선.

지금 생각하면 모두 과거의 일이라고 치부했던 것이 지금도 뿌리 깊게 남아 있던 것이다.

그래도 설마.

부모님이 그런 생각을 하실 줄은 상상도 못 했다.

"우습네."

"우습지."

그리고 아마.

내가 당황스러운 만큼 그이도 마찬가지였을 것이다.

가족이라면 끔찍하게 여기는 사람.

자신보다 가족을 더 중요하게 생각하는, 나로서는 조금 이해하기 힘든 생각을 가진 사람이다.

그가 가족만 유럽으로 대피시켰을 때는 정말 하늘이 무너지는 것만 같으면서도 그다운 행동으로 여겨졌다.

그런 사람이라서.

내 부모님께도 인정받고 싶었던 것 같다.

그래서.

미안하다는 말을 했던 것 같다.

"생각해 보니 열 받네."

"어쩌겠어. 평생을 그렇게 살아오셨어. 나도 여러 번 부딪쳤지만 안 변하시더라. 아들은 조상들이 저지른 죄를 조금이라도 갚으려는데 말이야."

"그거 말고."

가족을 너무 사랑하니까, 다툴 게 분명하니까.

나와 가족 사이를 떨어뜨리고 싶지 않은 마음 모두 이해할
수 있지만.

중요한 일이고 쉽게 넘길 수 없는 일이라는 것은 알고 있지만.

그런 이유로 지금껏 망설인 거라면.

사과한 거라면 서운하다.

결국 그 정도만 사랑했단 뜻이니까.

정말 나쁜 놈이다.

"나쁜 새끼……."

"그래. 잘 생각했어. 빨리 헤어져."

오빠가 기다렸다는 듯이 헤어지란 말을 꺼냈다.

"아까는 편들어 주더니?"

"네가 뭐가 아쉬워서 그런 양아치 같은 놈을 만나. 그런 놈
들이 나중에 가정폭력 저지르는 거야."

"오빠가 그 사람에 대해서 뭘 알아! 얼마나 다정한데! 얼마
나 순한데!"

"너도 나쁜 새끼라며."

"오빠는 안 돼."

오빠도 부모님도.

그가 얼마나 좋은 사람인지 모른다.

♪

최고가 아니면 안 됐다.

유명해지지 않으면 안 됐다.

그리되면 괜찮을 거라 생각했다.

분명 다시 보실 거라고.

적어도 예나의 미래에 걸림돌로 여기진 않을 거라 믿었다.

최고가 되었고 유명해졌다.

그러나 아무것도 달라지지 않았다.

차라리 말도 안 되게 무리한 일이라도 요구해 주길 바랐다.

평범한 사람은 상상도 못 할 부호든, 전 세계에 영향력을 미치는 요인이든 그 무엇이든 자신 있었다.

결국 이 두 손으로 이뤄냈으니까.

하지만 두 분은 내게 아무것도 기대하지 않았다. 영국인이 아니고 귀한 집 아들이 아니기 때문에 내가 무엇을 해내든 관심 없었다.

'축하하네.'

'그럼.'

'허허. 꿈이 큰 친구로군. 하지만 이뤄지지 않는 일도 있다네.'

어떤 말보다 잔인했다.

나와 내 가족의 근본을 부정하는 폭력이었다. 절망한 만큼, 두 분을 향한 증오도 끓어올랐다.

용서할 수 없었다.

포기할 수도 없었다.

그럴 수 있을 리 없었다.

그녀의 눈은 푸른 항성 같았다. 그 누구의 시선보다 따뜻했다. 얇고 긴 입은 과실처럼 붉었다. 가방끈이 짧은 나와는 다르게 그녀의 입은 신중하고 현명했으며 사랑을 전했다.

함께 있는 것만으로도 행복했다.

이어질 수 없다는 걸 알면서도.

언젠가 끝이 오리라는 걸 알면서도 그녀에게서 멀어질 수 없었다.

그러다 마침내 끝에 이른 것이다.

"불 꺼놓고 뭐 해요?"

갑자기 쏟아진 빛에 눈이 부시다.

배도빈이 맞은편에 앉았다.

"술 마셨어요?"

"너도 마실래?"

"됐어요."

"좋은 코냑이라고."

"······줘 봐요."

한잔 따라주니 향을 음미하고 한 모금 마신다. 전부터 느끼지만 꼬맹이 주제에 제법 술을 즐길 줄 안다.

"좋네요. 리샤르 헤네시?"

"어. 지체 높으신 분이 좋아하셨는데 못 만날 것 같아서 말이야. 버리긴 아까워서 마시고 있지."

예나가 알려주었다.

부담스러운 탓에 자주 못 마시지만 무척 좋아하신다고.

이런 것 따위 얼마든지 사드릴 수 있는데, 웃기는 일이다.

"무슨 일 있어요?"

"일은 무슨. 최고가 되었고 멋진 동료들과 함께하고 있는데. 아, 공개적인 자리에서 널 이기면 멋진 복수도 할 수 있겠어."

"그래요. 자신감 가지는 건 좋은 일이죠."

"호호호호."

말없이 한 잔을 비우고 잔을 채우는데 배도빈이 다시 한번 물었다.

"무슨 일인데요."

눈치 빠른 놈이다.

♪

뜬금없이 부르기에 와봤더니 가우왕이 이상하다.

술은 좋아하지만 취할 정도로 마시는 건 자제하는 그가 이렇게까지 흐트러진 모습은 처음이다. 답지 않게 우울해 보이는 것도 신경 쓰인다.

우울한 곡만 모아둔 앨범이라도 튼 것처럼 축축한 곡이 이어진다.

청승 떨고 있는 걸 보니 분명 무슨 일이 있는 모양이다.

"무슨 일인데요."

"말해도 넌 몰라."

좋은 코냑을 마시지 않았다면 엉덩이를 걷어차 줬을 것이다.

가우왕이 또 한 잔을 말없이 비웠다.

굳이 말하고 싶지 않은 듯하여 더 묻지 않고 좋은 술과 음악을 음미하다 보니 내 바가텔 25번이 흘러나왔다.

일부러 발표하지 않은 곡이 공사장이나 쓰레기 수거차 등 온갖 데서 흘러나오는 통에 난감한 곡이다.

다음 곡으로 넘기려고 리모컨을 찾으려던 차 가우왕이 입을 열었다.

"그러고 보니 베토벤도 그랬지."

"베트호펜."

"토벤이든 호펜이든 호픈이든."

성희롱이다.

"아무튼 그 인간도 참 불쌍해."

"뭐가요."

짚이는 구석이 너무 많아 물었다.

"그렇게 많은 사람을 만나면 뭐 해. 결국엔 결혼도 못 하고 죽었잖아."

이 자식이 오늘따라 왜 이렇게 시비지?

"이 곡도 테레제를 위해 썼다며. 발표도 안 하고 있었던 걸 보면 충격이 컸던 모양이야."

술로 언짢은 마음을 달래는데 가우왕이 취한 듯 쿡쿡 웃기 시작했다.

"그래. 그만한 인간도 거절당했으니 지체 높으신 분들에게 딴따라 따위가 눈에 들어오겠어? 억!"

걷어찼다.

별로 세게 차지도 않았는데 소파에 널브러졌다. 그렇게 아팠나 싶어서 살피니 울고 있다.

"그렇게 아팠어요?"

"……."

"그러니까 왜 자꾸 헛소리해요."

확실히 이상하다.

평소라면 언성을 높이며 싸웠을 텐데 넘어진 채 얼굴을 소파에 파묻고 있을 뿐이다.

한참을 그러고 있다가 그가 물었다.

"도빈아."

"왜요."

"너도 좋은 집안에서 태어났잖아. 말해봐. 출신이 그렇게 중요하냐?"

"갑자기 무슨 말이에요."

"너희 할아버지가 너 누구 만나는지 신경 쓰냐고."

"그런 적 없어서 모르겠어요."

"그러냐."

힘없이 일어난 가우왕이 잔을 채우려 하기에 말렸다.

"예나 씨랑 무슨 일 있었어요?"

말하는 게 꼭 그런 느낌이라 혹시나 싶어 물었더니 피식 웃었다.

"그래. 있었지."

"뭔데요."

얼른 말하라는 뜻으로 술을 따라주자 단숨에 들이켜곤 한숨을 내쉰다.

눈을 감는다.

이대로 잠들어 이야기를 못 들으면 궁금해 미칠 듯해 뺨을 때렸다.

술에 취해 아픈 것도 모르는 것 같다.

"무어야."

"예나 씨랑 무슨 일 있었냐고요."

"없어. 업써."

"아깐 있었다면서요."

"있었지."

맛이 갔다.

무슨 말을 하고 있는지 본인도 잘 모르는 듯하다.

포기하고 그를 침대에 눕히고자 일어서자 잠시 정신을 차린 듯 엄포를 늘어놓았다.

"넌 그러지 마라. 어?"

"뭘요."

"좋은 집안, 좋은 나라가 어딨어. 좋아하면 됐지."

"헛소리 말고 다리에 힘 좀 줘봐요."

"그래도 부모님 마음 아프게 하진 마. 어? 너 키워주시느라 얼마나 고생하셨어. 세상에 부모님보다 너 사랑하는 분도 없어. 알아?"

헛소리긴 해도 계속 듣다 보니 대충 무슨 상황인지 알 것 같다.

브라움 가문에서 출신을 이유로 가우왕을 받아주지 않은 것 같은데, 몇 백 년이 흘러도 그런 일이 벌어진다니 믿을 수 없었다.

"핸드폰……."

"핸드폰은 왜요."

"전화할 거야."

"이 시간에 누구한테요."

"예나."

"좋지 않아요."

"……싫대?"

"내가 어떻게 알아요."

술에 취해 진상 부리는 걸 보니 정말 브라운 가문에게 거절 당한 듯.

인종차별 당하는 유학생을 위해 대학까지 세운 찰스 브라움과 역사를 공부하는 예나 브라움의 부모가 그랬다니.

믿을 수 없지만 이 인간 상태를 보니 그런 느낌의 일이라는 건 확실하다.

"일단 자요."

침대에 눕히자 곧 코까지 골며 잠들었다.

그 심정을 충분히 이해하는 터라.

오늘의 무례는 잊어주기로 했다.

"후회하지 말고 잡아요. 이렇게 혼자 궁상떠는 것보다 매달리는 게 덜 후회할 거예요."

내일은 천천히 이야기를 들어줄 생각으로 방을 나섰다.

다음 날.

정오가 다 되어서야 일어난 가우왕은 어제 배도빈 앞에서 추태를 떨었던 일을 떠올렸다.

"빌어먹을."

민망함과 함께 예나에게 전화를 거는 걸 막아준 그에게 고마운 마음이 들었다.

'혼자 궁상떠는 것보다 매달리는 게 덜 후회할 거예요.'

연애 한번 안 해본 꼬맹이의 말이었지만 자꾸만 떠올랐다.

당장이라도 달려가 붙잡고 싶었다.

함께하자고 말하고 싶었다.

그러나 그것이 그녀를 괴롭게 하는 일이라면.

"……."

가족과 자신 사이에서 어느 한쪽을 선택해야 하는 상황을 강요할 수 없었다.

예나가 어느 쪽을 선택하든 감당할 수 없을 것 같았다.

"제기랄."

가우왕이 머리를 벅벅 긁어대고 일어나자, 열린 문 사이로 예나 브라움이 지나갔다.

"……예나?"

침대에서 벌떡 일어난 그가 거실로 향했다.

잘못 본 것이 아니었다.

예나 브라움이 짐을 챙기고 있었다.

그녀는 슬쩍 뒤돌아 가우왕을 보고는 아무렇지도 않은 듯하던 일을 계속했다.

옷가지와 화장품 등 몰래 만나왔던 장소에 두었던 물건을 가방에 넣고 있었다.

가우왕은 그 모습을 바라볼 뿐이었다.

예나 브라움은 짐을 챙기는 와중에 단 한 번도 가우왕에게 시선을 주지 않았다.

없는 사람처럼, 할 일만 끝내고 곧 떠날 것처럼.

그때가 되어서야 가우왕은 자신이 무엇을 가장 두려워하는지 확신할 수 있었다.

"예나."

가우왕이 그녀를 불렀다.

그녀는 답하지 않았다.

"예나."

한 번 더 불렀으나 그녀는 눈길조차 주지 않았다.

가우왕은 가방에 물건을 집어넣는 그녀의 손을 잡아채 돌려세웠다.

"이거 놔."

레슨 선생과 학생 신분으로 처음 만났을 때보다 못한, 차가운 표정이었다.

너무나 많은 일이 걱정되었지만.

그녀를 잃는 것보다 큰일은 없었다.

있을 수 없었다.

가우왕이 예나를 와락 끌어안았다.

"무슨 짓이야."

예나는 건조하게 탓할 뿐이었다.

그래도 가우왕이 팔을 풀지 않자 그를 밀어냈다.

"사랑해."

예나는 더욱 힘을 주어 가우왕을 밀어냈다. 사랑하는 그가 잠깐의 혼동으로 똑같은 상처를 받길 원치 않았다.

"다 괜찮아."

"놓으라고."

"너만 있으면 다 괜찮아."

가우왕을 밀쳐내던 예나 브라움의 팔에 힘이 빠졌다.

그녀도 겁이 났다.

지금까지 살아왔던 환경에서 벗어나는 게 두렵지 않을 리 없었다.

유년 시절과 케임브리지 트리니티 칼리지를 거쳐 지금까지 그녀의 주변은 엘리트 의식에 사로잡힌 이들로 가득했다.

그들이 자신을 어떻게 볼지 두려웠다.

부모마저 그러했으니 심하면 심했지 덜하진 않을 것 같았다.

아버지 어머니를 어떻게 대해야 좋을지도 알 수 없었다.

그래도 함께하고 싶었다.

'미안.'

그러나 과연 그도 같은 생각일까.

가족과 주변으로부터 떨어질 각오를 했던 예나 브라움이 참을 수 없이 괴로운 이유였다.

예측하기 힘든 미래를 부담하고서라도 함께하고 싶은 사람이, 가우왕이 그러지 않을까 봐.

그가 만약 여러 이유로 함께하길 포기하고 싶다면 고집부릴 용기가 나지 않았다.

그래서 가우왕이 자신과 같은 마음이었단 걸 안 순간.

주먹이 나갔다.

"억."

"나쁜 자식."

예나 브라움이 쓰러진 가우왕의 얼굴을 붙잡아 입을 맞췄다.

106악장

Her

[세기의 두 천재가 만나다!]

[아리엘 얀스의 봄의 여신, 베를린 필하모닉 콘서트홀에서 연주되다]

[아리엘 얀스, "비로소 완성되었다. 기대해 달라."]

[배도빈, "전과는 다른 느낌. 편곡이 잘 되었다."]

[독창을 맡은 진달래에 대하여]

베를린 필하모닉과 아리엘 얀스의 만남이 베를린 대전 하루 전에 이루어졌다.

그간 아리엘 얀스는 베토벤 기념 콩쿠르 우승자 자격으로 베를린 필하모닉과 공연 및 앨범 제작을 준비해 왔는데.

그의 연인으로 알려진 진달래가 독창을 맡았다는 사실이

알려지면서 '봄의 여신'은 더욱 이목을 끌었다.

그러한 관심 속에서 여러 인사가 베를린 필하모닉을 찾았다.

언론 역시 최근 음악계를 가장 떠들썩하게 했던 아리엘 얀스와 베를린 필하모닉의 만남을 취재하기 위해 분주히 움직였다.

"베토벤 기념 콩쿠르 심사 맡았던 사람은 다 왔네."

"그만큼 기대하고 있단 거겠지."

"아리엘은 아직 복귀 소식 없나?"

"오늘 물어볼 질문이잖아."

"인터뷰를 딸 수 있다면 말이지."

한 기자의 우려처럼 인터뷰 경쟁은 치열했다.

특히 마리 얀스가 모습을 드러냈을 때는 모든 기자가 한곳에 쏠려 아수라장이 되고 말았다.

"어떤 기분이신지 한 말씀 부탁드립니다!"

"손자분의 LA 복귀는 언제 이뤄지게 되는지 답 부탁드립니다!"

"리스텀에서 나왔습니다! 손자분과 진달래 양의 교제를 어떻게 보고 계신가요!"

마리 얀스는 난감하게 웃었다.

"오늘은 관객으로서 즐기고 싶군요. 아리엘에 관한 이야기는 본인에게 물어봐 주시길 바랍니다."

마리 얀스가 인터뷰를 거절하고 안으로 들어서자 높은 조회 수의 기사를 노렸던 기자들이 아쉬워했다.

살아 있는 전설로 음악계에 크나큰 족적을 남긴 마리 얀스.

그 손자마저 모두가 인정하는 음악가가 되었으니 물어보고 싶은 말이 산더미 같았다.

그러나 곧 그들의 아쉬움을 거짓말처럼 만들어 버리는 일이 발생하고 말았다.

"세상에."

"누구야?"

명실상부 최고의 피아니스트 가우왕이 그의 새빨간 페라리를 끌고 정문에 나타났다.

모두의 이목이 가우왕과 그 옆에 함께한 여성에게 쏠렸다.

두 사람은 페어로 빨간 재킷을 입고 알이 크고 둥근 선글라스를 쓰고 있었다.

지난 수십 년간 단 한 번의 열애설도 없었던 피아노의 황제 가우왕이 여성과 함께했다는 소식을 놓치고 싶은 기자는 아무도 없었다.

"가우왕 씨! 함께하신 숙녀분은 누구십니까!"

수십 명의 기자가 일제히 달려들자 예나 브라움이 선글라스를 벗었다.

카메라 셔터 소리가 요란히 울렸고 동시에 그녀를 알아본 몇몇 기자가 기함하고 말았다.

"예나 브라움?"

한 기자의 혼잣말에 주변이 상황을 인지하기 시작했다.

"브라움?"

"찰스랑 같은 성이네."

"몰라? 예나 브라움 공주잖아! 찰스 브라움 동생!"

가우왕과 함께한 기자들은 물론 주변에 있던 팬들마저 예나 브라움의 정체에 크게 놀랐다.

그때 예나 브라움이 입을 열었다.

"박사라고 불러주세요."

어렵게 딴 박사 학위보다 공주라는 호칭이 앞서는 걸 용납할 수 없었다.

그것은 그녀의 프라이드이자 동시에 브라움 가문의 영애 이전에 예나라는 한 사람으로 인정받고 싶은 의지였다.

기자들이 잠시 할 말을 잃었다가 정신을 차리고 질문을 이어갔다.

"언제부터 만나셨습니까!"

"오늘 함께하신 걸 어떻게 받아들여야 합니까!"

"무슨 사이십니까!"

예나가 가우왕을 올려다보았고 가우왕이 입을 열었다.

"신혼."

정적이 흘렀다.

거짓말처럼 북적거리던 헤르베르트 폰 카라얀 거리의 시간이 멈춘 듯 고요해졌다.

1986년생 가우왕은 만 15세에 메이저 무대에 오르고 현재까지 25년간 단 한 번의 열애설도 없이 활동해 왔다.

비록 더러운 성격과 과한 패션 센스는 문제였으나.

수천만 달러 수준으로 알려진 자산과 잘생긴 외모 그리고 전 세계 최고의 피아니스트로서의 명예를 가진 가우왕이 누구와도 교제하지 않음에, 그가 성불구자일지도 모른다는 악성 루머가 돌 정도였다.

그런 그가 연애 사실을 밝힌 것도 아니고 혼인 사실을 밝힌 것. 기자들은 확신했다.

방계라고는 하지만 영국 왕실의 피를 잇고, 30대 초반에 박사 학위를 취득하여 역사학자로서 활발히 활동하고 있는 예나 브라움과 가우왕의 결혼은 세기의 만남이라 해도 부족함이 없었다.

특종 중의 특종이었다.

상황을 인지한 팬과 기자들이 그제야 반응을 보였다.

"꺄아아악!"

"정말? 정말 결혼한 거야?"

"예나 브라움이 누군데?"

"안 돼애! 결혼은 찰스랑 해야 한다고!"

경악하는 팬들과 질문을 쏟아내는 기자들.

"두 분 어떻게 만나셨습니까!"

"찰스 브라운 씨도 이 사실을 알고 계십니까?"

"대체 가우왕의 어디가 좋으셨던 건지 말씀 부탁드립니다!"

"혼인 신고도 하신 건가요!"

가우왕과 예나 브라움은 아무렇지 않게 다시 선글라스를 쓰고 나란히 콘서트홀 안으로 향했다.

가수 대기실.

모든 준비를 마친 진달래는 첫 무대에 올랐던 순간만큼이나 긴장하고 있었다.

아리엘의 곡을 제대로 전달해야 한다는 부담과 드디어 함께 할 수 있다는 설렘으로 가슴이 터질 것 같았다.

더욱이 본인이 직접 가사를 붙였기에 좀처럼 진정할 수 없었다.

"괜찮아."

아리엘이 빙그레 웃었다.

"안 괜찮아. 실수하면 어떡해."

"그래도 괜찮아. 봄의 여신을 가장 잘 부를 수 있는 사람은 너니까."

전혀 근거 없는 말이라고 생각하면서도 괜히 좋았다.

진달래는 '봄의 여신'을 준비하면서 아리엘이 자신을 얼마나 사랑하는지 알 수 있었다.

아리엘은 진달래가 다소 서운해했던 말투를 바꾸었고, 그녀는 아리엘이 알아주길 바랐던 '봄의 여신'의 의미를 충분히 이해할 수 있었다.

봄의 여신에 가사를 붙이면서 서로를 더욱 깊게 탐하고 구하며 이 순간에 이르렀다.

말뿐이라 해도 봄의 여신을 가장 잘 부를 수 있는 사람으로 인정해 주는 것이 기뻤다.

똑똑-

"달래 씨, 이동해 주세요!"

직원이 공연 시작을 알렸다.

아리엘이 진달래에게 손을 뻗었다.

"가자."

"응."

어깨를 짓누르는 부담이 손을 맞잡는 순간 절반으로 가벼워진 기분이었다.

한편.

가우왕과 예나 브라움이 혼인 사실을 밝혀 어수선한 와중에도 아리엘 얀스와 진달래의 공연을 향한 기대는 변치 않았다.

베토벤 기념 콩쿠르를 통해 감동을 안겨준 아리엘 얀스가 다시금 정식 무대에 복귀하는 날이었고.

더욱이 바이올리니스트로서 연인과 함께 무대에 서기 때문이었다.

두 사람이 어떤 호흡을 보여줄지.

또 배도빈과 베를린 필하모닉이 '봄의 여신'을 어떻게 연주해줄지.

잔뜩 부푼 가슴을 애써 달래며 무대를 지켜보았다.

이내 베를린 필하모닉 A가 무대 위로 올라섰다.

남성 단원 대부분이 두피를 드러내고 있었고 여성 단원들의 머리도 희끗희끗하여 세월의 흔적이 짙게 묻어나왔다.

그러나 베를린 필하모닉에서 수십 년간 재직하며 최고의 자리를 지켜온 노장들의 비범함만은 여전했다.

잠시 후.

배도빈과 아리엘 얀스, 진달래가 무대로 올라섰다.

헨리 빈프스키 악장이 단원들을 일으켜 세웠다.

관객들은 뜨거운 박수로 그들이 얼마나 이 무대를 기다렸는지 알렸다.

포디움과 객석 사이.

무대 전면에 진달래와 아리엘 얀스가 나란히 섰다.

단원들이 착석하고 지휘자 배도빈은 고개를 돌려 진달래와 아리엘 얀스에게 시선을 보냈다.

모든 이가 준비된 것을 확인한 배도빈이 두 팔을 들어 올렸다.

아주 작은 소리조차 없이 고요해지며 기대가 절정에 이른 순간.

마침내 지휘봉이 춤을 추었다.

관악기가 겨울의 이른 새벽을 알렸다.

무겁게 깔린 어둠 사이로 첼로가 바람처럼 스며든다.

"오래 기다렸어요."

바람을 뚫고 나선 맑은 목소리가 루트비히홀을 채운다.

성악을 공부하는 과정에서 발성을 바꾸는 일은 결코 쉽지 않았다.

복부에서부터 끌어올린 소리를 성대를 통과시켜 자연스럽고 풍부한 성량을 얻기까지 얼마나 많은 시간을 들였는지 모른다.

중성과 두성을 자연스레 활용할 수 있었지만 두 발성법에 따라 음색이 달라지는 것은 아직 해결하지 못했다.

빠싸죠.

고음과 중음 사이의 음역대를 안정시키는 건 진달래에게 크나큰 과제였고 음역대를 자연스레 오갈 수 없는 점은 가수로서 큰 단점이었다.

지금껏 그녀는 고음과 초고음을 활용하며 단점을 감췄으나 봄의 여신에서는 그것이 불가능했고.

진달래는 자신의 부족함을 해결해야만 했다.

자신을 '봄의 여신'을 가장 잘 부르는 사람으로 믿는 아리엘의 기대에 부응하고 싶었고.

그가 이렇게 멋진 음악을 만든 사람이라는 사실을 알리고 싶었으며.

온전한 가수로 인정받고 싶었다.

"나무를 베는 바람도 들에 서린 얼음도 기다렸어요."

안정적인 중음이 사랑을 고백하듯 노래할 때 찾아오는 바이올린.

아리엘 얀스의 아티큘레이션이 관악기가 깔아둔 어둠을 몰아내기 시작했다.

배도빈의 지휘로 관악기가 소리를 죽여나가며, 바이올린의 따사로운 음색이 대두된다.

나윤희가 이끄는 제2바이올린이 아리엘 얀스의 연주를 따르며 음량을 키우자.

온전히 아침이 열렸다.

"겨울 밤 기나긴 밤 어둠을 몰아내고 봄 새벽 무심히 찾아온 당신을 기다렸어요."

첼로와 바순이 숨 쉬기 시작했다.

얼어붙었던 초원이 녹아내리며 생명의 탄생을 알리듯 대지가 호흡한다.

진달래도 그 리듬에 맞춰 호흡했고.

감상하던 청중들도 자각하지 못한 채 첼로와 바순이 이끄는 대로 숨을 마셨다가 뱉었다.

작곡가와 지휘자, 가수와 관객에 이르기까지 호흡을 함께했다.

"추위에 익숙해진 날 떠나보내는 게 쉽지 않아 망설였죠. 당신의 온기를 느끼기 전까지 그저 망설였죠."

제1바이올린과 오보에가 나서며 얼어붙었던 대지에 푸른 싹이 돋아났다.

제2바이올린과 장난치듯 어울려 점차 삭막한 대지를 푸르게 물들여갔다.

"이제 알아요. 당신과 함께하니 알겠어요. 비로소 내 안이 충족되었다는 것을."

살짝 고개를 튼 진달래는 사랑 가득한 푸른 눈을 볼 수 있었다.

"내 안에도 이렇게 따뜻한 마음이 있었어요. 추위도 짓궂은 눈요정도 두렵지 않아요."

자신을 둘러싸고 있던 환경을 벗어날 수 있는 용기.

따뜻한 대지를 찾아 걸어갈 용기를 전해준 그를 위한 노래였다.

진달래를 향한 아리엘 얀스의 마음이, 두 사람이 서로에게 가진 감정이 관객에게 그대로 전달되었다.

"아아— 나는 봄이었어요."

절정에 치닫는 순간.

진달래는 입을 더욱 크게 벌렸고 성대를 열었다.

관객석 저 끝까지.

목소리를 전하기 위해, 온전히 전달하기 위해 배와 가슴, 목, 머리를 최대한 열었다.

가식 없는 진솔한 목소리가 관객의 가슴에 닿기 시작했다.

"아아- 나는 봄이었어요."

진달래가 두 팔을 벌리고.

연주가 끝난 순간.

"브라보!"

무대 위로 감동의 파도가 들이닥쳤다.

가우왕과 예나 브라움도 열렬한 환호와 박수를 보내는 이들과 함께했고.

함께하는 첫 무대를 훌륭히 소화해낸 연인은 서로를 보며 만족스러운 미소를 지었다.

연습 때도 확인했지만 진달래가 이제 제법 프로다운 느낌을 낸다.

지금까지 실내악단과 함께했을 뿐, 정규 편성 오케스트라를 두고 혼자 노래한 적은 처음인데 목소리가 객석 끝까지 제대로 전달된 듯하다.

'봄의 여신'이 중음과 고음을 자연스레 오가기 때문에 그것을 좀 더 자연스레 표현하고자 하는 과정에서 발성법을 확립한 듯.

기악과 달리 성악의 경우 지식이 깊지 않아 관여하지 않았는데, 'Let me up'이나 'Eternal rain'처럼 대중음악을 할 때와 같이 만족스러운 역량을 보여주니 기특할 뿐이다.

'3년인가?'

3년인지 4년인지 정확히 모르겠으나 짧은 시간 안에 이만큼 성장했으니 분명 앞으로도 더욱 발전할 것이다.

마음에 안 드는 놈이지만 오늘만 같다면 아리엘과 서로 좋은 영향을 미칠 터.

녀석이 LA로 가고 싶다면 본인의 미래를 위해서라도 보내줘야 하지 않을까 싶다.

'말 못 하려나.'

문득 치료비라든지 생활비 같은 사소한 걸 신경 써서 LA로 가고 싶어도 그러지 못할 수도 있겠단 생각이 든다.

이러니저러니 해도 은혜를 갚아야 한다고 생각하니까.

그런 점에선 프란츠가 더 심하지만.

다음 무대 '마왕'.

본인의 곡을 지휘하는 일은 또 다른 일이라, 경험 삼아 프란츠에게 지휘봉을 맡겼다.

쉽지 않은 일이라 고생깨나 할 것으로 예상했으나 베토벤 기념 콩쿠르 때 느낀 바를 깊이 간직한 듯.

제법 흉내는 냈기에 기대하고 있다.

그렇게 진달래의 거취와 프란츠의 첫 무대에 대해 생각하며 쉬고 있자니 죠엘의 발소리를 들을 수 있었다.

똑똑-

"보스, 웨인입니다."

"들어와요."

죠엘도 멀핀을 대신해 비서 역할을 꼼꼼히 처리해 주고 있다.

다들 각자 위치에서 노력하는 모습을 볼 수 있으니 만족스럽다.

"이후에 얀스 씨, 페터 군과 함께 인터뷰가 예정되어 있습니다. 2강당에서 이뤄지니 마지막 프로그램 이후 오시는 대로 진행하겠습니다."

오늘 연주회의 마지막 곡은 타마키 히로시가 남긴 '타마키 히로시'.

베토벤 기념 콩쿠르 파이널리스트 특전으로 프란츠에게는 '마왕'을, 니아에게는 '새벽의 왈츠'를 지휘하게 했고.

'타마키 히로시'는 직접 연주하기로 했다.

그 이후에 인터뷰가 예정된 것.

'타마키 히로시'에 대한 이야기도 그때 언급할 생각이다.

본인이 살아 있더라면 더없이 기뻐했을 텐데, 아쉬울 뿐이다.

'직접 만들고 싶어 했으니까.'

녀석은 시간이 없어 '타마키 히로시'를 피아노 소나타로 만들 수밖에 없음을 한탄했다.

다른 악기를 넣을 시간이 없었던 것.

'타마키 히로시'를 베를린 필하모닉이 연주해 주길 바랐던 마음을 조금이나마 보듬어주고자 녀석의 곡을 대신 편곡해 나가고 있다.

완성 단계에 이른 '대교향곡'과 함께 '타마키 히로시'의 협주곡 버전은 내년 오케스트라 대전에서 베를린 필하모닉의 큰 힘이 되어줄 터.

하늘에서나마 녀석이 들어주길 바랄 뿐이다.

모니터로 '마왕'이 연주되는 걸 볼 수 있다.

프란츠가 그럴싸하게 무대를 꾸민 뒤, 니아가 지휘봉을 잡았을 땐 '타마키 히로시'를 한 번 더 들여다보았다.

잠시 후.

무대에 올랐다.

앞서 가우왕이 연주했을 때와 큰 차이는 없다.

가우왕이 타마키를 위해 최대한 자신을 배제하고 악보 그대로 연주한 탓이고, 나 또한 같은 생각이라 세세한 몇몇 부분만 다를 뿐이다.

관객들도 좋아해 주었다.

'타마키 히로시'를 마치고 내려와 2강당으로 향하고자 계단을 오르니 기자들이 잔뜩 있다.

"배도빈이다!"

"오늘 연주 어떻게 자평하십니까!"

"가우왕 씨에 대한 소식 알고 계셨습니까?"

"이봐요! 길 터드려요! 왜 회견 있는데 거기서부터 막습니까?"

누군가 목소리를 높이자 웬일로 달려들던 기자들이 알아서 길을 터주었다.

가우왕에 대한 소식이 뭔지 모르겠지만 기특하게도 길을 비켜주니 걸어가는데, 1강당에 이르자 사람이 너무 많아 더 이상 나아갈 수 없었다.

비켜달라고 말하려던 차, 1강당 안쪽에 기자들이 빼곡하게 자리하고 가우왕과 예나 브라움이 앉아 있는 모습을 볼 수 있었다.

'페터랑 니아는 어디 가고?'

아리엘도 안 보인다.

일단 멀핀과 몇몇 직원도 1강당에 모여 있으니 여기인 듯싶은데.

'죠엘이 착각했나?'

아니면 '타마키 히로시'를 연주하는 동안 2강당에 문제가 생겨 이쪽으로 옮겼을지도 모르겠다.

의아해하며 1강당 안으로 들어가니 직원들이 알아서 자리를 마련해 준다.

예나 브라움이 눈인사를 하기에 인사하고 앉으니 단상에 있는 멀핀과 눈을 마주했다.

깜짝 놀란 얼굴로 고개를 가로젓는다.

페터, 니아, 아리엘이 아직 준비가 안 됐다고 말하고 싶은 모양.

주인공 세 명이 안 보이고, 오늘 연주를 하지 않은 가우왕이 앉아 있는 게 이상하긴 하다.

'그러고 보니 이 사람은 왜 있지?'

가우왕과 예나 브라움 두 사람이 만나고 있는 건 비밀일 텐데.

뭔가 이상하다고 느낄 즈음 이자벨 멀핀이 옆방 2강당을 가리키는 모습을 볼 수 있었다.

복도까지 사람이 가득 차 갈 수 없어 어깨를 으쓱이자 어쩔 수 없다는 느낌으로 입을 연다.

"갑작스러운 발표에도 큰 관심을 가져주셔서 감사합니다. 그러면 지금부터 가우왕 씨와 예나 브라움 씨께서 직접 결혼 소식을 전해드리겠습니다. 가우왕 씨?"

"어?"

놀라서 고개를 돌리자 가우왕이 마이크를 잡았다.

♪

    가우왕이 갑작스레 요청한 기자회견은 그가 앞서 발표한 내용 때문에 '베토벤 기념 콩쿠르 파이널리스트 공연'만큼이나 주목받고 있었다.

    이미 수십만 명의 팬들이 가우왕과 예나 브라움의 긴급 기자회견을 지켜보고 있었다.

    └둘이 진짜 잘 어울린다.

    └ㅁㅊ 방송 사고닼ㅋㅋㅋㅋ 아리엘 쪽에 도빈이 없어서 난리낢ㅋㅋㅋㅋㅋㅋ

    └커플룩 예쁜 거 봐 ㅠㅠ

    └가우왕 저 거지 같은 빨간 재킷 좀 버렸으면 했는데 같이 입으니까 케 이뻐 보이지ㅋㅋㅋㅋ

    └예나 브라움이 누구?

    └말도 안 돼애ㅠㅠㅠㅠㅠ

    └도빈아 거기 아니얔ㅋㅋㅋㅋ

    └같은 브라움이면 찰스랑 하라고오 ㅠㅠㅠ

    └ㅋㅋㅋㅋ다들 미쳤나 봨ㅋㅋㅋ

    └도빈이 놀랐어ㅋㅋㅋㅋㅋㅋ 도빈이한테도 비밀이었던 거야?

왕가우가 입을 열었다.

"예나와는 8년간 사귀어 왔습니다."

"9년이에요."

왕예나의 지적에 왕가우가 고개를 돌렸다.

"8년 아니야?"

왕예나가 눈을 흘겼다.

"세 번째 데이트가 17년 발렌시아 불꽃 축제였잖아."

"사귄 건 부다페스트 때부터지. 18년."

"……지금 무슨 말을 하는 거야?"

왕예나의 목소리가 차게 식었다.

ㄴ결혼이 아니라 이혼 발표였어?

ㄴ야일ㅋㅋㅋㅋㅋㅋㅋㅋ

ㄴ문화 차이 때문에 그런 듯ㅋㅋㅋ 동양에서는 사귀자 해야 사귀는
데 저기선 만나다 보니 만나는 거잖아.

ㄴ그래도 그렇지 1년이나 차이 나는 게 어딨얼ㅋㅋㅋㅋㅋㅋ

ㄴ요즘 베를린 필하모닉 드라마 잘 만드네. 아주 흥미로워.

왕가우가 왕예나의 따가운 시선을 피해 정면을 보았다.

"9년입니다."

당장 말을 바꾸는 왕가우의 모습은 지금껏 그의 이미지와 상당히 대조되었다.

그럴수록 시청자들의 기대는 부풀어 올랐다.

"오랜 만남 끝에 그녀의 소중함을 깨달았고 앞으로도 함께하고 싶었습니다. 식은 오늘 오전 조용히 올렸고 앞으로 쭉 함께할 예정입니다. 놀란 분도 계실 텐데 좋은 모습 보여드리도록 하겠습니다."

왕가우가 고개를 돌려 아내 왕예나를 보자 그녀가 미소 지었다.

"예나 브라움 박사입니다. 이젠 예나왕이 되겠네요. 중국식으로 부르면 왕예나인데, 아직은 어색해요."

왕예나의 농담에 기자회견장에 작은 웃음이 번졌다.

그러나 그 화기애애한 분위기는 오래 가지 못했는데, 복도에서 소동이 나버렸다.

"안 돼!"

"오빠?"

공연을 마치고 나서야 소식을 접한 찰스 브라움이 1강당을 찾은 것이었다.

그는 다짜고짜 왕가우에게 달려들어 멱살을 잡았다.

"내 동생한테 무슨 짓을 한 거야!"

"오빠!"

"이 결혼 무효야! 무효!"

회견장은 순식간에 아수라장이 되었다.

└아니 진짜 뭔뎈ㅋㅋㅋㅋㅋ 요즘 진짜 쟤들 왜 저랰ㅋㅋㅋㅋㅋ

└이거 웃을 일이 아닌 거 같은데? 찰스 진짜 화난 거 같음.

└말 안 하고 결혼했나?

└설마 속도위반이야?

└이렇게 갑작스러운 거 보면 그럴지도 모르겠다.

└이 와중에 죠엘이 도빈이 데리러 왔엌ㅋㅋㅋㅋㅋ

└옆방은 옆방대로 배도빈 어디 갔냐고 난리였음ㅋㅋㅋㅋ

"보스, 옆 강당으로 가서야 해요."

"잠깐만요."

"네?"

배도빈이 발을 떼지 못하자 죠엘은 그가 왜 이러는지 확인하고자 주변을 살폈다.

왕가우의 멱살을 잡고 뒤흔드는 찰스 브라움과 그를 말리는 왕예나 그리고 평소답지 않게 묵묵히 찰스 브라움의 화를 받아내는 왕가우까지.

"어머."

죠엘 웨인도 배도빈을 데려가야 한다는 사실을 잠시 잊고 말았다.

"오빠! 그만해!"

"너 똑바로 말해!"

"뭘!"

"협박당했어? 이 자식이 너한테 무슨 짓을 한 거야!"

"협박은 무슨 협박이야!"

"그게 아니면 지금 네 꼴을 어떻게 설명해! 이 불량한 가죽 재킷과 말도 안 되는 선글라스는 뭐야! ……너 설마."

"무슨 소리야!"

왕예나가 왕가우의 멱살을 쥐고 있는 찰스 브라움을 그에게서 떼어냈다.

"협박이라니 말조심해. 오빠가 생각하는 건 전부 아니야. 나 이 사람 사랑해. 제발 예의 좀 갖춰. 대체 어디까지 망신 주려는 거야? 오늘 나 결혼한 날이야. 축하해 주면 안 돼? 내가 행복한데?"

왕예나가 왕가우의 손을 잡았다.

"찰스."

왕가우도 가만있지는 않았다.

"오빠로서 화나고 당황스러운 마음 이해한다. 네가 날 어떻게 생각하는지는 알지만 예나와 행복하게 살 거야."

찰스 브라움은 기가 막히고 말았다.

세상에서 가장 소중한 동생의 갑작스러운 결혼 발표.

더군다나 그 상대가 난봉꾼 가우왕이라니 도저히 받아들일 수 없었다.

그러나 꼭 잡은 두 손과 진지한 눈빛을 보니 이미 돌이킬 수 없는 일이라는 것을 받아들여야만 했다.

"너…… 정말 괜찮겠어?"

"응. 좋아."

찰스 브라움이 동생을 보다가 이내 한숨을 쉬었다. 그리고 사랑을 가득 담아 그녀를 안았다.

"……행복해야 한다."

"오빠."

남매의 따뜻한 모습에 동료들이 박수를 보냈고 몇몇 기자도 동참하였다.

왕가우와 왕예나는 몇 번의 질문을 더 받은 뒤 회견을 마치고자 했다.

기자들이 포즈를 요청했다.

"두 분 좀 더 가까이 붙어주실 수 있으실까요!"

"결혼 반지 보여주세요!"

왕예나가 괜히 민망하여 웃다가 왼손을 들어 보이며 환히 웃었다.

그 모습이 정말 행복해 보였기에 동료들 틈에 있던 찰스 브라움이 눈물을 보였고 피셔 디스카우와 마누엘 노이어는 그를 위로했다.

"저렇게 좋아하잖아. 가우왕 녀석 알고 보면 그리 나쁜 놈도 아니라고. 간식도 자주 사다 주고."

"그래. 결혼은 당사자가 행복한 게 제일이지. 굶진 않을걸?"

찰스 브라움은 긍정도 부정도 하지 않고 끅끅댔다.

"그런데 어디가 그렇게 마음에 안 들었던 거야?"

"그러니까. 별문제 없지 않았나?"

디스카우와 노이어는 찰스가 걱정하는 만큼 가우왕이 어떤 문제를 일으켰는지를 떠올려 보았다.

그들의 인식과 마찬가지로 마땅한 사건이 없었는데 찰스가 왜 유독 가우왕을 양아치, 불한당으로 여기는지 도통 알 수 없었다.

"클럽에 다니는 걸 봤어."

"……뭐?"

"그런 천박한 곳에 다니는 녀석이 정상적일 리 없잖아."

"……."

찰스의 반응에 디스카우와 노이어는 말문이 막히고 말았다.

그 두 사람도 가우왕과 함께 몇 번 춤을 추러 갔던 적이 있었던 탓이었다.

물론 퇴폐적인 곳도 있어 찰스 브라움이 선입견을 가질 수도 있다고 생각하면서도 어디서부터 설명해야 좋을지 알 수 없었다.

"잠깐, 찰스. 단지 춤을 추는 곳일 뿐이라고."

디스카우의 말에 찰스가 콧방귀를 뀌었다.

"고상한 사교회장은 얼마든지 있어. 어제도 뒤포르 부인이 자선 파티를 여셨지."

찰스의 단호함에 디스카우와 노이어가 고개를 절레절레 저었다.

한편 배도빈을 찾느라 잠시 지연되었던 2강당 기자회견도 겨우 진행될 수 있었다.

죠엘 웨인이 마이크를 잡았다.

"기다려 주심에 다시 한번 감사 드리며, 지연된 만큼 바로 시작하도록 하겠습니다."

배도빈이 묵례하여 기자와 내빈에게 예를 표하고 입을 열었다.

"오늘 베트호펜 기념 콩쿠르의 마지막 일정을 가졌습니다."

그가 고개를 돌려 니아 발그레이, 프란츠 페터, 아리엘 얀스를 살폈다.

"이미 이분들의 곡은 수백만 번 조회될 만큼 많은 사랑을 받고 있습니다. 콩쿠르 주최자로서 이들의 열정이 사랑받는 것보다 더 기쁜 일은 없을 것입니다."

배도빈이 죠엘에게 눈짓을 주자 준비된 스크린에 앨범 커버 사진이 공개되었다.

"콩쿠르에서 발표된 곡들을 수록한 앨범이 다음 달 출시될 예정입니다. 파이널리스트 네 명의 곡을 모두 수록하였으며, 녹음 작업도 마무리 단계에 있습니다."

기자들과 내빈들이 축하의 박수를 보냈다.

└세월 참. 그 애기가 클래식 음악 시장 키우더니 이젠 후학도 키우네.

└심지어 아직도 어려ㅋㅋㅋㅋ 이제 한국 나이로 21살임.

└진짜 도빈이 어렸을 땐 신이니 마왕이니 하는 별명들이 다소 띄어주는 느낌도 있었는데 요즘엔 진짜 그런 거 같음.

└맞아. 도빈이가 대단한 게 자기만 잘되려고 하지 않고 업계 전체를 띄어주잖아.

└또또 콩빠들 오버한다. 배도빈만 노력했냐? 음악인이 몇 명인데 그 사람들 노력은 다 무시하고 배도빈이 클래식 살렸다고 그럼?

└나도 이거 좀 불편했음. 전부터 음악의 신이네, 뭐네 하는데 솔직히 너무 과포장임.

└여기도 사랑과 매가 필요한 인간들이 있네.

└다른 사람들도 노력했지. 근데 배도빈이 활동한 2009년부터 클래식 음악 전체가 급성장한 건 사실이야.

└확실히 좀 비정상적으로 뛰어나긴 함. 신이라고 불리는 것도 이해

가 되는 게 2008년도랑 작년, 2025년 클래식 음악 산업 규모를 비교하면 60배나 차이 남.

ㄴ디지털 음원이랑 스트리밍 때문에 는 거지 그게 어떻게 배도빈 덕분이냐?

ㄴ다른 음악 장르는 2010년부터 2025년까지 평균 2.1% 성장했는데 클래식만 17년 동안 6,000% 늘었으니까.

ㄴㅁㅊ 가능함?

ㄴ실제로 일어난 일이니까 뭐.

ㄴ저 분탕 치는 놈 말대로 수입 구조가 달라져서 그런 면도 확실히 있어. 영화, 게임 산업과 연계되면서 수입이 왕창 는 것도 있고 디지털 음반이나 스트리밍 덕분도 있고.

ㄴ그런 거 이전에 잠자는 숲속의 공주로 불면증 환자 40% 줄었다는 기사가 더 안 믿기더라.

ㄴ나 그거 덕분에 진짜 너무 행복해짐 ㅠㅠ

ㄴ또 주작한다. 다른 장르는 연평균 2.1%로 말하고 클래식은 17년간 총 성장세 말해서 수치 뻥튀기하는 거 보소?

ㄴ똑같은 기준으로 하면 다른 음악 장르는 17년간 41% 증가함. 더 할 말 있음?

ㄴ사라졌다.

ㄴ참 신기해. 한 달 전에 악플이랑 선동으로 그 난리가 났었는데 아직도 저러는 애들이 있는 거 보면.

└그냥 누구 잘 나가는 게 싫은 놈들임.

"그럼 오늘의 주인공들에게 마이크를 넘기도록 하겠습니다."

배도빈이 마이크를 내리자 니아 발그레이가 부드럽게 웃으며 입을 열었다.

"청력을 잃고 마비가 오면서 다시는 이런 날이 오지 않을 거라 생각했습니다."

그는 감회에 차 있었다.

스스로도 믿을 수 없이 행복하여 고개를 저으며 눈을 감고 눈썹을 들어 올린 뒤 숨을 내쉬었다.

"여기 배도빈 악단주가 인공 와우 수술을 도와주지 않았다면, 빈 의과대학을 통해 신경 회복을 도와주지 않았다면 불가능했을 겁니다. 이 자리를 빌려, 그에게 감사 인사를 전합니다. 고맙다, 도빈아."

니아 발그레이의 진심 어린 인사에 배도빈이 작게 미소 지으며 고개를 끄덕였다.

"앞으로도 작곡을 계속하며 꿈을 이어나가고자 합니다. 베트호펜 기념 콩쿠르와 오늘 밤은 잊지 못할 겁니다. 감사합니다."

니아 발그레이가 소감을 마치자 기자들이 질문을 쏟아냈다.

"베를린 필하모닉 고문으로서의 활동도 계속하실 예정이십니까?"

"물론입니다. 제게는 너무나 소중한 곳이고 다행히 아직 저를 필요로 하는 것 같더군요."

니아 발그레이의 대답에 작은 웃음이 번졌다.

"고문으로서는 어떤 일을 하고 계십니까?"

"여러 일을 맡았죠. 최근에는 해상 오케스트라에 관한 이야기를 나누고 있죠. 파울이 나가면서 악장단에 부담이 커졌는데, 왕 악장, 나 악장, 이안 악장 등을 도와주기도 합니다."

"조언자 역할 이상을 맡고 계신 듯한데 작곡과 병행 가능하실까요?"

"두 일 모두 해야만 하고 좋아하기에 문제없을 겁니다."

니아 발그레이가 문답을 마치고 마이크를 내려놓았다.

프란츠 페터가 잔뜩 긴장한 채 마이크를 잡았다.

"아, 안녕하세요. 프란츠 페터입니다."

프란츠의 목소리가 너무나 작았다. 당황한 그가 마이크 전원을 올리고 다시 인사했다.

"안녕하세요. 프란츠 페터입니다. 어…… 이런 자리가 처음이라 무슨 말을 해야 좋을지 모르겠어요. 그게. 저…… 열심히 하겠습니다."

옆자리에 앉았던 니아가 잘했다는 뜻으로 프란츠의 등을 토닥여 주었다.

기자들이 질문을 꺼냈다.

"배도빈 악단주의 유일한 제자로 알려져 있습니다. 엄격할 것 같다는 예상이 많은데 실제로는 어떤 선생님입니까?"

"아, 아니에요. 도빈이 형, 아니, 보스께선 다른 분들도 친절하고 자세하게 가르치시는데. 유일한 제자는 아니에요."

"하하. 그렇게 볼 수도 있겠네요. 하지만 개인 교습은 프란츠 군만의 특권 아닌가요?"

"그것도 나윤희 악장님이 저보다 훨씬 전부터……."

프란츠의 발언에 기자들의 손이 바삐 움직였다.

지금까지 배도빈의 첫 제자로 알려진 프란츠 페터 이전에 나윤희 악장이 배도빈에게 개인 교습을 받고 있었다는 사실은 주목할 필요가 있었다.

"마에스트로 배, 프란츠 군의 말이 사실인가요?"

"사실입니다만 나윤희 악장뿐만 아니라 필요한 이들에겐 항상 해오던 일입니다. 나윤희 악장이 업무에 욕심을 내고 있기에 더 많은 시간을 함께했고, 프란츠가 유독 가르쳐야 할 게 많았을 뿐이죠."

부족함을 지적받은 프란츠의 얼굴이 잔뜩 시무룩해졌다.

└프란츠 귀여워.

└진짜 천잰가 봐. 정규 교육 못 받아서 배울 것도 많은 거 같은데 마왕 같은 곡 쓰는 거 보면.

ㄴ배도빈이 포켓몬은 또 기가 막히게 잡지.

ㄴ나윤희처럼ㅋㅋㅋㅋ

ㄴ나윤희가 왜?

ㄴ푸린

그러나 이내 '마왕'과 다음 작품을 묻는 말에는 언제 그랬냐는 듯 열의를 보였다.

"아직 준비 단계지만 보스께서 오페라를 구상하고 계시거든요. 작업을 돕다 보니 꼭 한 번쯤 만들어보고 싶어서, 할 수 있을지는 모르겠지만 다음 곡은 오페라로 하고 싶어요."

프란츠의 발언에 기자들이 큰 관심을 보였다.

〈투란도트〉와 〈피델리오〉는 배도빈이 발표한 여러 작품 중에서도 가장 큰 규모와 성과를 올린 작품이었고 팬들의 관심도 클 수밖에 없었다.

"새로운 오페라는 무엇인가요!"

"이번에도 도이체 오퍼와 공동 작업하십니까?"

기자들이 연이어 질문하자 배도빈이 마이크를 들었다.

"이렇게 말씀드릴 예정은 없었는데 우선 입단속을 해야 할 것 같네요."

프란츠가 입을 막았고 그 덕분에 좋은 기삿거리를 얻은 기자들은 가볍게 웃었다.

"현재로서는 파우스트를 고려하는 단계입니다."

괴테라는 인간에게 크게 실망했던 기억과 〈파우스트〉라는 걸작을 다루고 싶은 마음에서 갈등하고 있었기에 확답을 내놓지는 않았지만.

기자들에게는 그것만으로도 상상력을 자극하기에 충분했다.

"샤를 구노의 작품을 새롭게 구성하시는 건가요?"

"만들게 된다면 새로 쓸 생각이지만 말씀드린 것처럼 고려하고 있는 수준입니다. 지금은 하는 일이 많아서요."

"구체적으로 어떤 작업을 하고 계십니까?"

"우선은 오늘의 주인공이기도 한 타마키 히로시의 소나타를 협주곡으로 편곡하고 있습니다."

몇몇 사람의 입에서 탄식이 흘러나왔다.

"작업할 때 종종 아쉬움을 내비쳤습니다. 협주곡으로 만들어 베를린 필하모닉이 연주했으면 좋겠다고. 시간이 없어 안타까워했죠. 그 유지를 이어받아 최대한 원곡을 살리면서 작업하고자 합니다."

기자들의 손이 바빠졌다.

프란츠 페터와 타마키 히로시의 관한 이야기까지 마무리되자 베토벤 기념 콩쿠르 우승자 아리엘 얀스에게 이목이 쏠렸다.

그는 트레이드 마크인 순백의 정장을 입었고 가슴에는 백장미를 꽂고 있었다.

"베를린 필하모닉과의 연주는 무척 만족스러웠습니다. 단원들은 우수하고 설비는 최상의 상태였죠. 그러나 무엇보다 이렇게 많은 분께 사랑받고 있다는 점이 가장 부러웠습니다."

아리엘이 솔직한 감상을 이어나갔다.

"2주 정도 함께 작업하며 이들이 왜 사랑받을 수밖에 없는지 막연하게나마 이해할 수 있었습니다. 봄의 여신은 그들에게 단 한 번뿐인 무대였지만 준비는 완벽했습니다. 오늘 이상의 연주를 녹음하는 게 목표 중 하나가 되었고 머지않은 시일에 가능하길 바랍니다. 찾아와 주신 분들께도 그리고 이렇게 소중한 기회를 주신 베를린 필하모닉에도 감사합니다."

기자들이 박수를 보낸 뒤 질문을 해나갔다.

"진달래 씨와의 공연은 처음이셨습니다. 되도록 자세하게 답변 부탁드립니다."

한 기자의 짓궂고 핵심을 파고드는 질문에 회견장 곳곳에서 웃음이 번졌다.

"환상적이었습니다. 사랑하는 사람과 사랑하는 일을 함께함을 어떻게 표현해야 좋을지 모르겠네요."

기자들이 만족해하지 않고 거듭 물으니 아리엘이 어쩔 수 없다는 듯 입을 열었다.

"봄의 여신은 철저하게 그녀를 위한 곡이었습니다. 가사를 붙이는 과정에서 그녀가 이 곡을 어떻게 생각하는지, 무엇을 노래하고 싶은지 알 수 있었고 덕분에 비로소 완성할 수 있었죠. 그녀는 저를 완전하게 합니다."

아리엘이 진달래가 서 있는 방향으로 시선을 옮겼다.

기자들도 따라 고개를 돌렸는데 얼굴이 빨갛게 달아오른 진달래가 어쩔 줄 몰라 하고 있었다.

ㄴ그녀가 저를 완전하게 한대ㅠㅠ 진짜 진부한 말인데 왜 쟤가 하면 왜 로맨스가 되지?
ㄴ얼굴 때문에요.
ㄴ맞는 말 ㅇㅇ

"진달래 씨는 어떠셨나요?"

한 기자가 진달래에게도 소감을 물었고 2강당에 모여 있는 모든 사람이 그녀의 답변을 기다렸다.

답변 없이 넘어갈 수 없는 분위기였다.

"음역대를 바꿀 때 톤을 유지하는 부분이 어려웠는데 이번 기회에 많이 개선할 수 있었어요. 봄의 여신 덕분에 그럴 수 있었고……. 그랬습니다."

단원과 내빈 그리고 기자들이 원하는 대답이 아니었기에 그들은 진달래가 좀 더 말해주길 바랐다.

그러다 참지 못한 한 기자가 외쳤다.

"그래서 어떠셨나요!"

"……저도 덕분에 한 단계 더 성장할 수 있었습니다."

어쩔 줄 몰라 하는 진달래를 보며 아리엘이 입을 열었다.

"정말 사랑스럽지 않습니까?"

그 순간 채팅창과 회견장 모두 뒤집혔다.

ㄴ하 시발.

ㄴ왜 욕핵ㅋㅋㅋㅋㅋㅋㅋㅋㅋㅋ

ㄴ아리엘 쟤 중2병 나은 줄 알았더니 다른 무언가로 진화함. 손발 오그라드는 수준이 아님.

ㄴ시공간이 뒤틀린다아!

ㄴ풋풋하다 풋풋해.

ㄴ순애물 반대.

ㄴ경고합니다. 베를린 필은 잘 찍고 있던 복수 치정 배신 막장 드라마나 계속 찍으세요.

ㄴ베를린 필하모닉 사람 중에 누가 복수하고 누가 배신했단 거얔ㅋㅋㅋ 그런 적 없엌ㅋㅋㅋ

ㄴ레몽 도네크.

ㄴ아…….

ㄴ젊긴 젊다. 그러니 이렇게 공개 연애도 하고. 그래도 기록 남는 건데 혹시 모르니 조심하지. 아, 절대 배 아파서 이러는 거 아님.

ㄴ마지막 말 왜 붙였어……. 그런 거 같잖아.

진달래의 얼굴이 터질 것처럼 달아올라 죠엘 웨인이 나섰다.

"다음 질문 받겠습니다."

한 기자가 손을 들었다.

"아리엘 얀스 씨의 향후 거취에 대해서도 많이들 궁금해하십니다."

모두가 기대하고 있었다.

스스로 로스앤젤레스 필하모닉을 떠날 수밖에 없었던 아리엘 얀스가 복귀하는 날만을 기다렸다.

그의 음악성과 대중성이 입증되었고 단원들도 그를 기다리고 있었으니 문제 될 일은 아무것도 없었다.

"무엇을 기대하시는지 알고 있지만 아직 진행된 이야기는 없습니다."

회견장이 잠시 웅성거렸다.

"하지만 베를린 필하모닉과 함께하니 하루빨리 LA로 돌아가고 싶어졌습니다. 내년 오케스트라 대전에서 지지 않으려면 서둘러야 하니까요."

[세기의 만남! 가우왕 예나 브라움 결혼 발표!]

[예나 브라움은 누구?]

[가우왕·예나왕, "행복해요."]

[완전한 봄의 여신, 1억 조회 수 달성!]

['봄의 여신' 무엇이 달라졌나?]

[오케스트라를 뚫고 전해진 목소리의 주인공]

[아리엘 얀스, "그녀의 목소리가 봄의 여신을 완성했다."]

[아리엘 얀스, "다음 오케스트라 대전에서는 지지 않겠다."]

[배도빈, "파우스트 고려 중."]

[베를린 대전 하루 앞으로!]

'봄의 여신'이 성공적으로 연주되며 아리엘 얀스와 진달래의 입지가 더욱 확고해지는 동시에 가우왕, 예나 브라움의 혼인 소식 또한 큰 파장을 불러일으켰다.

베를린 필하모닉은 두 사람과 프란츠 페터, 니아 발그레이를 위한 축하 파티를 열었고.

그 자리에서 가장 주목받는 사람은 다름 아닌 가우왕과 예나왕이었다.

♪

"연애 한 번 못 해본 놈인 줄 알았더니 제법인데?"

"시끄러워."

가우왕은 마누엘 노이어와 단원들의 짓궂은 농담을 맞받아 치면서도 즐거웠다.

지금껏 한 집단에 소속된 적 없었던 그에게 베를린 필하모닉은 특별한 유대감을 주었다.

고독하고 오만한 천재에게 있어 자신과 비슷한 부류의 사람과 함께할 수 있음은 크나큰 행운이었고.

그도 긴 여정 끝에 얻은 베를린 필하모닉 단원들을 자신의 동료로, 존중할 인간으로 대했다.

"신혼 여행은?"

피셔 디스카우가 물었다.

"콩쿠르 끝나고 천천히 생각해 보려고. 처리할 일도 있고."

"처리할 일?"

"그런 게 있어."

"크학. 사고를 쳤으니 양쪽 집에도 인사 드려야겠지. 찰스 반응 보니까 장난 아니던데?"

"닥쳐."

가우왕이 남성 단원들 사이에서 이런저런 질문을 받고 있을 때 예나왕도 질문 세례를 받고 있었다.

"성당에서?"

만난 지 30분 만에 예나왕과 친해져 버린 이승희가 깜짝 놀랐다.

"응. 반지 나눠 끼고 끝."

예나왕이 반지를 보여주며 행복하게 웃었다.

"그런 방법도 있구나. 생각 안 해봤어. 웨딩 사진은?"

"콩쿠르 끝나면 찍어볼까 생각 중이야. 드레스 정돈 입어보고 싶어서."

"맞아. 꼭 찍어. 나중에 후회한다니까?"

"어떤 콘셉트가 좋을까? 중국 예복도 입어보고 싶은데 그이는 그리 내키지 않은 것 같아 하고."

예나왕과 이승희가 열띤 토론을 이어갔고 왕소소는 예나왕에게 달라붙어서, 나윤희, 료코, 진달래 등은 맞은편에 앉아서 그 대화를 경청했다.

"그럼 살림은 어떻게 하게?"

"아무래도 당분간 따로 살아야 할 것 같아. 직장이 런던에 있으니까."

"아, 그러네."

두 사람의 대화를 듣고 있던 나카무라 료코가 이승희에게 물었다.

"언니는 어떻게 하게?"

"나? 얘는 무슨. 상대가 있어야 하지. 결혼은 혼자 하니?"

이승희의 말에 다들 말이 없어졌다.

그녀와 한스 이안이 만나고 있단 사실을 모르는 사람은 아무도 없었다.

"다 알고 있어."

나윤희의 말에 이승희가 눈을 크게 떴다.

"어떻게?"

"매일 웨딩 영상만 보면서 무슨 말이야. 누가 봐도 결혼하고 싶어 하는데."

"어머."

예나왕이 반색했다.

모두 이제 그만 한스와의 관계를 털어놓으라는 듯 기대 어린 눈빛을 보냈기에 이승희는 어쩔 수 없이 털어놓았다.

"비밀이야."

비밀이 될 리 없었다.

"3개월."

이승희가 조심하고 소중하게 자신의 배에 손을 얹었다.

이승희의 말에 예나, 소소, 윤희, 달래, 료코의 시선이 그녀의 배로 향했다.

그들이 고개를 들어 얌전히 술을 마시고 있는 한스 이안을 보았다가 확인하듯 이승희를 향해 고개를 돌리자, 그녀가 긍정했다.

"응."

"꺄!"

진달래와 예나왕이 기쁨과 놀람의 비명을 질렀고 그 바람에 주변의 이목이 쏠리고 말았다.

이승희가 두 사람의 입을 틀어막았다.

왕소소는 눈을 튀어나올 것처럼 뜨고 이승희의 얼굴과 배를 번갈아 봤다.

나윤희는 이승희의 손을 포개어 축하했다.

내일 큰 이벤트가 있기에 뒤풀이 파티는 이른 시간에 마무리되었다.

다들 저마다 모여 귀가하고 있을 때 죠엘 웨인이 진달래를 찾았다.

"달래 씨, 보스께서 찾으세요."

"도빈이가요?"

진달래가 아리엘을 보았다.

"미안. 할 말 있나 봐. 먼저 가."

"한 잔 더 하고 있을 테니 천천히 나누고 와."

"가능하면 얀스 씨도 모셔오시라고 하셨습니다."

두 사람이 의아해하며 죠엘의 안내를 받아 건물 안쪽으로 향했다.

한적한 방에 도착하자 배도빈이 소파에 앉아 차를 마시고 있었다.

진달래와 아리엘이 그와 마주 보고 앉았다.

"무슨 일이야?"

"오늘 재밌었나 싶어서."

배도빈이 대수롭지 않게 답했다.

"당연하지. 엄청. 어어엄청 재밌었지."

진달래가 당연하다는 듯 과장했다.

그러면서도 배도빈이 이런 일상적인 대화나 하자고 따로 자리를 마련하진 않았을 거라 생각했다.

"뭔데 그래?"

배도빈은 차를 한 모금 마시고 간격을 둔 뒤에 물었다.

"LA로 갈 생각 없어?"

아리엘의 눈빛이 달라졌다.

"어?"

"함께해서 시너지를 보이는 경우는 드물어. 너희 두 사람이 그렇고. 서로를 위해서도 좋은 일 같은데."

"그렇긴 하지만……."

진달래가 망설였다.

아리엘이 찻잔을 들었다.

진달래와 함께할 수 있다면 그 무엇보다 행복할 테지만, 이일이 배도빈과 진달래 사이의 일이라는 것을 인지하고 있었다.

진달래가 망설이고 있기에 배도빈이 먼저 말을 꺼냈다.

"돈이라면 신경 쓰지 마."

"어떻게 그래?"

"갚지 말라는 뜻이 아니야. 예전이면 모를까. 지금의 너라면 어디서든 벌 수 있어. 저 녀석과 함께라면 더더욱."

진달래는 어쩌면 배도빈의 말이 맞을지도 모른다고 생각했다.

2025년, 본봉과 인센티브를 포함한 그녀의 한 해 수입은 대략 14만 유로.

독일의 높은 세율을 적용해도 1억 원 이상이었다.

인지도가 생겨나기 시작했으니 이대로만 간다면 올해와 내년 그리고 그 이후의 수입은 더욱 늘어날 수 있었다.

그래도 내키지 않았다.

"아직 계약 기간도 남아 있고."

이유는 정확히 알 수 없었지만 선뜻 그러겠다고 할 수 없었다.

아리엘과 함께하고 싶으면서도 베를린 필하모닉을 떠나고 싶지 않은 이중성이 그녀의 본심이었다.

그래서 고작 생각해낸 변명이 계약 기간이었다.

"파기해 줄게."

배도빈이 시선을 주자 죠엘 웨인이 진달래의 계약서를 꺼내 두 사람 사이에 놓았다.

마치 처음부터 내보내려고 작정한 듯한 행동에 진달래의 기분이 상해버리고 말았다.

"갑자기 뭐야? 왜 이러는데."

섭섭했다.

배도빈을 통해 클래식 음악을 알게 되었고, 베를린에 정착할 수 있었으며 다시 베이스를 칠 수 있었다.

음악을 배울 수 있었고 무대에 설 수 있었다.

지난 4년간의 노력과 추억이 담긴 베를린을 떠나라고 등을 떠미는 것만 같아서, 배도빈의 태도를 쉽게 받아들일 수 없었다.

"갑자기가 아니야."

배도빈이 목을 축였다.

진달래는 그 느긋한 태도도 마음에 안 들었다.

자신은 이렇게나 서운하고 섭섭한데 아무렇지도 않은 태도가 그러한 마음을 부추겼다.

"처음부터 네가 한 사람 몫을 할 수 있을 때까지라고 생각했어. 그 시기가 빨랐을 뿐이야. 네가 그만큼 노력했단 뜻이고."

진달래는 배도빈의 말을 이해할 수 없었다.

"어디 가서도 가수로 활동할 수 있게 되었으니 이제 있을 자리 찾아야지."

"그게."

"이제 내 도움 받을 필요 없는 사람이라고."

한 사람의 온전한 음악가로 인정한다는 뜻이었다.

그러니 미성숙한 아이에게 주었던 주거, 교육 등의 여러 지원을 끊겠단 말이었고 동시에 자유롭게 활동하라는 뜻이었다.

어디에 있든 그것을 선택할 권리가 있다고, 마지막으로 가르치는 것이었다.

배도빈의 속뜻을 이해한 아리엘이 작게 미소 지었다.

"아, 아니. 나 아직 배울 것도 많고. 아직 그렇게까지 잘 부르지 못하고."

당황한 진달래가 이런저런 변명을 늘어놓았다.

자신이 아직 부족하다는 진심과 베를린 필하모닉을 떠나고 싶지 않은 마음이 뒤섞인 탓이었다.

"선택은 네가 하는 거야."

배도빈은 이미 진달래가 떠날 거라 판단하고 있었다.

어린 가수가 자신이 있고 싶은 무대에서 부르고 싶은 노래를 마음껏 부를 수 있도록 해주고 싶었다.

사적인 친분과 작은 선의로 발을 묶고 싶은 마음은 추호도 없었다.

아쉬운 마음이 없지 않아 있으나.

앞으로 몇 년만 지나면 그녀의 노래는 세계 어디에서도 들을 수 있을 테니까.

배도빈도 아리엘도 진달래가 충분히 고민할 수 있도록 기다렸다.

두 사람이 차를 한 번 더 따르고 그것을 다 마실 때까지 진달래는 입을 열지 않았다.

그리고 마침내 혼란스러워하던 그녀가 장고 끝에 입을 열었다.

"……알았어."

배도빈이 고개를 끄덕이며 죠엘에게 관련 절차를 밟으라고 주문하려던 차, 진달래가 말을 덧붙였다.

"여기 있을 거야."

배도빈이 눈썹을 들어 올렸다.

"멋대로 판단하지 마. 나 여기 어쩔 수 없이 들어온 거 아니야."

"너."

"면접 때 말한 거 그냥 합격하고 싶어서, 아무 데나 상관없이 그냥 노래하고 싶어서 했던 말 아니야."

배도빈이 소파에 등을 기댔다.

"나 그날 정말 최악이라고 생각했어. 이보다 더 나쁠 수 있을까 생각했던 날이었어."

진달래는 자신의 의수를 내려다보며 전 소속사 APOP와의 일을 떠올렸다.

대한민국 최고의 록밴드를 만들고자 노력했던 그녀는 그날 모든 것이 끝난 것만 같았다.

그때 우연히 배도빈을 만났고.

끝인 줄만 알았던 그녀의 세계에 새로운 목표가 생겨났다.

자신보다도 작은 키로 최고의 오케스트라를 지휘하러 갈 거라고 말하던 당당함.

그녀는 그로부터 용기를 얻었다.

저런 녀석은 어떤 음악을 할까.

어디서 저런 자신감이 생길까.

그것이 가수 진달래의 시작이었다.

"널 쫓아서 여기까지 왔어. 베를린 필하모닉이 좋아서 들어오고 싶었어. 많이 부족했던 거 알아. 너를 몰랐으면 어쩌면 평생 꿈만 꾸었을지도 몰라. 아니, 꿈조차 못 꿨을 거야."

"……."

"나 여기 좋아. 네게 너무 고맙고 네 말대로 내 분에 넘치는 기회를 받고 있다는 거 알지만. 네가 정말 날 가수로 생각한다면 나 여기 있을 거야."

"……."

"난 네 곡이랑 베를린 필하모닉의 연주가 좋으니까."

생각지도 못한 일에 배도빈은 다소 당황했고 한편으로 기쁘기도 했다.

친구로서 선생으로서 후원자로서 대하던 아이가 어엿한 어른이 되었다.

그런 그녀가 다른 어떤 이유도 아닌 음악을 근거로 남고 싶다고 했다.

"이건 확실히 질투군."

그때 아리엘이 입을 열었다.

그는 연인이 눈앞에서 다른 남자에게 열렬히 고백하는 모습을 보며 분명 질투하고 있었다.

배도빈과 진달래가 화들짝 놀라고 말았다.

"무슨 말이야!"

진달래가 아리엘의 팔뚝을 때리며 호들갑을 떨었다.

아리엘이 웃으며 그녀를 진정시켰다.

"전부터 느꼈어. 예전에는 이 저열한 감정을 느끼는 내가 싫었지만."

아리엘이 배도빈을 바라보았다.

"그건 아마 겉으로는 인정하지 않아도 배도빈에게 이기지 못할 거로 생각했기 때문일 거야."

배도빈이 살짝 인상 쓰자 아리엘이 그 모습을 보며 웃었다. 진달래의 손을 쥐고 사랑 가득 담긴 눈빛으로 그녀를 담아냈다.

"지금은 그 이유로 충분해. 음악가로서도 반드시 다시 반하게 해줄게."

"……대감."

"부인."

배도빈은 연인으로서의 사랑을 다시금 확인하고, 서로의 입장을 존중하는 두 사람을 바라보며 입을 열었다.

"나가."

♪

진달래와 아리엘을 내보낸 배도빈이 작게 웃었다.

어리게만 생각했던 아이들이 하나둘씩 자신만의 세계를 구축하고 음악가로서의 면모를 갖춰나가고 있음에 더할 나위 없이 흡족했다.

"우리도 가죠."

"네. 아!"

배도빈이 일어서는 순간 휘청이고 말았다.

죠엘 웨인이 깜짝 놀라 그를 부축했고 배도빈은 잠시 그녀에게 의지해야만 했다.

"보스……"

"괜찮아요. 잠시 앉게 해주세요."

죠엘 웨인이 배도빈을 조심스레 앉혔다.

"너무 무리하셨어요."

배도빈이 눈을 감고 고개를 젖혀 소파에 기댔다.

마치 빈혈이 온 듯 아무것도 볼 수 없었다.

2년 전 비행기 추락 사고 이후 겪는 후유증이었다.

평소에는 괜찮지만 피곤해지면 심한 빈혈이 오는 것처럼 시야가 어두워졌다.

배도빈의 주치의는 추락 시 시신경에 손상이 가해진 탓으로 추측하면서도 정확한 원인을 찾지 못했다.

그간 후유증을 치료하기 위해 백방으로 다녔으나 확실한 방법은 없었다.

충분히 안정을 취하면 후유증이 길게 이어지지 않고 시력도 회복되는 것이 그나마 다행이었다.

주치의는 현재로선 크게 문제 될 것 없으나 반드시 무리하면 안 된다고 경고했다.

그러나 배도빈은 대교향곡을 비롯한 작곡 활동과 악단 운영, 베토벤 기념 콩쿠르, 타마키 히로시의 장례, 평단과의 일, 여러 사람과의 관계 정리 등을 이유로 신체적, 정신적 스트레스가 크게 쌓였고.

그 대가를 치르고 있었다.

"하루 쉬면 괜찮아지니까 걱정 마요."

배도빈의 말대로 충분히 쉬고 무리하지 않는다면 괜찮을 테지만, 그의 비서 죠엘 웨인은 배도빈이 얼마나 많은 일을 감당하는지 알고 있었다.

그는 베를린 필하모닉의 직원들이 겪는 어려움을 해결하기 위해 헌신적으로 활동하나.

죠엘의 눈에는 현재 가장 도움이 필요한 사람은 다름 아닌 배도빈 본인이었다.

"역시 주변에 알리시는 게……."

"그러지 말아요. 걱정하니까."

"그래도……."

현재 배도빈의 상태를 아는 사람은 그의 비서였던 이자벨 멀핀과 현 비서 죠엘 웨인 그리고 담당 주치의뿐이었다.

배도빈이 철저하게 입단속을 한 탓이지만 죠엘은 배도빈을 철인으로 여기는 단원과 심지어는 신과 같은 초인으로 여기는 팬들이 그의 상태를 인지하고 부담을 덜어줘야 한다고 생각했다.

그러나.

"바쁜 일만 해결되면 괜찮아지니까 괜한 걱정 끼칠 생각 없어요. 죠엘도 그리 알고 더는 묻지 말아요."

배도빈은 단호할 뿐이었다.

그가 잠시 간격을 두고 중얼거리듯 말했다.

"5분만 잘게요."

♪

한편.

애지중지 키운 자랑스러운 딸이 중국인과 결혼했단 소식에 브라움 부부는 크게 충격받았다.

그토록 말렸건만 일언반구도 없이 서약했다는 데 크게 실망했으며.

그 분노는 가우왕에게로 향했다.

"잘도 그 더러운 낯짝을 들이미는구나!"

크로프트 브라움이 인사하러 찾아온 가우왕을 향해 분노를 쏟아냈다.

"아버지!"

"시끄럽다!"

크로프트 브라움은 딸의 손목을 잡아 방으로 이끌었다.

"내일 당장 돌아가자."

"돌아가도 제 발로 돌아갈 거예요. 아버지가 이러신다 해도 변하는 건 없어요."

"대체 왜 이러는 게야! 내가 널 어떻게 키웠는데 이런 놈이랑 결혼한단 말이냐!"

크로프트 브라움의 노성 뒤에 에리얼 브라움이 딸을 붙잡았다.

"아니에요. 예나가 그럴 리 없어요. 그렇지? 착한 아이잖니. 실수였을 거야."

"어머니."

"엄마아빠 놀리는 거지? 응? 그런 거지?"

"어머니!"

예나왕이 에리얼 브라움을 뿌리쳤다.

"그만 하세요. 놀리는 것도 실수도 아니에요."

"예나!"

에리얼 브라움이 간절히 애원했다.

"제발 이러지 말렴. 아버지가 정혼 상대를 정해둔 것도 아니 잖니. 좋아하는 사람 만나서."

"만나서 결혼했어요."

"자꾸 거짓말할 거니? 네가 어떻게 중국인이랑 결혼해! 응?"

에리얼 브라움의 애원이 예나왕의 가슴을 후벼팠다.

"이미 혼인 신고도 했어요."

"너!"

철썩-

이성의 창이 깨지는 소리였다.

크로프트 브라움이 딸의 뺨을 때렸다. 그녀의 고개를 힘껏 돌아갔다.

가우왕은 쓰러진 아내에게 다가가려 했지만 크로프트 브라움은 비켜주지 않았다.

"어딜 들어와!"

가우왕이 장인을 바라보다가 고개를 숙였다.

"죄송합니다."

가우왕은 장인 부부가 노할 수밖에 없다고 생각했다.

소중한 딸이 말도 없이 결혼했으니, 더군다나 그 상대가 하등하게 여기는 동양인이었으니 충분히 화낼 만하다고 여겼다.

자존심 하나로 정상에 오른 그에게는 감당할 수 없을 만큼 수치스럽고 모욕적인 일이었으나.

이미 각오한 일이었다.

"행복하게 살겠습니다. 용서해 주십시오."

그에게 가족보다 소중한 것은 없었고 그것은 장인 부부도 마찬가지였다.

"행복? 행복이라 했나! 네놈 때문에 내 딸이 무엇을 잃었는지 모르고 하는 소리야!"

그때.

예나왕이 아버지를 밀치고 복도로 나섰다. 남편의 팔을 붙잡아 이끌며 말했다.

"됐어. 가자."

"가긴 어딜 가! 당장 들어오지 못해!"

크로프트 브라움이 노발대발했고 가우왕도 아내를 말렸다.

"허락받기로 했잖아."

"대화가 안 되잖아. 당신 이럴 필요 없어. 저런 말 들을 필요 없고 상처받을 필요도 없어."

예나왕의 말에 크로프트 브라움이 충격받았다.

"지금껏 바르게 자랐다고 생각했거늘 인제 와 늙은 애비 뒤통수를 치는구나."

예나왕이 고개를 돌려 아버지를 노려보았다.

"아뇨. 저야말로 존경하던 부모님께 배신당한 기분이에요."

"예나!"

가우왕이 예나를 말렸다. 그러고는 잔뜩 화가 난 장인에게 다시 한번 용서를 빌고자 했으나, 그마저도 허용되지 않았다.

"썩 나가라! 오늘부터 넌 내 딸이 아니다!"

"장인어른!"

"누가 네 장인이야! 썩 꺼지지 못해!"

크로프트 브라움이 가우왕을 매몰차게 몰아냈다.

신경질적인 소리와 함께 문이 닫혔고 예나왕은 눈물을 간신히 참아내려 했다.

부모를 향한 원망과 배신감.

넝마처럼 찢긴 남편의 가슴을 떠올리면 도저히 이성적으로 있을 수 없었다.

가우왕도 생전 처음 당해보는 모욕감을 애써 누르며.

그보다 중요한 일을 떠올렸다.

"······내일 다시 오자."

부부가 서로를 끌어안고 상처를 보듬었다.

잠시 뒤.

겨우 마음을 가라앉힌 두 사람이 가우왕의 저택을 찾았다.

그의 가족을 만나는 건 처음이라 예나왕은 상당히 긴장해 있었다.

생전 처음 보는 사람이 소중한 아들과 결혼했으니 결코 그 시선이 좋을 리 없다고 생각했다.

'내가 더 잘해야 해.'

중국의 문화는 잘 모르고 이해하기도 쉽지 않았지만 예나 왕은 그래야 한다고 생각하며 고개를 끄덕였다.

가우왕이 문을 열었다.

"엄마. 나 왔업."

가우왕은 문을 열자마자 부모와 고모들에게 치여 마당을 뒹굴어야 했다.

"아이고. 어서 와라. 어서 와."

"허미. 정말 머리가 노랐네?"

"어디서 이런 예쁜 애가 왔을까? 으응?"

"배고프지? 밥은 먹었고?"

쏟아지는 질문에 잔뜩 긴장하고 있던 예나왕이 당황했다.

"무슨 짓이야!"

가우왕이 벌떡 일어나 가족들에게 소리쳤다.

"이런 각시를 두고 그동안 모른 척했어?"

"그런데 우리 말은 알아듣나?"

"아가, 캐, 캔 유 스피쿠 차이니즈?"

너무나 살가운 태도에.

예나왕이 눈물을 흘리며 고개를 끄덕였다.

"네. 중국말 할 줄 알아요."

가우왕의 가족들이 입을 틀어막고 울기 시작한 며느리를 어르고 달래 안으로 들였다.

2026년 2월 4일.

배도빈의 생일 파티와 함께 그가 주최한 피아노 콩쿠르가 열렸다.

우승자에게는 배도빈이 직접 곡을 헌정해 주기로 되어 있었고.

그의 곡을 받기 위해, 또 세계 최고의 피아니스트라는 명예를 쟁취하기 위해 전 세계 피아니스트들이 칼을 갈고 있었다.

참가 신청자 수는 3만 명.

본선에 오른 사람이 20명뿐인 것을 감안하면 그 경쟁이 얼마나 치열했는지는 불 보듯 뻔한 일이었다.

그러나 그중에서도 빛나는 이름이 있었으니 대체 누가 최고의 영광을 얻어낼지 예상할 수 없었다.

배도빈 국제 피아노 콩쿠르
본선 진출자 명단

배도빈
(한국, 베를린 필하모닉, 20세)
가우왕
(독일, 베를린 필하모닉, 40세)
막심 에바로트
(크로아티아, IMG 아티스츠, 41세)
니나 케베리히
(독일, 샛별 엔터테인먼트, 29세)
최성신
(한국, 솔레아 매니지먼트, 33세)
최지훈
(한국, 베를린 필하모닉, 21세)
엘리자베타 툭타미셰바
(러시아, 빈 필하모닉, 27세)

ㄴ와 진짜 참가자 미쳤다ㅋㅋㅋ

ㄴ도빈이 21살 아님?

ㄴ국제 표기니까 당연히 만 나이지.

ㄴ누구 하나 빠지는 사람이 없네.

ㄴ응~ 어차피 우승 배도빈

ㄴㄴ 이건 오케스트라 대전 이후 배도빈 최대 위기임. 가우왕이랑 막심은 말할 것도 없고 니나랑 최성신, 최지훈도 만만치 않음.

ㄴ살아 있는 전설들 상대로 우승했는데?

ㄴ그건 배도빈이 지휘자로 충실하니까 그런 거고. 솔직히 피아니스트로는 활동 오래 못 했잖아.

ㄴ가우왕 우승이 거의 확정적이지. 세 개의 손을 위한 소나타 연주할 수 있는 사람 없잖아. 막심도 못 친다고 했음.

ㄴ가우왕은 확실히 미친놈임.

클래식 음악 팬들은 가우왕의 우승을 믿어 의심치 않았다.

오랜 경쟁자 막심 에바로트가 그의 적수였고 니나 케베리히, 최성신, 최지훈 등이 훌륭한 기량을 보여주었지만 불가능의 영역을 정복한 유일한 피아니스트를 향한 믿음은 흔들리지 않았다.

그럼에도 그들이 이번 경연에 열광하는 이유는 베토벤 기념 콩쿠르를 기억하고 있기 때문이었다.

니아 발그레이와 파울 리히터를 제치고 우승한 아리엘 얀스.

누구도 예상하지 못한 타마키 히로시의 분전.

어린 나이로 3위에 오른 프란츠 페터와 같은 이변을 기대하기도 했고 또한 박준수, 제니 헤트니처럼 결승 진출은 못 했어도 감동적인 곡을 들려준 이들을 기억하는 탓이었다.

과연 누가 우승하여 세계 최고의 피아니스트가 될지도 궁금했지만 좋은 곡을 들을 수 있다는 순수한 기대가 앞서 있었다.

좋은 연주를 듣기 위해.

팬들은 누가 우승할 거라는 의견을 나누면서도 지금껏 그들을 즐겁게 해주었던 피아니스트들이 이번에는 또 어떻게 세상을 놀라게 해줄지 기대하며.

베를린 필하모닉 디지털 콘서트홀의 채팅창을 채워나가고 있었다.

ㄴ오오 나온다 나온다

ㄴ막심 너무 잘생겼어 ㅠㅠ

ㄴ니나 케베리히는 여전히 밝네.

ㄴ쟤는 진짜 뭐든 즐기더라.

ㄴ엘리자베타 독기 오른 거 봐. 가우왕 도발 진짜 신경 쓰나? ㅋㅋㅋ

ㄴ6개월 동안 도전했는데 실패했으니까 짜증 날 만하지.

ㄴ가우왕 오늘은 또 무슨 옷 입고 나오려나.

ㄴ이젠 기대됨ㅋㅋㅋㅋ 어떤 신박한 차림으로 나올질ㅋㅋㅋㅋㅋ

ㄴ어?

ㄴ헐. 저게 누구야?

ㄴㅁㅊ 가우왕임???

취재차 한국에서 베를린까지 날아온 정세윤 기자는 참가자들을 상대로 인터뷰를 따고 있다가 깜짝 놀라고 말았다.

갑자기 주변이 조용해진 탓에 고개를 돌렸는데 자연스럽게 감탄사가 나오고 말았다.

"헐."

어깨까지 내려오는 장발과 새빨간 재킷과 가죽 바지가 트레이드 마크였던 가우왕이.

머리를 짧게 치고 멀쩡한 연미복을 입고 있었다.

베를린 대전

"가우왕!"

"어떡해! 잘생겼어!"

가우왕이 멀쩡한 모습으로 나타나자 팬들은 물론 그의 동료들까지 난리가 났다.

"크학학학! 기생오래비처럼 하고 다니던 것보다 훨씬 낫구만!"

"뭐야?"

피셔 디스카우의 호탕한 웃음이 대기실을 가득 채웠다.

"결혼하더니 사람 됐어."

"그러니까 말이야."

"이제 그 괴상한 차림은 안 하는 거야?"

"괴상하다니!"

단원들의 짓궂은 질문에 가우왕이 버럭 소리를 지르자, 대기실이 다시 한번 웃음바다가 되었다.

한편.

본인의 집무실에서 잠시 눈을 붙이고 있던 배도빈이 눈을 떴다.

핸드폰 알람을 멈춘 그는 목 주변을 주무르며 자세를 바로했다.

컨디션이 그리 좋지 못했지만 곧 콩쿠르가 시작될 터라 콧대를 문지르며 정신을 차렸다.

똑똑-

"보스. 시간 되었습니다."

"네."

때마침 죠엘 웨인이 문 밖에서 개최식 시작을 알렸다.

루트비히홀로 향하자 이미 열아홉 명의 본선 진출자가 무대 위에 자리했고 관객과 기자들도 객석을 가득 채우고 있었다.

배도빈이 모습을 드러내자 모든 이가 환호와 박수를 보내어 그를 맞이했다.

무대 중심으로 이르러 참가자들과 시선을 교환하던 배도빈이 가우왕을 발견하곤 본인도 모르게 혼잣말을 뱉고 말았다.

"뭐야."

그 반응이 너무나 적나라하여 관객과 시청자들이 즐거워했다.

배도빈은 의심 가득한 시선으로 가우왕을 살폈고 가우왕은 그런 그를 애써 무시했다.

행사를 시작해야 했기에 배도빈은 가우왕이 왜 갑자기 멀쩡해졌는지에 대한 의문을 뒤로하고 객석을 향해 인사했다.

"모르는 사람이 앉아 있어 잠시 당황했습니다."

관객들이 다시 한번 작게 웃었다.

가벼운 농담으로 분위기를 부드럽게 풀어낸 배도빈은 가우왕과 최지훈 때문에 개최하게 된 '배도빈 콩쿠르'를 포장하기 시작했다.

"여기 모인 피아니스트 모두 각각의 목표를 세워두고 있을 겁니다. 자신을 시험해 보고 싶은 분도 계실 테고 상금을 노리시는 분도 계실 테죠. 또 제 곡을 받고 싶기도 하겠고요."

└아닌데. 정실 되려고 하는 건데.

└정실이 아니라 퍼스트라곡ㅋㅋ

└그게 그 말 아님?

└이젠 뭐가 뭔지 모르겠다ㅋㅋㅋ

자신에게 곡을 받고 싶어 전 세계 피아니스트들이 먼 길을 찾아왔다는 자신감 넘치는 발언에 관객들이 또 한 번 웃었다.

사실이기 때문이고 너무나 당연한 일이라는 듯 말하는 배도빈의 태도 때문이었다.

배도빈은 웃고 있는 관객들을 둘러보며 연설을 이어나갔다.

"어느 쪽이든 간절할 겁니다. 예선 심사를 맡았던 악장단이 참가자 여러분의 진지한 태도에 감격했다고 전해 왔습니다."

배도빈은 비록 본선에 진출하지 못한 이들에게도 감사 인사를 덧붙였다.

"그러나 그걸 지켜보실 여러분까지 진지해질 필요는 없습니다. 최고의 피아니스트들이 어떤 연주를 하는지 그저 즐겨주셨으면 합니다."

배도빈이 한 발 뒤로 물러서자 관객들이 박수를 보냈다.

사회를 맡은 이자벨 멀핀이 배도빈 콩쿠르의 진행방식을 설명하기 시작했다.

"각 라운드 진출자는 투표로 결정됩니다. 각 피아니스트는 추첨 순서에 따라 연주하고 온라인과 현장 투표를 통해 점수를 획득합니다."

준비된 스크린에 추첨 방식을 설명하는 사진이 떠올랐다.

ㄴ잉? 크리스틴 지메르만 심사위원으로 초빙한다고 하지 않나?

ㄴ배도빈, 푸르트벵글러, 지메르만 세 명이서 심사하기로 했는데 배도빈이 참가하게 되었잖아. 그래서 그냥 투표로 한다고 했음.

ㄴ그럼 지메르만은?

"해설이 있다면 좀 더 즐겁겠죠? 특별히 모신 해설위원을 소개해 드리겠습니다. 빌헬름 푸르트벵글러 상임 지휘자님."

이자벨 멀핀의 소개와 함께 가장 앞줄에 앉아 있던 푸르트벵글러가 일어나 객석을 향해 고개를 숙였다.

관객들이 열렬히 환호했다.

"피아니스트 크리스틴 지메르만 님."

현존하는 가장 완벽한 피아니스트 크리스틴 지메르만을 향한 목소리도 푸르트벵글러 못지않게 컸다.

"함께해 주신 두 분께 다시 한번 큰 박수 부탁드립니다."

이자벨 멀핀은 1라운드가 하루 다섯 명씩 나흘에 걸쳐 진행됨을 설명했다.

2라운드 이틀, 결승 하루로 총 일주일간 진행됨을 공지한 뒤 참가자들을 한 명, 한 명 소개했다.

마왕 배도빈.

황제 가우왕.

혁명가 막심 에바로트.

니나 케베리히, 최성신, 최지훈 등 그 면면이 너무나 화려하여 팬들이 이름 붙인 '베를린 대전'이란 별명이 공식 명칭보다 그럴듯했다.

"그러면 각 조 추첨을 진행하도록 하겠습니다."

이자벨 멀핀이 행사를 진행하는 도중 참가자석으로 향한 배도빈은 오랜만에 만난 사람들과 눈인사를 나누다가 저 끝에 앉아 있는 프란츠 페터를 발견하고 말았다.

"넌 또 왜 여기 있어?"

"저, 저도 해보고 싶어서……."

눈썹을 찡그린 배도빈이 자리에 앉은 후 바로 옆자리의 가우왕을 살폈다.

가우왕은 배도빈의 뜨거운 시선을 껄끄러워했고 그 모습에 최지훈이 웃고 말았다.

"뭘 자꾸 봐?"

"신기하잖아요."

"그만 좀 쳐다봐!"

"아하하하하핫."

"넌 뭐가 재밌다고 자꾸 웃어?"

"재밌으니까요."

"……빌어먹을 꼬맹이들."

ㄴ쟤들 진짜 너무 친해 보임 ㅠ

ㄴ행사에 집중하라곸ㅋㅋㅋㅋ

ㄴ배도빈 가우왕 관찰하는 거 왤케 귀여웤ㅋㅋㅋ 시강이다 시강ㅋㅋ

ㄴ그냥 진짜 즐기는 분위기인데?

└근데 오늘 도빈이 생일 아님?

└맞아. 자기 생일에 자기 콩쿠르 여는 도빈이 ㅠㅠ

└가우왕은 근데 왜 저렇게 멀쩡하게 됐대?

이자벨 멀핀이 배도빈 콩쿠르의 일정과 요강을 모두 설명한
뒤 조 추첨식을 시작했다.

"그러면 호명하는 순서로 앞으로 나와주시길 바랍니다. 먼
저 참가번호 1번 배도빈 님."

이자벨 멀핀이 배도빈을 호명했다.

그가 앞으로 나와 진행요원의 도움을 받아 상자 안에서 작
은 공 하나를 꺼냈다.

검은색 공에는 흰색으로 숫자 2-1이 적혀 있었다.

"배도빈 님은 2조 첫 번째 순서로 참가하시겠습니다."

이자벨 멀핀의 말과 동시에 스크린에 배도빈의 이름이 떠올
랐다.

"다음은 참가번호 2번 최지훈 님. 앞으로 나와주시길 바랍
니다."

최지훈이 방실방실 웃으며 앞으로 걸어 나왔다.

배도빈과 마찬가지로 상자 안에서 공을 꺼내어 스태프와 관
객을 향해 보였다.

"최지훈 님은 3조 세 번째 순서로 참가하시겠습니다."

최지훈은 번호를 확인하곤 만족스럽게 웃었다.

가능하다면 좀 더 높은 곳에서 경쟁하고 싶었기에 배도빈, 가우왕과는 다른 조가 되고 싶었는데 절반은 성공한 셈이었다.

"다음은 참가번호 3번, 가우왕 님 모시겠습니다."

가우왕이 앞으로 나섰다.

평소 껄렁대던 팔자걸음이 아니라 배도빈과 최지훈 그리고 그를 아는 사람 모두 평소답지 않은 그를 의아하게 여겼다.

가우왕이 공을 꺼내 확인하고 씩 하고 웃었다.

"2조 두 번째다."

그는 이자벨 멀핀이 발표하기도 전에 스스로 공개했고 그 순간 객석이 술렁였다.

배도빈과 가우왕이 한 조가 되었기 때문.

세 번째 추첨 만에 빅 이벤트가 결정된 터라 관객과 시청자들은 10년도 더 전에 중국에서 개최되었던 두 사람의 경합을 떠올릴 수밖에 없었다.

당시에는 배도빈의 압승.

작은 체구의 패널티를 가지고도 깊이감 있는 연주로 가우왕을 압도한 배도빈과.

그때와는 비교도 할 수 없이 성장한 가우왕의 경합이 어떤 식으로 진행될지 아무도 예측할 수 없었다.

가우왕은 자리로 돌아오며 자신과 마찬가지로 흥미롭게 미소 짖는 마왕을 볼 수 있었다.

"큰일이네?"

가우왕이 배도빈을 도발했다.

"그러게요. 괜찮아요?"

서로를 애틋하게 걱정하는 두 사람의 대화가 작게 전달되면서 관객과 시청자들이 또 한 번 즐거워했다.

ㄴ서로 지들 잘났댘ㅋㅋㅋㅋ

ㄴ둘 다 그럴 만하지.

ㄴ죽어도 안 지려곰ㅋㅋㅋㅋ

ㄴ2조에 누가 들어갈지 모르겠는데 진짜 너무 불쌍해.

ㄴ아, 그러네. 솔직히 누가 들어가도 진출 장담 못 하겠는데?

"참가번호 4번 엘리자베타 툭타미셰바 님."

엘리자베타가 독기 어린 눈빛을 하고는 상자 앞으로 향했다.

재작년, 퀸 엘리자베스 콩쿠르에서 최지훈과 내지 못했던 승부를 결정 짓기 위해.

또 가우왕의 코를 납작 뭉개주기 위해 참가한 그녀는 최지훈과 같은 3조가 되길 바랐지만 1조 두 번째 순서로 배정되었다.

'최지훈.'

엘리자베타는 자리로 들어오면서 최지훈을 노려보았다.

평생을 이겨놓곤 마지막 승부에서 멋대로 이탈해 버린 라이벌을 향한 투지를 담아냈다.

그녀가 막 '떨어지면 용서하지 않을 거야'라고 엄포를 늘어놓으려 할 때 최지훈이 먼저 입을 열었다.

"힘내요."

최지훈은 그 뜨거운 시선을 의아해하면서도 그녀를 응원했다.

웃는 얼굴에 침을 뱉을 순 없는지라 엘리자베타는 콧방귀를 뀌곤 고개를 돌렸다.

니나 케베리히가 최지훈의 귀에 대고 속삭였다.

"쟤는 왜 항상 화나 있어?"

"글쎄?"

"혹시 무슨 짓 한 거야?"

"무슨 짓이라니?"

최지훈이 눈을 크게 뜨고 고개를 빼자 니나가 최지훈과 엘리자베타를 번갈아 보며 즐거운 듯 입가를 들어 올렸다.

"참가번호 5번 막심 에바로트 님. 앞으로 나와주시길 바랍니다."

또 한 명의 강력한 우승 후보가 호명되자 객석이 술렁였다.

사실상 가장 확실한 우승 후보로 손꼽히는 가우왕을 위협할 난적은 현재로서 두 사람뿐이었다.

우위를 예측하기 힘든 배도빈과 동수라고 알려진 막심 에바로트.

그가 어떤 조에 배정될지 모든 이가 긴장하며 지켜보는 가운데.

막심 에바로트가 최지훈과 같은 3조에 배정되고 말았다.

"막심 에바로트 님, 3조 다섯 번째 순서로 참가하시겠습니다."

'막심.'

최지훈이 여유롭게 걸어오는 크로아티아의 혁명가를 바라보았다.

190㎝가 넘는 장신에 굵은 턱선과 깊이 자리한 눈만큼이나 돌출된 눈썹뼈.

강렬한 눈빛을 가진 사내는 최지훈의 시선을 느끼고는 고개를 돌렸다.

'나쁘지 않네.'

가우왕과 함께 피아노계를 양분하고 있는 그도 최근 최지훈의 기량은 익히 알고 있었다.

가우왕과 누가 더 뛰어난가에 대한 의문을 풀어내기 전에 상대할 사람으로는 더할 나위 없이 좋은 상대였다.

"참가번호 6번, 최성신 님."

한국이 낳은 또 한 명의 천재 피아니스트 최성신이 호명되었다.

쇼팽, 드뷔시, 모차르트 등 차곡차곡 앨범을 발표했던 그는 앨범 판매량에 있어서는 북미 최고의 티켓 파워를 자랑하는 니나 케베리히보다도 앞서 있었다.

배도빈 콩쿠르를 지켜보는 많은 사람이 그를 우승 후보로 꼽지는 않았지만.

그가 우승 후보가 아니라고 확정 지어 말할 수 있는 사람은 아무도 없었다.

최성신이 공을 잡아들었다.

"최성신 님께서는 3조 네 번째 순서로 연주해 주시겠습니다."

관객 중 절반에 가까운 이들이 입을 떡 벌리고 말았다.

고작 여섯 명이 추첨했을 뿐인데 3조에 세 명이나 들어섰기 때문이고 그 세 사람이 막심 에바로트, 최지훈, 최성신이었기 때문.

죽음의 조가 완성된 것이었다.

다음. 또 다음.

참가자들은 제발 2조와 3조에 걸리지 않길 바라며 가슴 졸였다.

1조 또는 4조로 배정받은 이들이 내쉰 안도의 한숨과 조금씩 자기 차례가 다가오는 것을 느끼는 이들이 내뱉는 탄식이 교차되었다.

"다음은 참가번호 11번 니나 케베리히 님. 앞으로 나와주시길 바랍니다."

기다리다 안달이 났던 니나 케베리히가 벌떡 일어났다.

성큼성큼 걸어가 망설이지 않고 곧장 공 하나를 꺼내들었는데 그녀의 얼굴이 기쁨으로 가득찼다.

"1호기! 같은 조야!"

니나가 배도빈을 향해 공을 흔들어 보였다.

'니나라.'

배도빈은 그가 발굴해낸 최고의 아티스트를 바라보며 만족스럽게 웃었다.

그는 오래 전부터 니나가 자신만의 입지를 확립하길 확신했고, 그런 탓에 타 콩쿠르에 비해 자유로운 룰 속에서 그녀가 얼마나 자신을 뽐낼지 기대하고 있었다.

"니나 케베리히 님은 2조 네 번째로 연주해 주시겠습니다."

이자벨 멀핀의 발표와 함께 스크린에 니나 케베리히의 이름이 떠올랐다.

객석이 순식간에 떠들썩해졌고 또 하나의 축제를 즐기던 음악가들도 고개를 저었다.

사카모토 료이치가 함께 나들이 나온 미카엘 블레하츠에게 슬쩍 물었다.

"자네가 현역이 아니라 아쉽네. 2조 세 번째에 미카엘 블레하츠란 이름이 있으면 얼마나 멋진 그림이겠는가."

"하하. 그런 말씀 마세요. 현역이었다 해도 저긴 사양합니다."

"껄껄껄. 실은 같은 생각일세."

한편.

2조에 배도빈, 가우왕, 니나 케베리히의 이름이 떠오른 걸 확인한 시청자들도 난리법석을 떨었다.

ㄴ돌았다 진심ㅋㅋㅋㅋㅋㅋㅋ

ㄴ아니 결승전이냐곸ㅋㅋㅋㅋ

ㄴ진짜 2조는 걍 결승인데?

ㄴ2조랑 3조 왤케 빡세냨ㅋㅋㅋ

"다음, 참가번호 12번. 루리얼 부르상 님."

이자벨 멀핀이 열두 번째 참가자를 호명했고 부르상은 잔뜩 긴장한 채 앞으로 나섰다.

베를린 필하모닉 악장단이 뽑은 20명의 피아니스트에 들 정도로 출중한 기량을 갖췄지만 첫 라운드부터 배도빈, 가우왕, 니나 케베리히가 있는 2조나 막심 에바로트, 최성신, 최지훈이 있는 3조에 들어가고 싶진 않았다.

부르상이 숨을 크게 내쉬며 박스 안에 손을 집어 넣었고.

남은 참가자들은 제발 그가 2조나 3조의 남은 자리를 채워 주길 바랐다.

'제발.'

부르상이 눈을 질끈 감고 공을 꺼냈다.

차마 확인할 수 없어 공을 앞으로 향했는데 이자벨 멀핀이 공의 숫자를 확인하곤 루리얼 부르상의 추첨 결과를 발표했다.

"루리얼 부르상 님께서는 2조 세 번째 차례를 맡아주시겠습니다."

그 순간 부르상이 사색이 되어버렸고 남은 참가자들은 주먹을 불끈 쥐었다.

└진심 개불쌍.
└와 어떤 운 없는 인간이 배도빈, 가우왕 뒤에 연주하나 싶었더니.
└심지어 그 뒤엔 케베리히임ㅋㅋ
└남은 사람들 너무 좋아하잖알ㅋㅋ 너무핵ㅋㅋㅋㅋㅋ
└나만 아니면 괜찮은 마인드는 만국 공통이네.

그렇게 팬들에게 '베를린 대전'으로 이름 붙여진 배도빈 콩쿠르의 조 추첨이 계속되었다.

[베를린 대전 드디어 개막!]
[왠지 피곤해 보이는 마왕]
[가우왕 충격적인 이미지 변신!]

[화제의 베를린 대전 어떻게 진행되나?]

전 세계 3만여 명의 피아니스트가 참가 신청한 배도빈 국제 피아노 콩쿠르가 오늘 개막되었다.

전 세계 최고의 피아니스트들의 첫 번째 경합이 어떻게 이루어질지 귀추가 주목되는 가운데, 오늘 오전 조 추첨을 통해 아래와 같이 조가 편성되었다.

1조

소망사랑 킴(한), 엘리자베타 툭타미셰바(러), 토니 로모(영), 레오폴드 미아즈가(미), 량 사오(중).

2조

도빈 배(한), 가우 왕(독), 루리얼 부르상(프), 니나 케베리히(독), 프란츠 페터(독).

3조

카 잔(브), 리망 한스(프), 지훈 최(한), 성신 최(한), 막심 에바로트(크).

4조

다닐 베레조프스키(러), 마리 스크워도프스카(폴), 볼프강 파울리(오), 제임스 맥스웰(영), 나나리 수완포티프라(태)

각 조에 편성된 다섯 피아니스트는 규칙에 구애받지 않고 경쟁하게 된다.

주최자 배도빈는 장르와 시간에 구애받지 않도록 프리룰을 채택했으며 결과는 오직 관객과 온라인 시청자에 의해 결정된다.

시청자들은 마음에 든 연주를 한 피아니스트 두 명에게 표를 줄 수 있고, 그렇게 가장 많은 표를 획득한 두 명이 진출하는 방식으로 진행된다.

1조에서 주목해야 할 사람은 단연 엘리자베타 툭타미셰바.

살아 있는 전설 사카모토 료이치를 사사한 러시아의 재녀는 열세 번의 국제 피아노 콩쿠르에서 항상 우승권에 들었으며 최근에는 더욱 발전한 모습을 보여주고 있다.

그녀가 조 1위 진출권을 확보한 거나 다름없다는 평가를 받는 현재, 남은 진출권을 두고 김, 로모, 미아즈가, 사오 네 명이 치열한 경쟁을 펼칠 것으로 예상된다.

2조는 강약 격차가 극심한 조다.

'세 개의 손을 위한 소나타'로 명실상부 정상에 오른 가우왕과 항상 기록적인 모습을 보여주었던 배도빈, 북미 제일의 피아니스트 니나 케베리히까지 가히 죽음의 조라 불릴 만하다.

그럴수록 루리얼 부르상과 프란츠 페터에게는 가혹한 대진운이 아닐 수 없다.

전문가들은 그간 배도빈이 기량을 얼마나 유지했는지에 따라 결과가 달라질 것으로 전망한다.

3조 역시 2조 못지않은 최악의 대진운으로 편성되었다.

황제 가우왕과 피아노계를 양분하는 혁명가 막심 에바로트는 물론, 쇼팽, 드뷔시, 브람스의 스페셜리스트 최성신 그리고 최근 부상에서 복귀하며 무서운 저력을 뿜어내는 태양 최지훈까지.

카 잔과 리망 한스 모두 전도유망한 피아니스트지만 2조의 부르상, 페터와 마찬가지로 2라운드 진출은 불가능해 보인다.

4조는 다닐 베레조프스키와 나나리 스완포티프라가 주목받고 있다.

다닐은 전설적인 피아니스트 밀스 베레조프스키의 아들로 여러 국제 콩쿠르에서 우수한 성적을 거머쥔 신예.

나나리는 태국 출신 피아니스트로 아시아에서 넘어서 미국에도 활동 반경을 넓혀가고 있는 베테랑 피아니스트다.

그러나 주목받는 것과 달리 4조는 다섯 명 모두 해볼 만한 경쟁으로 여길 거라는 분석이 뒤따른다.

전 세계가 배도빈 콩쿠르를 기대하는 밤, 배도빈 저택에서는 그를 위한 생일 파티가 열리고 있었다.

만 20세 생일을 맞이한 배도빈을 축하하기 위해 세계 각지에서 축사가 전달되었고 배도빈 저택의 정원 한쪽은 그가 받은 선물로 가득했다.

"짐! 이게 얼마 만인가!"

"하하. 격조했습니다. 사카모토."

한스 짐을 발견한 사카모토가 두 팔을 번쩍 들었다.

한스 짐도 반갑게 다가가 포옹을 나누었다.

영화 음악의 두 전설이 차기작 이야기를 나누는 모습에 정세윤 기자는 입을 다물 수 없었다.

'얘는 나 버리고 어디 간 거야.'

배도빈 콩쿠르를 취재하기 위해 출장 나온 정세윤 기자는 차채은 덕분에 배도빈 저택에 들어올 수 있었지만 정신을 차릴 수 없었다.

"실례."

"아, 네. 죄송…… 히익!"

멍하니 있다가 길을 비켜준 정세윤 기자는 그녀 앞으로 브루노 발터가 지나가는 것을 보고 기겁하고 말았다.

평소라면 인터뷰조차 따기 힘든 인물을 코앞에서 마주하니 침착할 수 있을 리 없었다.

"음? 내가 뭔가 실수라도?"

"아, 아, 아, 아, 아뇨."

정세윤은 고개를 세차게 젓곤 자리를 피했다.

인터뷰는 하지 않겠다고 차채은과 약속했지만 적어도 일상적인 대화를 나누며 안면이라도 틀 생각이었던 정세윤으로서는 통탄할 일이었다.

'이러려고 독일까지 왔나.'

정세윤이 침을 꿀꺽 삼키고 고개를 들자 그녀 앞에 크리스틴 지메르만이 걱정스러운 표정을 짓고 있었다.

"불편해 보이네요. 사람을 불러드릴까요?"

"……."

"혹시 영어를 못 하나요? 독어?"

또 한 명의 전설을 눈앞에 둔 정세윤의 영혼이 그녀의 육체에서 벗어나려 할 때였다.

"아, 세윤 씨."

한이슬이 다가와 정세윤과 눈인사를 한 뒤 지메르만에게 예의를 갖췄다.

"안녕하세요, 마담. 평론가 한이슬이라고 합니다."

"안녕하세요."

크리스틴 지메르만이 인사를 받곤 정세윤을 걱정스레 바라보았다.

"이분 상태가 안 좋은 것 같네요."

"제 일행이에요. 마음 써주셔서 감사합니다."

"그래요?"

한이슬이 정세윤 곁에 서자 지메르만이 안심하고 돌아섰다.

"어디 불편해요?"

"아…… 아뇨. 괜찮아요."

한이슬이 작게 웃으며 물었다.

"신기하죠?"

그 말대로 별천지에 온 듯했다.

정세윤은 한이슬에게 이끌려 연회장 한쪽에 몸을 기댔다.

한이슬이 챙겨준 물을 마시고 한숨을 내쉬었다.

"정신 차리고 대화도 나눠봐요. 이런 기회 많지 않으니까."

"아."

정세윤이 고개를 들어 주변을 살폈다. 자세히 살펴보니 음악가뿐만이 아니었다.

WH그룹에 잘 보이고 싶은 재계 유명인사는 물론, 베를린 시장을 포함한 독일의 정계 인물도 심심치 않게 보였다.

'이럴 수가 있는 거야?'

음악 잡지 기자 생활을 제법 해왔지만 이 정도 수준의 거물들이 한자리에 모여 있는 것은 처음이었다.

"세윤 씨, 잠깐."

한이슬이 어리둥절 주변을 둘러보던 정세윤의 손목을 잡고 이끌었다.

연회장을 빠져나와 정원으로 나선 한이슬은 배도빈에게 보내온 선물들이 쌓인 장소를 찾았다.

집사가 한이슬 앞에 섰다.

"편지를 깜빡해서 그런데 잠깐 살펴도 괜찮을까요?"

"그러시죠."

용무를 확인한 집사가 길을 비켜주었고 선물 더미로 다가간 한이슬은 정세윤에게 눈짓을 주었다.

독일 총리의 이름이 적힌 편지.

그라모폰의 로고가 찍힌 박스.

자세히 살펴보지 않아도 모두 아는 이름들이 보내온 선물이 었고 국가와 업계를 가리지 않았다.

"모든 사람이 찾아오진 않았지만 저 안에 어떤 사람들이 있는지 대강 파악할 순 있어요."

"그러네요."

"그러면 뭘 해야 하는지 알겠죠?"

"아."

당연한 일이었다.

이러고 있는 시간조차 아까웠다. 앞으로도 유럽은 클래식 음악의 중심지로 있을 테고 정세윤 본인도 클래식 음악 업계에 몸담을 생각이었다.

당장 기삿거리는 만들 수 없지만 연회장 안에서 안면을 터야 나중에 한 번이라도, 아니, 단 한 마디라도 더 말을 붙일 수 있었다.

"……고맙습니다."

"선배로서 당연한 일인데요 뭘."

정세윤이 떨떠름하게 고개를 숙이자 한이슬이 미간을 좁혔다.

"혹시 나 부담스러워요?"

정세윤이 고개를 들자 한이슬이 어깨를 으쓱였다.

"난 세윤 씨 좋은데. 일도 열심히 하고. 그 빡빡한 곳에서 세윤 씨 위치까지 올라오는 거 쉽지 않잖아요. 같은 경험 있어서 마음이 가는데 세윤 씨는 나 꺼리는 거 같아서요."

정세윤이 몸을 뒤로 빼자 한이슬이 웃으며 물었다.

"말해봐요. 독일에서 한국사람끼리 말할 수 있는 게 어디야. 앞으로도 그럴 건데 이 기회에 털어놓고 싹 잊자고요."

당황스러웠지만 이렇게까지 나오는데 정세윤으로서도 더는 모른 척할 수 없었다.

"편집장님하곤 무슨 사이세요?"

"어머."

생각지도 못한 질문에 이번에는 한이슬이 놀라고 말았다.

"혹시 대리님하고 그런 사이에요?"

"머, 먼저 대답하세요."

정세윤의 반응에 한이슬은 그녀가 이필호를 짝사랑하고 있다는 걸 눈치챌 수 있었다.

"좋아했던 사람?"

정세윤의 눈이 화등잔만 하게 커졌다.

"아하하하. 세윤 씨 표정 너무 재밌다. 오해 마요. 그런 관계 아니니까."

"……"

"진짜래두? 봐요. 나 여기서 활동하고 대리님은 한국에 있는데 어떻게 만나."

정세윤이 묘하게 반말을 섞는 걸 신경 쓰고 있을 때 한이슬이 작게 한숨을 내쉬었다.

"정말 많이 좋아했으면 한쪽이 포기했겠죠. 그 정도 관계였을 뿐이에요."

한이슬은 서로에게 같이 가자고, 남아 달라고 말하지 못했다는 것을 애둘러 표현했다.

정세윤이 나름 납득하고 있을 때 한이슬이 싱긋 웃었다.

"대리님 엄청 둔하죠?"

"엄청 둔해요."

"이봐. 그럴 줄 알았어. 진짜 사람이 그렇게 답답할 수가 없다니까?"

정세윤은 어느새 한이슬의 말에 동조하며 그간 이필호에게 서운했던 마음을 털어놓기 시작했다.

한편.

배도빈은 자신을 축하하기 위해 방문한 이들을 상대하느라 진이 빠져 있었다.

전과 같았다면 정치가고 사업가고 거들떠보지도 않았을 테지만 베를린 필하모닉을 이끌고 있는 책임감이 그를 움직였다.

간신히 인사를 마친 그가 7층 라운지에서 가족과 함께하며 숨을 돌리고 있었다.

"도빈아."

유진희가 첫째를 걱정스레 불렀다.

상류 사회의 자질구레한 일들을 진절머리 나도록 경험했던 그녀로서는 아들 배도빈이 너무나 걱정되었다.

"힘들면 들어가서 자. 피곤해 보여."

"네. 좀 더 있다가 들어갈게요."

배도빈이 소파에 가로로 누웠다.

그때 밖이 요란스러워졌다.

"배도빈!"

가우왕, 최지훈 그리고 몇몇 단원이 라운지로 찾아와 배도빈을 찾았다.

"아, 안녕하세요."

"안녕하십니까."

야단법석을 떨던 단원들이 배영준 유진희 부부를 보곤 정중히 인사했다. 부부도 웃으며 그들과 인사했다.

배도빈이 고개를 돌려 그들을 무심하게 쳐다보았다.

"왜요."

가우왕이 최지훈을 가리키며 소리쳤다.

"이 자식이 아직도 지가 잘났다고 하잖아! 내일까지 기다릴 필요 없어! 당장 해보자고!"

"그렇게 흥분하면 더 힘드실 텐데."

"이 꼬맹이가?"

"키는 제가 더 커요."

"워후~"

잔뜩 흥분한 가우왕과 단 한 마디도 지지 않는 최지훈 그리고 두 사람의 싸움을 부추기는 단원들까지 난리도 아니었다.

배도빈이 손을 휘휘 저었다.

"당신들끼리 해. 피곤해."

배도빈이 고개를 돌려 가슴 위에 올려둔 배토벤과 놀기 시작하자 그들도 어쩔 수 없이 와르르 내려갔다.

배영준과 유진희가 웃고 말았다.

"기운이 넘치네."

"성가셔요."

불평하면서도 상황이 웃긴 듯 미소 짓는 아들을 보며 배영준은 안심했다.

아들이 시기와 질투를 받을 위치에 있으면서도 마음이 맞는 사람들과 함께 있어 다행으로 여겼다.

유진희도 마찬가지였다.

"지훈이도 많이 밝아졌다."

"능구렁이예요."

배도빈이 주변을 한 번 둘러보고 물었다.

"도진이는요?"

"요즘 엄청 바빠."

배도빈이 몸을 일으켰다. 의아한 표정을 짓고 있어 유진희가 기특한 듯 웃었다.

"단원분들 머리카락이 없다고 엄청 열심히 공부하고 있어."

배도빈은 동생의 황당한 발상이 다소 당황스러웠지만 목표를 가지는 건 좋은 일이라 여겼다.

어려서부터 배도진의 말은 이해하기 힘들었기에 분명 동생만의 세계가 있다고 믿었다.

"그보다."

"네."

"누가 이겼으면 좋겠어?"

팬들만큼이나 베를린 필하모닉 드라마에 심취해 있던 유진희는 아들의 진심이 궁금했다.

"최지훈이요."

"정말? 가우왕 씨 서운하겠다."

"둘 중에 고르라는 것부터 난감해요. 비교할 수 없는데 굳이 고르라면 지훈이인 거니까."

유진희가 턱을 괴었다.

"그럼 다음 곡은 지훈이가 받겠네?"

배도빈이 고개를 저었다.

"아, 가우왕 씨가 우승할 것 같다고 했지?"

"그렇게 말하긴 했는데."

유진희가 의아해하자 배도빈이 단호히 말했다.

"제가 참가하기 전이잖아요. 일을 이렇게 벌여두고 곡까지 써 줄 생각은 없어요."

아들의 자신만만한 태도에 유진희가 빙그레 웃었다.

"그래. 우리 아들이 최고지. 꼭 우승해?"

"걱정 마세요."

배도빈이 다시 소파 위에 몸을 눕혀 눈을 감자 배영준이 아들의 머리를 쓸어넘겼다.

"완벽하지 않아도 돼. 지금도 잘하고 있으니 쉴 땐 쉬고 실수해도 괜찮아. 그게 사람이야."

그게 사람이야.

음악에 있어서만큼은 조금도 양보하고 싶지 않은 배도빈이라 아버지의 말을 받아들이기 힘들었지만.

그 말에 담긴 따뜻한 마음만큼은 분명 그에게 전달되었다.

└빨리! 연주! 빨리! 시작!

└오늘은 누구누구 나옴?

└엘리자베타.

└다른 사람은?

ㄴ잘 모름.

ㄴ유명한 사람 다 모였다면서 1조 왤케 빈약해?

ㄴ조 추첨이 잘못됐음. 적어도 가우왕 막심, 배도빈, 최지훈은 다 다른 조로 됐어야지.

ㄴ미친놈들아 1조 사람들도 대단한 거야. 엘리자랑 소망사랑 빼곤 다 국제 콩쿠르 우승 경력 있음.

ㄴ여기서도 고통받는 엘리자.

ㄴ근데 왜 엘리자베타가 유력하다는 거야? 우승 한 번도 못 했다며.

ㄴ상대가 배도빈, 최지훈, 니나 케베리히였어.

ㄴ아…….

ㄴ솔직히 엘리자베타가 우승 한 번 못한 콩라인이라고 해도 1조에서는 젤 낫지.

ㄴ김소망사랑? 한국 사람이야?

ㄴ어디서 들어본 거 같기도 하고.

ㄴ검색해 보니 라이징스타 소속이네.

ㄴ도빈이 대체 몇 명을 잡고 있는 거야ㅋㅋㅋ 포켓몬 도감 완성할 기세녘ㅋㅋㅋ

2월 5일.

배도빈 콩쿠르는 베를린 필하모닉 디지털 콘서트홀에서만 감상할 수 있다는 패널티를 안고도 동시 시청자 56만 명을 기록하고 있었다.

주목할 만한 인물들이 2조와 3조에 집중 배치되어 있는 점을 감안하면 더욱 많은 시청자를 기대할 수 있었기에 베를린 필하모닉 사무국은 뜻하지 않은 수입에 기뻐하고 있었다.

"연초부터 스타트 좋네."

카밀라 앤더슨 사무국장겸 전무가 음악원 설립 계획서를 내려놓으며 말했다.

"우리 악단주께선 욕심도 많으셔."

최근 베를린 필하모닉은 한 가지 대형 프로젝트를 기획하고 있었는데 그것은 베를린 필하모닉만의 음악원 설립.

베를린을 시작으로 세계 각지에 음악 학교를 세우려는 배도빈 악단주의 욕심이었다.

작년 평단의 언론 통제 사건은 클래식 업계를 크게 뒤흔들었고 그에 따라 음악을 보다 대중적으로 전파하고자, 그들에게 정보를 선별할 힘을 주고자 기획한 일이었다.

그간 베를린 필하모닉은 배도빈과 찰스 브라움을 중심으로 전문가 양성뿐만이 아니라 일반 교양을 위한 코스 등 여러 커리큘럼을 준비해 왔다.

음악을 전문적으로 배우지 않은 이들도 친근하게 접근할 수 있도록 하는 한편, 인재 육성을 지속하려는 의도였다.

그 과정에서 교육자이기도 한 찰스 브라움은 큰 역할을

맡았다.

사업의 실효성을 검토해야 한다는 목소리도 나왔으나 악단주 배도빈은 사업성 이전에 필요에 의한 일이라며 필요 예산을 책정하라 지시.

최근 부담되기 시작한 크루즈 사업과 더불어 베를린 필하모닉의 막강한 재정에도 큰 지출이 발생할 예정이었다.

"이럴 줄 알았으면 천천히 진행할 걸 그랬어. 광고도 좀 더 받고."

"결승까지 좀 더 알아볼게요."

"응. 부탁해. 저렇게들 열심히 하는데 우리도 한몫 거들어야지."

"네."

이자벨 멀핀이 웃으며 고개를 끄덕였다.

한편.

배도빈, 최지훈, 프란츠 페터는 나란히 앉아 1조 경합을 듣고 있었다.

"잘한다."

1조 첫 번째 순서로 나선 김소망사랑이 연주를 마치자 최지훈이 박수를 보냈다.

"나쁘지 않네. 처음 보는데."

턱을 괴고 있던 배도빈도 수긍했다.

"샛별 엔터테인먼트 소속이잖아."

"그랬어?"

베를린 필하모닉을 인수한 뒤로 샛별 엔터테인먼트에 관한 일은 전적으로 히무라 쇼우에게 맡겨두었던 탓에 배도빈은 김소망사랑에 대해 알지 못했다.

"이번에 졸업하셨을 거야."

"어딜?"

"한국대."

WH그룹이 후원하는 대학이었다.

"저번 퀸 엘리자베스에도 나오셨는데 열심히 하시는 것 같아. 실력도 좋고. 사람도 솔직하고 괜찮은 거 같고."

"왜 그렇게 잘 알아?"

최지훈이 대답하려는데 배도빈이 옆자리에서 전해져 오는 진동에 짜증을 부렸다.

"가만히 좀 있어."

"끄으우우."

프란츠 페터가 몸을 달달 떨었다.

최지훈이 걱정스레 묻자 배도빈이 심드렁하게 대신 답했다.

"어디 안 좋아?"

"신경 꺼. 조 추첨 때문에 그런 거니까."

"아."

아픈 건 아닐까 싶을 정도로 불안해 보이는 프란츠 페터가 사실 긴장하고 있다는 걸 파악한 최지훈은 웃고 말았다.

역사가 오래되거나 큰 대회는 아니지만 전 세계의 이목이 쏠려 있으니 부담스러운 것도 당연한 일이었다.

"저, 저 그만 가볼게요."

"어디 가."

"조금이라도 연습해야……."

"벼락치기로 될 일이었으면 뭐 하러 매일 몇 시간씩 연습해? 얌전히 있어. 듣는 것도 공부야."

"하지만 2라운드 진출 못 하면 혼낸다고 하셨잖아요."

"그럼, 나한테 배우면서 1라운드도 못 넘길 생각이었어?"

"그 1라운드에 형이랑 가우왕 님이랑 니나 케베리히 님까지 있잖아요!"

"그건 네 운이지."

어제 조 추첨 결과 이후로 프란츠 페터는 정신을 차릴 수 없었다.

북미 제일의 티켓 파워를 자랑하는 니나 케베리히와 같은 조가 된 것도 황당한데.

활동 중인 피아니스트 중에 가장 뛰어난 사람을 한 손에 꼽으면 반드시 들어갈 두 사람.

황제 가우왕에 존경해 마지않는 스승까지 같은 조로 편성되니 미치고 팔짝 뛸 지경이었다.

"지훈이 혀엉. 도와주세요오."

최지훈은 엄격하다 못해 잔인한 스승에게 괴롭힘당하는 프란츠를 귀여워하면서도 괜스레 놀리고 싶어졌다.

"그럼 나랑 바꿀래?"

"거기도 마찬가지잖아요!"

"아하하."

뛰어난 재능으로 어린 나이에 프로들과 같은 무대에 뛰어든 프란츠 페터는 하루하루가 힘겨웠다.

처음에는 종이 피아노로 연습해 지역 예선(칸토)와 크리크 국제 콩쿠르에 참가해 간신히 우승했고.

배도빈에게 거둬진 뒤로는 1년도 안 되어 그를 보조해야만 했다.

최근에는 기라성 같은 인물들이 참가한 베토벤 기념 콩쿠르에서 분전했지만 이제는 전설들을 상대하게 생겼으니.

어린 프란츠 페터가 감당하기에는 너무나 벅찼다.

그것은 음악에 진지해진 소년의 태도와는 별개의 문제였다.

최지훈이 프란츠를 달랬다.

"그래도 재밌을 것 같지 않아? 도빈이랑 가우왕 씨, 니나 누나랑 경쟁하는 거 흔치 않잖아."

"지훈이 형 같은 천재는 이해 못 하세요."

"……뭐라고?"

최지훈이 되물었다.

프란츠가 깜짝 놀라 고개를 저었다.

"아, 죄송해요. 절대 절대 나쁜 뜻이 있던 게 아니라 답답해서……."

"다시 말해봐."

거듭된 추궁에 프란츠가 거의 울 지경이 되었다.

"지, 지훈이 형처럼 천재는 이해 못 하실 거라고……."

"천재?"

"네, 네……."

최지훈이 만족스럽게 웃었다.

그 모습을 지켜보고 있던 배도빈이 어이가 없어 고개를 절레절레 저었다.

누구보다도 성실하고 노력가인 최지훈은 피아니스트로서의 자각을 갖추며 천재라는 타이틀에 집착하지 않게 되었다.

인터뷰를 마무리할 때마다 버릇처럼 덧붙이던 '천재니까'라는 말을 더는 언급지 않은 것만으로도 알 수 있었다.

배도빈은 그러한 변화를 다행으로 여기고 있었는데, 한참 어린 후배에게 천재 소리를 들어 좋아하는 모습을 보니 황당할 수밖에 없었다.

"그렇게 좋냐."

"프란츠가 해주니까 좋지. 누구보다도 멋진 재능을 가진 애가 천재라고 하잖아."

프란츠는 최지훈의 말을 이해할 수 없었다.

프란츠가 납득할 수 없는 것처럼 보이자 최지훈이 입을 열었다.

"15살에 크리크에서 우승하고. 작년에는 베토벤 기념 콩쿠르에서 3위나 했잖아. 지금도 베를린 필하모닉이 뽑은 20명 안에 들었고. 너야말로 천재니까 너무 걱정하지 마."

"……."

프란츠는 고개를 끄덕일 수 없었다.

만 15세에 크리크 국제 피아노 콩쿠르 우승자 자격으로 쇼팽 국제 피아노 콩쿠르에서 우승한 천재 중의 천재 최지훈은 프란츠에게 있어 배도빈과 별다를 바 없는 존재였다.

그런 사람이 '너가 나보다 천재야'라고 말하니 도저히 받아들일 수 없었다.

프란츠가 배도빈을 보자 그가 심드렁하게 답했다.

"그래. 너 놀리는 거야."

"히잉."

역시나 싶은 마음과 함께 프란츠가 또다시 울상이 되었고 최지훈은 엘리자베타 툭타미셰바가 무대에 오른 탓에 영문도 모른 채 침묵해야 했다.

"다음은 엘리자베타 툭타미셰바 양의 차례입니다."

진행자의 안내 목소리에 엘리자베타가 눈을 떴다.

그녀는 이번에야말로 자신을 항상 앞서 나가던 최지훈을 추월할 각오를 다지고 있었다.

'할 수 있어.'

계단을 올라 무대 중앙으로 나섰고 익숙한 분위기를 느끼면 가슴이 설렜다.

작게 전해지는 기대 어린 대화들.

눈부신 조명 때문에 눈으로 볼 순 없어도 알 수 있었다.

완벽해야 한다는 부담과 셀 수 없이 많은 이가 보내는 기대.

그러나 피아노를 앞에 두면, 악보와 소리에 집중하면 그 모든 것을 잊을 수 있기에 즐길 수 있었다.

'우승해도 돼.'

엘리자베타는 진심으로 그리 생각했다.

철이 들고 나서부터 단 한순간도 피아노를 잊어본 적 없었다.

밥을 먹을 때도 피아노를 칠 때도 사람과 만나고 TV를 볼 때도 언제나 피아노를 생각했다.

이 달콤함은 어떻게 표현할 수 있을까. 이 사람에게 어떤 감동을 줄 수 있을까. 이 소리는 어떻게 전달할까.

그랬기에 누구보다도 노력해 왔다고 자부할 수 있었다.

그랬기에.

우승할 자격이 있다고 생각했다.

세계 최고의 피아니스트를 가리는 이 무대에서 가장 빛나기 위해, 철저하게 준비한 연주.

"흐읍."

엘리자베타가 건반 위에 손을 가져간 뒤 숨을 들이마셨다.

건반이 빗발치는 총탄처럼 울렸다.

세르게이 프로코피예프 피아노 소나타 7번, 스탈린그라드.

반복과 변형. 점층되는 악상.

불안 혹은 요동.

전쟁의 공허함을 알리는 듯한 주제가 펼쳐지고, 이윽고 인퀴에토(Inguieto: 불안, 요동)라는 지시어와 같이 곡은 점차 알 수 없는 불안으로 치닫는다.

전쟁을 받아들여야 하는 개인은 무엇이 옳은지 생존하려면 어찌해야 하는지 좀처럼 알 수 없다.

엘리자베타의 손은 '스탈린그라드'가 내포한 프로코피예프의 고뇌와 번민을 고스란히 전하고 있었다.

여기저기서 돌출하는 새로운 음들.

열 개 손가락과 두 손목, 두 팔꿈치, 두 어깨가 모두 독립되어야만 소화할 수 있었다.

철저히 훈련되어야만 가능한 연주가 완벽히 이뤄지고 있었다.

각자의 역할을 맡아, 10개의 악기가 하나의 곡을 연주하듯.

각 손가락이 각자의 위치에서 분주히 움직였다.

그러다 악장이 바뀌어.

오른손이 낭만적인 선율을 연주하는 한편 왼손이 대조를 이뤄 점차 감정을 고조시킨다.

'아.'

최지훈은 엘리자베타의 연주에 감탄하고 말았다.

이렇게나 명확한 스탈린그라드는 여태 들어보지 못했다.

각각의 음이 너무나 정확하여 그 불안한 음형이 그대로 전달되었다.

그녀의 연주는 전개될수록 점차 흐드러졌다. 거대한 힘 앞에 파괴된 개인의 상태를 절묘하게 표현해냈다.

이성이 바스러진 뒤.

3악장 프레치피타토(Precititato: 맹렬하게).

양손이 동시에 펼쳐내는 화성이 전장의 총탄을, 곳곳에 삽입된 분절이 포탄의 파편을 그렸다.

온몸의 힘을 실어 연주하여 관객들을 전장의 한복판으로 이끌었고.

그 압도적인 음량에 당황한 관객들은 비로소 앞선 1악장과 2악장의 화자에 공감했다.

승리. 승리를 갈구하는 몸부림.

무게를 실어 격렬한 연주를 하면서도 단 한 번의 실수도 없이 난곡, 스탈린그라드를 연주해낸 엘리자베타를 향해.

관중 모두 아낌없이 박수를 보냈다.

♪

절망하고 있던 프란츠 페터도 어느새 엘리자베타의 연주에
감격하여 박수를 보냈다.

"대단해요! 진짜! 지이이인짜 대단해요!"

"정말."

최지훈도 맞장구를 쳤다.

엘리자베타 툭타미셰바의 프로코피예프 소나타는 고도로
훈련된 피아니스트가 어디까지 이를 수 있는지 알리는 듯했다.

"손을 어떻게 저렇게 쓸 수 있어요? 막 다, 다 따로 움직이는
거 같아요."

표현력이 부족한 프란츠 페터로서는 최선의 해설이었고 또
정확한 말이었다.

'사카모토가 점찍은 이유가 있었어.'

배도빈도 내심 놀라고 있었다.

제1회 크리크 국제 피아노 콩쿠르 이후 사카모토는 엘리자
베타를 제자로 들였다.

당시에는 크게 생각지 않았던 배도빈으로서도 사카모토의
눈이 정확했다고 인정할 수밖에 없었다.

"저런 애가 왜 우승 경력이 없는 거야?"

"형들이 다 하셨잖아요."

"아."

프란츠의 대답에 배도빈이 납득하여 고개를 끄덕였다.

한편.

차채은, 한이슬, 정세윤도 나란히 앉아 감탄했다.

"대단하다."

한이슬이 박수를 보낼 때 정세윤은 알 듯 말 듯한 기분에 사로잡혀 고민했다.

"뭔가 난해하네요. 대단한 건 알겠는데……."

정세윤 기자의 의문에 차채은이 고개를 돌렸다.

"엄청 대단한 거예요. 저렇게 실수 하나 없이 완벽하게 연주할 수 있는 곡이 아니에요."

"실제로 연주해 보면 정말 어려운 곡이에요. 완전히 독립되어 있지 않으면 더더욱. 그런 곡을 퍼펙트하게 연주했으니까."

한이슬도 거들었다.

"독립이요?"

정세윤이 고개를 갸웃했다.

"네. 독립."

한이슬이 두 손을 앞으로 뻗어 움직였다.

"우리가 생각할 땐 다 따로 움직일 수 있을 것 같은데 실제로 움직여 보면 동시에 움직일 수 있는 손가락은 한정적이에요."

인지력이 미치지 못하는 탓이고.

경험해 보지 못한 일인 탓이었다.

엄지부터 검지 중지 약지 소지를 차례로 움직이는 일은 쉽지만 순서가 바뀌고 규칙성이 옅어질수록, 또 동시에 움직여야 하는 손가락이 많아질수록 수행 능력이 떨어질 수밖에 없었다.

음형이 복잡하고 다양한 곡일수록 난도가 높은 이유는 인지 능력이 거기까지 미치지 못하기 때문이고, 손가락을 따로 쓰는 데 익숙하지 못하기 때문.

"그렇게 어려운 일이에요?"

"그럼요!"

차채은이 펄쩍 뛰었다.

"연습곡을 왜 반복하는데요."

피아노를 연주하는 사람이라면 누구나 하농과 같은 스케일 또는 연습곡을 반복해 연주한다.

여러 곡에서 사용된 음형을 연습하기 위함인데 대개 연속되는 경우가 많다.

그것이 자연스럽고 아름답기 때문.

그러나 모든 곡이 연속적일 수 없다.

도레미파솔이 일반적이라면 도레미도파솔과 같이 변형이 일어났을 때 연주자는 어려움을 겪는다.

그런 다양한 패턴을 미리 숙달하기 위해 하농과 같은 연습 곡이 필요한 것이다.

정세윤이 좀 더 설명을 바라는 듯해 차채은은 엘리자베타의 기량을 좀 더 쉽게 비유할 방법을 떠올렸다.

"기자님 타이핑 하실 때 손가락 몇 개 쓰세요?"

"다 쓰는 거 같은데."

"그럼 키보드 처음 다루는 사람은요?"

"아."

정세윤이 그제야 고개를 끄덕였다.

키보드를 처음 다루는 사람은 심하면 검지 두 개로 하나하나 찾아가며 눌러야 했고 익숙한 사람일수록 여러 손가락을 사용했다.

"그것뿐만이 아니죠. 아무리 익숙한 사람이라도 열 손가락 모두 동시에 다른 걸 찾아 두드릴 수 있을까요? 그렇게 정확한 문장을 적을 수 있는."

"……그럴 수가 있어요?"

한이슬이 무대 위로 시선을 옮겼다.

열 개의 손가락이 각자 다른 악기, 연주자처럼 움직여야 가능한 연주.

"피아노는 작은 오케스트라예요. 피아니스트는 지휘자가 되어 10개 악기를 연주하고."

그리고 그것을 완벽하게 소화한 엘리자베타의 기량은 과연 정상을 노릴 만했다.

"대단한 사람이었네요."

정세윤은 고개를 끄덕이다 문득 의문이 들었다.

"왜 대단한지는 알겠는데 여기 올라온 사람들이라면 그 정도는 할 수 있지 않을까요? 정말 대단한 사람들만 모였잖아요."

"맞아요. 뛰어난 피아니스트는 전부 모였으니까. 하지만 그렇게 연주하면서 건반마다 표현력을 담아, 단 한 번의 미스도 없이 연주하는 사람은 저 중에도 흔치 않죠."

뛰어난 피아니스트의 연주라고 해도 미스 터치는 드문 일이 아니었다.

그것조차 공연의 일부로 여길 정도로 당연한 일이었다.

"저런 테크닉은 정말 드물어요. 엘리자베타 툭타미셰바는 과소평가 받는 피아니스트예요."

"하지만 결국 세 개의 손을 위한 소나타에는 실패했잖아요."

"그건 가우왕이……."

한이슬이 적당한 표현을 찾고 있을 때 차채은이 나섰다.

"미친놈이래서 가능하대요."

한이슬과 정세윤이 황당하여 쳐다보자 차채은이 웃으며 답했다.

"도빈 오빠 말이에요."

♪

[완벽한 연주를 선보인 엘리자베타 툭타미셰바]

[프로코피예프 소나타로 무관의 불명예를 불식시키다]

[빌헬름 푸르트벵글러, "최고 수준의 테크니션."]

[크리스틴 지메르만, "힘도 기교도 뛰어났다. 단단한 타건으로 스탈린그라드를 정교하게 표현해냈다."]

[엘리자베타 툭타미셰바, 37.4퍼센트의 득표율을 보이며 조 1위로 2라운드 진출]

[라이징스타 엔터테인먼트 소속 소망사랑 킴, 20.1퍼센트를 기록하며 조 2위로 2라운드 안착.]

[엘리자베타, "2라운드에서는 전력을 다할 것이다" 기대감 고취]

[내일, 배도빈, 가우왕, 니나 케베리히 격돌!]

배도빈 콩쿠르 1라운드 1차전이 종료되었다.

압도적인 표 차이를 보인 엘리자베타 툭타미셰바가 조 1위로, 김소망사랑이 치열한 접전 끝에 조 2위로 2라운드에 진출하였다.

유망한 피아니스트들의 뛰어난 연주는 크게 호응받았고 특히 엘리자베타의 연주는 지금까지 그녀가 조명받지 못했던 것이 의아스럽다는 평을 받을 정도로 회자되었다.

그러나 이러한 분위기 모두 2월 6일 2조 경합의 전야제로 취급받는 건 어쩔 수 없는 일이었다.

팬들은 배도빈, 가우왕, 루리얼 부르상, 니나 케베리히, 프란츠 페터의 대결에 밤잠을 이룰 수 없었다.

"왜 그렇게 봐?"

왕가우가 불만스러운 표정으로 자신을 바라보는 아내에게 물었다.

"못생겨졌어."

그가 한쪽 눈썹을 들어 올렸다.

"무슨 말이야?"

"그럴 필요 없다고 했잖아. 그런다고 알아줄 리도 없고."

왕예나의 말에 왕가우가 입을 샐쭉거리며 물을 마셨다.

장인, 장모에게 조금이라도 잘 보이고 싶었던 왕가우는 그들이 지적하던 '꼴사나운 모습'을 조금이나마 고치고자 했다.

장인, 장모에게 인정받을 수 있다면, 그리하여 아내가 가족을 되찾을 수만 있다면 평소 아끼던 새빨간 슈츠도 선글라스도 평생을 관리해 온 장발도 그리 중요치 않았다.

"그냥 이미지 좀 바꿔보려던 거야. 가끔은 이렇게 해줘야 팬들도 좋아하지."

"거짓말."

아내에게 부담을 주기 싫기에 거짓말을 했지만, 왕예나가 그의 진심을 모를 리 없었다.

"당신이 그럴 리 없잖아."

피아니스트 가우왕을 공격하는 이들이 가장 먼저 쉽게 들먹이는 것이 그의 지나친 패션이었다.

엄격한 룰이 있는 건 아니었지만 적어도 품위를 지키려는 클래식 음악계에서 가우왕의 패션은 종종 지적당하곤 했다.

그는 가죽 재킷을 입고 연주를 한 적도 있었고 심지어 망사 셔츠를 입고 나와 논란이 된 적도 있었다.

'가우왕'은 그것이 곡의 이미지를 표현하는 방법 중 하나라고 주장했지만 그의 심오한 세계를 이해하는 사람은 없었다.

공격당했고 비하당했다.

그럼에도 가우왕은 예술가로서의 고집을 꺾지 않고 끝끝내 정상에 오른 것이었다.

왕예나는 그런 그가 아무 이유 없이 자신의 아이덴티티를 버릴 리 없다고 생각했다.

"그런 모습으로 인정받는다고 해도 자기 모습이 아니잖아. 평생 그러고 살 거야?"

가우왕은 대답하지 않았다.

"그럴 거면 이혼해."

"뭐?"

"나 때문에 피아니스트 가우왕이 사라지는데 내가 어떻게 그걸 보고 살아?"

"예나."

"난 그런 꼴 못 봐."

왕예나의 단호한 태도와 진실 된 눈빛에 왕가우는 자신의 생각이 짧았음을 시인할 수밖에 없었다.

"배운 사람은 다르다니까."

"그럼."

왕예나가 콧대를 높인 뒤 웃고 말았다.

두 사람은 서로를 껴안고 즐거워하다 지쳐 눕고 말았다.

"그래서 말인데 내일 당신 입을 옷 구해놨어."

"옷?"

"응. 잠깐만."

왕예나가 벌떡 일어나 남편의 드레스룸 한쪽에 숨겨두었던 옷을 가져왔다.

"어때?"

왕가우가 그것을 보더니 어이없는 듯 웃음을 터뜨렸다.

"완벽해."

배도빈 콩쿠르 두 번째 날을 맞이해 베를린 필하모닉 콘서트홀 일대는 심각한 교통체증을 겪고 있었다.

배도빈과 가우왕이 재대결을 직접 보기 위해 클래식 음악 팬들이 집결한 탓이었다.

몇 해 전 대규모 확장 공사를 하여 3,500석을 확보한 루트비히홀조차 그들을 모두 감당할 수 없었다.

베를린 필하모닉은 도빈홀과 실내악 공연장, 제1연습실, 제2연습실, 대강당까지 자리를 마련해 찾아온 이들이 화면과 스피커를 통해서라도 연주를 감상할 수 있게 배려했지만 그것으로도 턱없이 부족했다.

"세상에, 세상에. 이게 대체 뭔 난리야?"

취재를 나온 이시하라 린이 다른 기자들과 마찬가지로 질겁하고 말았다.

빼곡하게 들어찬 인파에 도저히 무엇을 해볼 엄두가 나질 않았다.

배도빈 콩쿠르를 찾은 유명 인사들로에게 어떻게든 인터뷰를 시도하고 싶었지만 좀처럼 움직일 수 없었다.

"그러니까 새벽부터 나와 있었어야 한다고 말씀드렸잖아요."

"투덜거릴 시간 있으면 길이나 터. 자기도 푹 잤으면서."

이시하라 린이 다른 취재진들과 몸싸움을 하고 있을 때 멀리서 비명이 났다.

"꺄아아!"

"와아아아아!"

"뭐야, 뭐야?"

이시하라 린이 제자리에서 뛰고 낑낑대며 앞으로 나섰고 한참이나 사투를 벌인 끝에 드디어 앞으로 나설 수 있었다.

"아!"

그러나 이미 배도빈은 포토라인을 지나 안으로 들어섰고 이시하라 린은 다음을 기약해야 했다.

그때였다.

웅성거리던 주변이 순식간에 조용해졌다.

심상치 않은 분위기를 읽은 이시하라 린이 고개를 돌렸고 그녀 역시 어떠한 반응도 낼 수 없었다.

붉은 페라리가 서 있었다.

가우왕의 차였고 평소라면 모두 조금 전과 같이 비명과 환호를 질렀을 터였다.

그러나 그럴 수 없었다.

가우왕은 그의 애마처럼 선명하게 붉은 셔츠와 같은 색상의 가죽 바지를 입고 있었다.

겉에는 얼룩말 무늬의 펄 코트를 걸쳤다.

징 박힌 구두와 네 겹으로 두른 금목걸이. 짧고 단정하게 손질했던 머리는 투블럭으로 자른 뒤 포마드로 넘기고 있었다.

차분한 이미지로 변신을 시도했던 가우왕이 마약왕 같은

포스를 내뿜었다.

"가우왕이 돌아왔다!"

누군가의 외침에.

모두 환호 이전에 박수를 보내기 시작했고 가우왕은 그러한 반응에 만족해하며 한쪽 입술을 들어 보였다.

악성

'부활.'

난데없이 발표된 곡을 우연히 들은 순간 직감했다.

엉터리 곡만 나돌던 시시껄렁한 세상에 마침내 작곡가다운 작곡가가 나타났음을 말이다.

지금껏 나를 이렇게 뒤흔들었던 곡이 또 있었을까.

참을 수 없는 갈증을 느꼈다.

건반 위의 구도자.

악보 위에 잠언을 적어 놓았던 위대한 베토벤이 살아 돌아온 듯한 기분이었다.

기쁘지 않을 리 없었다.

'뭐?'

'정말이야. 네 살이더라니까.'

황당할 수밖에.

현대의 그 어떤 이도 나를 충족시킬 수 없었건만, 고작 네 살 꼬마가 '부활'과 같은 곡을 썼다고 믿을 수 없었다.

그러나 '부활'이 전해준 충격만은 사실이었다.

엑스톤이 어린아이가 썼다는 거짓으로 마케팅한다는 소문이 돌았지만 신경 쓰지 않았다. 꼬맹이고 늙은이고 상관없었다.

그 곡을. '부활'을 누가 썼는지만이 중요했다.

시간이 흐르고.

꼬맹이는 자신이 진짜임을 증명해 나갔다.

그럴수록 녀석에 대한 갈망은 짙어졌고 끝내 참을 수 없게 되었다.

내가, 이 가우왕이 녀석의 곡을 연주한다면 분명 길고 긴 갈 증을, 이 타는 듯한 갈증을 해소할 수 있으리라 생각했다.

오랜 기다림 끝에 만날 수 있었다.

오아시스를 만난 듯한 기분에 사로잡혀 있었으니 더는 참을 수 없었다. 조급했다.

'아니에요. 음 표현이 덜 됐어요.'

그러나 녀석은 만족하지 않았다.

녀석만이 내 실력을 완전히 드러낼 수 있다고 생각했는데, 녀석에겐 내가 유일하지 않았다.

어째서.

이 빌어먹을 엉터리 세상에서 겨우 발견한 희망이 나를 다른 떨거지들과 같이 보다니.

용납할 수 없었다.

참을 수 있을 리 없었다.

피아니스트 가우왕은 최고다.

누가 뭐라 해도 나는 최고다.

그러지 않고서야 어떻게 관객들 앞에서 자랑스레 연주할 수 있을까.

글렌 영감, 사카모토 영감, 미카엘, 막심 그리고 크리스틴 할망구마저도 내 앞에 있을 순 없다.

그런 나를 거부하다니.

다른 이유도 아니고 실력이 부족해서라니. 참을 수 없었다.

피아니스트는 연주로 말하는 법.

경합을 벌였고.

재능의 차이를 느꼈다.

고작해야 여덟 살 먹은 꼬맹이가 펼치는 베토벤 C단조 소나타는 지금껏 알고 있던, 믿어 의심치 않았던 상식을 철저하게 짓밟았다.

최고의 피아니스트인 내가.

이 가우왕이 틀렸던 것이다.

화가 났다.

지금껏 부족함을 모르고 자부했던 나를 용서할 수 없었다.

내 공연을 찾았던 이들을 무슨 낯짝으로 대할 테며 앞으로 어떤 연주를 할 것인가.

인정해야만 했다.

그러지 않고서는 피아니스트로 살아갈 면목이 없었다.

내 연주를 즐기는 이들을 위해서라도 지금까지의 나를 버려야 했다.

자신(自新).

새롭게 올라서야 했다.

자존(自尊).

피아노 없이는 살 수 없다.

쓸데없는 아집 따위 버려야만 했고 그럴 수 있으리라 믿었다.

그러한 마음이야말로 자신(自信).

피아노를 처음 대했던 다섯 살 무렵부터 자신감 하나로 이 자리에 올라섰다.

끝내 '세 개의 손을 위한 소나타'로 과거 그 어떤 이도 이르지 못한 곳에서.

마침내 가장 높은 곳에서 나를 세울 수 있었다.

한 번 좌절하게 만들고, 끝내 나를 완성한 놈.

오늘은 그에게 증명하는 날이다.

배도빈이 어떤 연주를 하든 반드시 그보다 좋은 연주를 펼쳐, 녀석이 마음 놓고 지휘봉을 휘두를 수 있게, 악보를 채워나갈 수 있게 해줄 것이다.

그럼으로써 나는 더욱 완벽해질 테고 위대한 음악가는 넘치는 재능으로 몸이 감당하지 못할 일을 줄여, 온전해질 터.

'뭐든 해봐.'

네가 아무리 나를 떨어뜨려 놓으려 해도 기필코 쫓아갈 것이다.

네가 내게 그랬듯이.

너를 보다 완전하게 만들리라.

"보스, 준비되시면 입장해 주세요."

"네."

피로한 눈을 감았다.

대교향곡을 비롯한 서너 개의 곡을 작업하는 일과 크루즈, 음악원 설립, 악단 운영, 경조사 등으로 너무나 바쁘지만 이렇게 행복했던 적이 있나 싶을 정도로 만족스럽다.

어리고 젊은 음악가들이 음악을 향한 순수한 열정으로 성장하고 그들의 음악을 수십, 수백만 명이 즐기고 있으니 참으로 바람직한 현상이다.

몇몇 호사가는 당분간 음악의 흐름이 내게서 벗어날 수 없다고 말하지만.

보라.

아리엘 얀스는 '아마데우스'로 지금껏 인류가 상상해 보지 않았던 왈츠를 선보였고.

가우왕은 '세 개의 손을 위한 소나타'로 감히 그 누구도 엄두를 낼 수 없었던 경지에 도달했다.

최지훈도, 조금 더 시간이 흐르면 프란츠도 모두 각자의 길을 걸어 자신만의 영역을 확장해 나갈 터.

그렇게 음악은 또 한 번 변화하고 성장해 나갈 것이다.

신이니 마왕이니.

이름 붙이기 좋아하는 이들이 나를 추앙하고 독보적인 위치에 두고 싶다 한들 음악은 대화.

내 목소리만이 진실로, 진리로 유일해서는 아무런 의미가 없다.

고향 대한민국과 일본 등에서 나를 악성으로 여기며 신적인 존재로 추켜세우나 결국 그 뒤에 뛰어난 음악가들이 무수히 나왔듯, 음악은 단 한 사람의 역량으로 발전하거나 완성되진 않는다.

끊임없이 대화하고 교류하며 보다 완전한 방향으로 걸어 나갈 뿐.

수없이 많은 음악가가 그들만의 방향으로 뻗어나가야만 아름다운 구(球)를 이룬다.

음악이라는 둥근 보석을 키워나가는 것이다.

그렇기에 슈베르트와 부르크뮐러와 멘델스존, 쇼팽, 슈만, 리스트, 바그너, 브루크너, 브람스, 생상스, 차이코프스키, 드보르자크, 말러, 드뷔시, 슈트라우스, 시벨리우스, 라흐마니노프, 쇤베르크, 스트라빈스키, 쇼스타코비치, 번스타인을 듣고 경악과 환희에 찼던 것이고.

사카모토를 만나 행복했고.

푸르트벵글러를 접해 기뻤고 단원들을 마주해 흡족했던 것이다.

그래서.

가우왕, 찰스, 나윤희, 왕소소, 아리엘, 최지훈, 마르코, 프란츠, 타마키, 료코와 같은 벗들이 각자의 분야에서 나를 뛰어넘는, 나를 벗어나려는 지금이 퍽 기쁘다.

그들로 인해 멋진 음악을 감상할 수 있고 또한 더욱더 멋진 음악을 할 수 있을 테니까.

그러나.

기특한 후배, 아니, 벗들이.

특히 가우왕과 최지훈이 최근 상당히 건방져진 것도 사실이다.

눈을 떠 대기실을 나섰다.

"보스 힘내세요!"

이 내가 언제부터 힘내라는 말을 들었을까.

응원의 말을 던진 직원에게 물었다.

"이번에 누가 우승할 것 같아요?"

"그거야 당연히 보스죠!"

아첨이다.

이런 아첨을 바라는 게 아니다.

"그렇죠?"

"그, 그럼요."

이런 아첨이 아니라 마음 깊은 곳에서부터 솟아나는 존경과 경의의 말이어야 한다.

"저 말고 누가 우승하겠어요."

"맞아요!"

통탄하게도 이 사람뿐만이 아니라 많은 이가 나를, 이 배도빈을 의심한다. 이번만큼은 힘들 거란 불경한 생각을 품고 있다.

기가 찰 노릇.

무대로 향해 발을 재촉했다.

"와아아아아!"

"마에스트로!"

무대에 오른 순간 관객들이 폭음과 같이 큰 소리로 환호했다.

그들도 기대하는 것이다.

곧 최고의 연주를 들을 수 있음을 알고 있는 것이다.

피아노 앞에 앉았다.

오늘은 열정을 다해 이 자리에 모인 벗들을 치하함과 동시에 다시 한번 각인시킬 것이다.

내가 누군지.

어떤 음악을 하는 사람인지 그 가슴에 새겨 넣으리라.

작품 번호 57. F단조 소나타.

진중하게. 이어서 날아가듯이.

배도빈이 연주를 시작한 순간.

그 진중한 분위기에 기대와 설렘으로 수선스러웠던 루트비히홀이 차분히 가라앉았다.

베토벤 피아노 소나타 23번, 열정.

배도빈은 한 음, 한 음 심상을 고조시켰다.

관객들은 마왕이 펼치는 마성에 이끌리기 시작했다.

음산하면서도 진중한 분위기를 이끄는 주제와 그 뒤에 반음을 올려 이어지는 변화와 함께.

그가 다가오고 있었다.

백성들은 절망처럼 내리는 빗속에서 두려움에 떨 뿐이다.

때때로 빗발이 거세지고 대지가 요동쳤다. 간간이 방 안을 비추던 촛불마저 이내 꺼지고 만다.

마왕이 온다.

강철의 육신으로 거대한 몽둥이를 휘두르는 무자비한 폭군.

그를 향한 두려움이 창문을 때리는 빗소리와 어울려 절망으로 치닫는다.

단순한 주제는 예측할 수 없이 변화하여 백성들이 얼마나 불안해하는지 알려주고.

강렬한 타건은 맹수처럼 뛰어들어 관객들의 가슴을 사정없이 찢어버렸다.

빗발이 잠시 약해지고.

이어서 내리치는 우레 같은 폭음.

배도빈의 폭력적인 연주가 마왕의 재림을 알렸다.

'미친놈.'

차마 대기실에 있지 못하고 무대 뒤에서 연주를 듣던 가우왕이 인상을 썼다.

평범한 체구에서 뿜어내는 강렬한 타건.

야수였다.

저항할 수 없는 폭력의 무자비함.

같은 피아노를 연주하면서 다른 이의 배는 더 큰 소리를 내는 배도빈의 연주는 기이하기까지 했다.

어렸을 때도 그러했지만 몸이 성장한 지금, 신체의 무게 중심을 이동시키며 파괴력을 보였던 그의 연주는 걷잡을 수 없이 폭발했다.

가우왕도 최지훈도 그리고 그의 연주를 지켜보는 전 세계 수백만 백성은 기억해냈다.

그들을 지배하는 자가 누구였는지, 누구에게 지배받고 있었는지.

그가 허락한 찰나의 평화에 젖어 감히 그를 의심하고 있었음을.

그 어리석음을 온몸으로 느꼈다.

야수의 포효를 듣는 순간부터.

의식할 수 없는 빠르기로 가슴을 난도질당했다.

저항할 힘 따위 처음부터 존재하지 않았음을 깨달았을 때는 이미 그에게 다시 영혼을 빼앗겨 있었다.

20분.

그 어떤 피아니스트보다 빠른 연주가 절정으로 치달아 한 줌 남은 이성마저 짓이겼을 때.

마왕의 손이 멈추었다.

"브라-보!"

"브라-보!"

누구 하나 빠짐없이.

그의 백성 모두 그를 경외했다.

연주를 마친 배도빈은 앉은 채 고개를 들곤 무지한 백성들이 계몽되었음을 즐겼다.

└야일ㅋㅋ개미친ㅋㅋㅋㅋㅋㅋㅋ

└이 연주를 듣고 중이염이 나았습니다.

└피아니스트 활동 안 해서 실력 줄었을 거라며ㅋㅋㅋㅋㅋㅋ 미쳤잖 알ㅋㅋㅋㅋㅋ

└와 왤케 빨라? 원래 아무리 빨라도 23~24분 정도 걸리는 곡 아님?

└그런 주제에 음 하나하나 때려박히는 거 봐. 와 진짜 미쳤다는 말밖에 안 나온다.

└마왕님, 저는 의심하지 않았습니다.

└진짜 자비 없는 속주네.

└진짜 무서운 건 속주도 속주인데 20분이 흘렀다는 게 믿기지 않는 거임. 3분짜리 곡 듣는 기분이야.

└음악 그만해야 한다.

└뭔 소리야?

└오직 '그'만 해야……

└알ㅋㅋㅋㅋㅋㅋㅋㅋ

└미친 이런 애가 왜 지휘봉을 잡고 있어? 어? 빨리 피아노 앞으로 못 가?

└지휘도 쩔어서……

└그래서 나왔잖아. 자기에게 가장 잘 어울리는 피아니스트는 가우

왕도 최지훈도 아니라 자기라고.

ㄴ대체 얼마나 프라이드가 높으면 내가 최고고 다른 연주는 버려지라고 말하는 것처럼 들리지?

ㄴ나 이제 열정은 다른 사람 연주 못 듣는다……. 비창, 월광, 열정까지 미쳐…….

"와! 와! 와! ……와!"

가우왕과 같이 배도빈의 피아노를 직접 듣고 싶어 무대 뒤로 나왔던 프란츠 페터는 무대와 가우왕을 번갈아 보며 흥분을 감추지 못했다.

"더 멋있어졌잖아."

마찬가지로 무대 뒤에 있었던 니나 케베리히도 박수를 보냈다.

모든 이가 믿을 수 없는 연주에 고개를 젓는 도중 객석에 앉아 있던 최지훈은 주먹을 꽉 쥐었다.

따라잡았다고 생각했던 그가 또 한 걸음 나아갔음을 확인했기에 그 기쁨을 주체할 수 없었다.

'녀석.'

해설을 맡은 푸르트벵글러는 배도빈 콩쿠르를 몹시 못마땅해했지만 배도빈의 피아노를 듣는 순간 그런 마음 따위 조금도 신경 쓰이지 않았다.

장성한 후계자의 박력 넘치는 연주에 오래 전 모습이 떠올라 그저 즐거울 뿐이었다.

이런 연주를 하는 녀석이었다는 걸 알고 있었으면서도, 다시금 접하니 그 재능이 아까울 지경이었다.

녀석을 악기로 지휘하고 싶은 욕구마저 일었다.

'한번 알아봐야겠어.'

그는 평가지를 쓸 생각은 조금도 안 하고 그저 배도빈을 주인공으로 한 무대에 어떤 곡이 적당할지 고민할 뿐이었다.

한편 그 옆에 앉아 있던 완전무결한 피아니스트 크리스틴 지메르만은 난감하다는 듯 고개를 저었다.

그 어떤 피아니스트보다 완벽하다고 정평이 나 있고 실제로 그녀 본인도 완벽주의를 가지고 있었지만 배도빈과 그녀가 추구하는 방향은 너무나 달랐다.

크리스틴 지메르만은 악보 내에서 완벽을 추구했다. 감정은 절제하고 필요하다면 얼음처럼 차갑게 정제하여 표출했다.

작곡가의 의도를 정확히 파악해내 온전히 헌신시키는, 그야말로 완전무결한 피아니스트였다.

그러나 배도빈은 달랐다.

완벽을 추구했지만 그의 표현력은 강요와 같았다. 무자비한 힘으로 듣는 이를 짓밟는 듯한 기분을 들게 했다.

그럼에도 조금도 부담스럽거나 거부감이 들진 않았다. 그 모습이 너무나 진솔하여, 아니, 절박해 보인 탓이다.

음악은 대화.

배도빈의 절규는 듣는 이로 하여금 안타까움과 알 수 없는 동정심을 유발했다.

처절하게 내뱉는 번뇌의 외침.

지독한 좌절 속에서도 끝끝내 희망을 놓지 않는 포효는 언뜻 사나워 보이기도 했다.

그러나 그의 외침을 듣다 보면 어느새 자신을 투영하게 되었다. 좌절했던 경험, 절망했던 과거를 떠올리게 되며 응원하게 되었다.

'정말 괴물 같은 사람이에요.'

크리스틴 지메르만은 이미 오래 전부터 배도빈을 이 시대 최고의 피아니스트 중 하나로 여겼으면서도 또 한 번 그의 기량에 감탄할 수밖에 없었다.

배도빈이 일어섰다.

그를 향한 환호에 루트비히홀이 떠나갈 것 같았다.

순종적인 백성들을 바라보며 마왕은 만족스럽게 웃었다. 그러고는 무대 뒤로 고개를 돌려 가우왕을 바라보았다.

이 정도 연주를 들려주었음에도 건방진 지상의 황제는 투지를 보였다.

배도빈은 그럴 줄 알았다며 싱긋 웃어 보였고 그것은 가우왕을 자극할 뿐이었다.

"다음은 가우왕 씨의 무대가 준비되어 있습니다."

이자벨 멀핀이 다음 순서를 안내하자 가우왕이 계단에 올랐다.

"꺄아아아!"

"진짜 가우왕이다!"

붉은 재킷과 가죽 팬츠, 같은 색상의 셔츠를 풀어 헤친 가우왕이 모습을 드러내자 관객들이 열광했다.

ㄴ이게 무슨 호사야 ㅠㅠㅠ 배도빈 뒤에 가우왕이라니 ㅠㅠㅠㅠ

ㄴ가짜 가우왕이 사라졌다!

ㄴ이게 가우왕이지.

ㄴ펄 코트랑 선글라스 벗으니 좀 낫네.

ㄴ어우. 가슴 좀 여미지. 보긴 좋다만…….

관객들을 향해 건방진 미소를 보인 가우왕은 피아노 앞에 앉았다.

반지를 빼내 보면대에 올려두고 눈을 감았다.

'어떤 곡이어야 할까.'

그의 주 레퍼토리인 이고르 스트라빈스키의 페트루슈카도 좋을 테고, 파가니니 변주곡도 괜찮은 선택지일 테지만.

가우왕과 배도빈 사이에 '베토벤 소나타'보다 특별한 곡은 없었다.

가우왕은 배도빈의 '비창'으로 자신의 부족함을 깨달았고 베토벤의 소나타야말로 피아니스트의 기량을 종합적으로 선보이기에 가장 적절한 곡이기 때문.

가우왕은 그중에서도 가장 어렵다는, 발표 당시 베토벤 본인을 제외하곤 아무도 연주해내지 못했던 29번 소나타를 준비했다.

작품 번호 106. 부제 하머클라비어.

가우왕이 건반을 누른 순간, 배도빈은 알 수 없는 미소를 지었다.

1818년 빈.

"이야, 이거 완전 물건이네요. 그렇죠, 선생님?"

이것이 새로운 피아노인가.

안쪽을 살피니 작은 망치가 건반과 이어져 있어, 누르면 현을 치는 구조로 되어 있다.

과연 하머클라비어.[1]

....

1) 하머클라비어(Hammer(망치)+Klavier(피아노)): 하프시코드, 클라비코드와 달리 강약 조절이 가능한 현대식 형태를 갖춘 피아노.

런던의 브로드우드가 보내온 새로운 피아노는 붉은빛을 띠는 갈색으로 제법 고혹적이다.

"음량도 크고 페달 활용도 충분히 할 수 있을 것 같아요."

페르디난트 리스가 뭐라 말하는 듯해 고개를 돌리자 역시나 뭐라 떠들고 있었다.

"빌어먹을. 내 뒤에서 말하지 말라고 몇 번을 말해야 알아들을 테냐."

"아, 죄송합니다. 너무 들떠서."

녀석이 가르친 대로 또박또박 말했다. 입술이 움직이는 모습으로 보아 들떠서 이것저것 말했던 모양.

더 해보라는 뜻으로 고개를 드니 이 새로운 피아노의 특징을 설명하기 시작한다.

음량이 훨씬 더 크고 울림도 좋으며 음을 닫고 여는 기능을 가진 서스테인 페달과 댐퍼 페달(울림)의 효과가 뛰어나다고 한다.

연주를 보다 풍성하고 효과적으로 할 수 있다는 말인데.

빌어먹을.

그러한 피아노를 들을 수 없다니 아무짝에도 쓸모없는 귀를 탓할 뿐이다.

"이런 느낌은 어떤가."

하머클라비어 앞에 앉아, 상상력을 발휘해 몇 번 연주하니 페르디난트가 손뼉을 치며 좋아한다.

"좋아하지 말고 설명을 하라고. 설명을!"

"이 부분은 선생님 생각과 조금 달라요. 말씀하신 대로 연주되려면 아마 이렇게……. 아, 맞네요."

"좋아."

페르디난트가 곁에 있어 다행이다.

뛰어난 피아니스트인 녀석 덕분에 막막했던 점을 조금은 해결할 수 있었다.

"이 악기로 선생님의 곡을 연주하면 어떻게 들릴지 궁금하네요."

마찬가지.

지금 만들고 있는 29번째 소나타를 이 악기로 연주할 것으로 상정하고 완성하는 것도 나쁘지 않을 것 같다.

비록 나는 듣지 못하더라도.

페르디난트나 체르니 같은 녀석들이 훌륭히 연주해 준다면 그것으로 괜찮겠지.

"이제 가 봐."

"네! 기대하고 있겠습니다!"

페르디난트가 떠나고 악보를 펼쳤다.

개량된 페달이라.

타건과 함께 피아노의 표현력을 한층 더 끌어올릴 수 있을 테고, 비로소 내가 원하던 형태를 이룰 수 있을 듯싶다.

"후."

더 이상 괴로워하지 않길 바랐건만, 세상에는 내가 기억하지 못하는, 기억할 수 없는 소리가 태어나고 있다.

귀가 닫히기 전, 어떻게든 모든 소리를 기억하고자 반복했던 일들도 조금씩 그 빛을 잃고 있다.

언제까지 곡을 계속 쓸 수 있을지 모를 일.

언젠가는 내 곡들이 흔하디흔한 것으로 취급당할 수도, 고루한 음악가로 남을 수도 있을 것이다.

하루가 다르게 발전하는 페르디난트와 체르니 그리고 내가 알지 못하는 곳에서 자신을 갈고닦는 음악가들은 지금 이 순간에도 새로운 소리를 듣고 그들만의 영역에서 음악을 발전시키고 있다.

나는 이대로 유물이 되는가.

"……아니. 아니지."

루트비히의 이름이 용납할 수 없다.

앞으로도 더욱 발전해나갈 후학들을 위한, 또 이 나의 한계를 박살 내버리기 위한 행동을 멈추지 않을 것이다.

1년 후.

악보를 받아든 페르디난트와 체르니의 표정이 만족스럽다.

"세, 세상에……."

"믿을 수 없습니다. 이건 연주할 수 없는 곡이에요."

두 녀석 모두 뛰어난 피아니스트이면서도 고개를 젓는 걸 보니 더욱 즐겁다.

"그렇게 무서운 표정 지으셔도 안 되는 건 안 됩니다."

"페, 페르디난트의 말이 맞아요. 이런 곡을 연주할 수 있을 리가……."

적당히 놀랐으면 내 제자답게 기개를 보여주길 바랐건만, 앓는 소리나 내어 하머클라비어 앞에 앉았다.

1악장만을 연주하고 돌아보니 아니나 다를까.

"맙소사, 하나님."

턱이 빠진 것처럼 입을 벌리고 멍청하게 서 있었다.

"대단해요. 정말 대단해요, 선생님! 장담컨대 지금 유럽에서 선생님 같은 연주를 할 수 있는 사람은 없을 겁니다!"

체르니의 말이 빨라서 잘 알아들을 순 없었지만 흥분한 것만은 확실하다.

저 유약한 녀석이 목에 핏대를 세우니 말이다.

페르디난트가 악보를 살피며 고개를 저었다.

"믿을 수 없어. 피아노가 이렇게 다양한 음색을 낼 수 있다니. 이건 마치."

"맞아. 마치 10개의 악기가 팀을 이룬 것 같지 않나. 그래! 하나의, 하나의 오케스트라였어!"

"그래! 정확한 표현이야. 이럴 수가. 이럴 수는 없어."

"선생님, 정말 대단하십니다. 선생님은 피아노의 가능성을 여신 거예요!"

"천천히들 말해! 그러지 못하겠으면 적어!"

흥분한 녀석들이 뭐라 하는지 알 수 없어 다그치자 허겁지겁 종이를 찾아 글을 휘갈긴다.

기다리며 다시 연주를 이어가다가 2악장을 끝내고 돌아보니 쓰던 글은 내팽개쳐놓고 또 손뼉을 친다.

못 말리는 놈들이다.

"다시, 다시 들어도 믿을 수 없어요. 이 파격적인 해체. 이런 소나타는 없었습니다."

"서주, 서주가 좋아요. 맙소사! 이런 게 가능하다면 혹시."

"그래. 선율이 중요한 게 아니야. 높이도 음색도 더욱 확장할 수 있어. 아니, 이미 선생님께서 완성본을 보여주시지 않았나!"

녀석들이 뭐라 떠드는지 모르겠으니 답답해서 결론부터 물었다.

"그래서."

페르디난트와 체르니가 호들갑을 멈추고 침을 삼켰다.

"어때. 영국에서도 통할 것 같나?"

"그럼요!"

"당연한 말씀을! 당장, 당장 미팅 날짜를 잡겠습니다. 아르타리아가 이런 일은 잘 해냅니다. 런던에서도 알아보고요. 이건 정말이지, 정말이지 루트비히 판 베트호펜의 위업을 넘어서 피아노의 역사를 새롭게 쓰신 거예요!"

또 무슨 말을 하는지 모르겠으나 15년에도 내 곡을 런던에
소개했던 페르디난트라면 믿고 맡길 수 있다.

그곳에서 오래 활동하기도 했으며 인맥도 여럿 두고 있으니
아르타리아란 사람도 믿을 만하겠지.

"내일, 내일 당장 그를 불러오겠습니다."

페르디난트가 갑자기 뛰쳐나갔고 체르니는 악보 위에 코를
박고 이리저리 탐독하고 있다.

"해봐."

녀석이 고개를 퍼뜩 들었다.

"예?"

"뭘 그러고 있어. 연습을 해봐야 칠 수 있을 거 아니야."

"제, 제가 이걸 연주할 수 있을지 모르겠네요."

"시끄럽다."

녀석이 피아노 앞에 앉아 건반을 누르기 시작했다. 지켜보고
있자니 만족스럽지 못한데, 천재인 이 녀석이라면 언젠가 분명.

내가 확신하지 못하는 지금의 나를 넘어서리라.

무척 기대되고, 체르니가 이 곡을 완벽히 연주해내는 것을
듣고 싶어 참을 수 없지만.

지금은 그저 건방진 제자들에게 스승의 위대함을 알려준
것으로 만족해야 할 듯하다.

다음 날.

"만나 뵙게 되어 영광입니다, 마에스트로."

페르디난트가 전부터 언급했던 출판업자 아르타리아를 데려왔다.

예의 바른 모습이나 페르디난트의 소개도 있기에 소파에 앉기를 권했다.

상당히 고양된 느낌이다.

"어디 불편하시오?"

"전혀 그렇지 않습니다."

"그럼 편히 계시오."

"하하. 실은 부끄럽게도 몹시 흥분됩니다. 여기까지 이르는 길이 너무나 길게 느껴졌지요. 위대한 베트호펜을 만날 수 있으니까요."

아첨이나 하는 인간은 경멸하나 솔직하고 바른 친구로 보인다.

"어디, 내 곡을 어떻게 팔 건지 말해보시오."

"예."

아르타리아가 자기가 출판했던 몇몇 악보를 펼쳐 보였다.

상당히 깔끔하고 종이 질도 좋다.

"최고급품을 사용할 예정입니다. 당연하지만 출판 전 미팅을 자주 가져 혹시나 발생할 오류도 방지할 테고요."

내 예술적 표현을 제대로 이해하지 못해 오기하는 경우가 많으므로, 그것을 염두하고 있다는 태도다.

페르디난트에게 조언을 받았든, 스스로 조사한 내용이든 대략 무엇을 신경 써야 하는지 잘 알고 있는 것으로 보아 우선은 합격점을 주었다.

"다만 런던에서는……."

막힘 없이 설명하던 그가 말끝을 흐려 인상을 쓰자 페르디난트가 대신 입을 열었다.

"선생님, 런던에서 출판할 땐 곡을 분리해 발표하시는 게 어떠십니까."

"뭐라고?"

"하머클라비어 소나타는 완벽합니다. 완벽하지만 그 웅장함과 방대함 때문에 일반인들에게는 어려울 수도 있습니다. 선생님의 진가를 잘 아는 빈과 본토에서는 받아들여질 테지만 런던에서는 아직 명성이 덜 퍼졌으니, 4악장만 떼서 따로 발표하시는 게 어떠신가요."

"두 곡을 내는 거니 수입에도 좋은 영향을 미칠 겁니다."

"쓰읍."

이 내가 돈을 사랑하고 아끼는 것은 사실이나 곡을 분절해 발표하는 이유가 돈을 위해서라니.

말 같지도 않은 소리를 떠벌린 아르타리아를 노려보며 불편한 기색을 내비치자 페르디난트가 다급히 나섰다.

"런던 사람들은 아직 선생님에 대해 잘 모릅니다. 어차피 나중에는 하나의 곡이란 걸 알게 될 테니 지금은 그들과 소통하는 느낌으로 진행하시죠."

그러나 페르디난트의 말은 옳다.

런던 사람들이 받아들이기 어려울 수 있다면 쉽게 접근해야 할 터.

그렇게 하라 이른 뒤 악보를 꺼냈다.

그것을 페르디난트에게 넘겼고, 녀석이 다시 아르타리아에게 보였다.

"하머클라비어 소나타. 멋진 이름입니다. 최신 피아노를 활용한 소나타란 느낌이 물씬 느껴지네요."

"미래를 위한 소나타요.[2]"

"……예?"

"여기 있는 페르디난트나 체르니라든가. 내가 죽은 이후에도 기량을 갈고닦을 피아니스트들을 위한 소나타라 했소."

. . . .

2) 베토벤은 아르타리아에게 하머클라비어 소나타 악보를 넘기며, 50년 뒤의 피아니스트를 위한 곡이라 소개했다.
그만큼 기존 소나타의 룰을 파괴하는 혁신적이면서도 난이도가 높았기 때문인데 출판 당시 베토벤 이외에는 아무도 연주할 수 없었다.
그러나 또 한 명의 천재이자 체르니의 제자, 베토벤의 열렬한 팬이었던 프란츠 리스트가 연주해내는 데 성공했다(리스트는 베토벤 하머클라비어 소나타를 오마주한 작품을 내기도 했다).
그러나 하머클라비어 소나타의 진정한 의미는 그의 사후 100년이 흐른 시점에서야 받아들여지기 시작했다.
베토벤의 예측을 뛰어넘은 천재와 그의 진가가 전해지기까지 더 오랜 시간이 필요했던 것.

피아노의 가능성을 펼치기 위해 만든 이 곡은.

미래의 피아니스트들이 음악을, 피아노를, 그들의 기량을 어디까지 갈고닦을 수 있을지 시험하는 곡이기도 하다.

베토벤 피아노 소나타 29번, '하머클라비어'.

피아노가 청명히 울렸다.

새로운 시대가 열렸음을 알리는 종소리다. 탄탄하고 맑게, 건반이 종 안쪽의 공처럼 현을 때리며 청아하게 울렸다.

종을 치는 피아니스트는 그 어느때보다 진중하다.

조금의 오차도 없이 힘 있고 완벽한 타건으로 다시 한번 종을 울렸다.

시민들은 어리둥절하다.

평생을 들어오던 종소리가 아니라 당황한다. 난해하다. 이해할 수 없다.

그러나 이내 알 수 없는 마력에 이끌려 귀 기울였다.

또 한 번의 종소리.

치밀하고 집요하게 반복되고 변형되는 가운데 이어지는 연타.

범접할 수 없는 트릴과 옥타브 행진.

포르티시시모(fortississimo: 매우 세게), 포르티시시모, 포르티

시시모.

베토벤이 강요해 놓은 패시지에 접어들며 가우왕의 손에는 더욱 힘이 들어갔다.

단순히 근육을 사용하는 것이 아니라 단단하게 고정한 손목과 유연한 어깨 그리고 몸을 이동하며 무게를 더한 타건.

가장 완벽한 자세.

가우왕의 하머클라비어 1악장이 끝난 순간, 관객들은 그간 그들이 하머클라비어에 대해 가졌던 이미지가 산산이 조각나 있음을 알 수 있었다.

'이런 곡이었어?'

'좀 난해한 느낌이었는데……'

그들의 의아함은 당연할 수밖에 없었다.

가우왕이라는 걸출한 피아니스트가 연주했으며 하물며 그 가우왕은 배도빈의 곡과 가장 잘 어울리는 피아니스트였다.

그에 의해 비로소 온전히 표현된 하머클라비어 소나타는 200년도 전에 베토벤이 말하고 싶던 바를 그대로 전달했다.

크리스틴 지메르만은 장성하여, 이제는 자신을 뛰어넘은 제자의 연주에 흡족하게 웃었다.

'50년 뒤라고 했으나 200년 뒤에 제대로 연주되었네요.'

가우왕이 2악장을 시작했다.

진중하고 격렬하며 비장한 베토벤의 장난스러운 면모가 부각된다.

크레셴도와 데크레셴도가 연속되며 또다시 집요한 변화로 익살스러움을 보인다.

배도빈은 그가 만들었던 2악장을 들으며 고개를 끄덕였다.

'완벽해.'

1악장과 대비되게 배치한 단 2도 하강. 그가 생각해도 완벽한 구조였다.

짧은 2악장이 끝나고 마침내 3악장.

하머클라비어에서 베토벤의 가장 솔직한 심정을 연주해야 했기에.

가우왕의 눈빛이 달라졌다.

'슬펐나.'

그는 이미 오래 전 죽은 위대한 음악가에게 물었다.

무거운, 소리보다 진중한 무엇인가가 관객들의 가슴을 헤집었다.

악성은 미래의, 새 시대의 음악가들을 치하하며 응원했고 그들의 앞날에 영광이 비추길 바랐다.

그러나 그의 건강은 날로 악화되었고 이미 아무 소리도 들을 수 없었다.

'분했나.'

가우왕은 끊임없이 질문했다.

그의 가슴을 흔들었던 남자에게, 그를 피아노 앞에 앉히게 했던 남자에게 물었다.

대체 그 고독 속에서 어떻게 싸워왔냐고. 그 투쟁의 삶 속에서 어찌 단 한 번도 무릎 꿇지 않을 수 있었냐고.

위대한 악성이 진솔하게 담아낸 하머클라비어 소나타 3악장.

가우왕은 미래 피아니스트를 위해 남긴 이 파격적이면서도 완벽한 구조의 소나타를 어루만지며.

악성의 마음을 조금이나마 헤아리고 있었다.

가슴속으로 떨어지는 고독.

낭만이라는 가장 찬란한 시대를 열어젖힌 장본인이면서 정작 그 시대를 함께할 수 없었던 위대하고 고독한 음악가의 마음이 이러했으리라.

베토벤을 향한 가우왕의 마음이 관객들에게 고스란히 전해졌다.

'놀랍군.'

빌헬름 푸르트벵글러는 어느새 펜을 내려놓고 고개를 저었다.

하머클라비어 소나타는 그 난해함 때문에 베토벤의 다른 소나타에 비해 그 인지도가 낮은 편이었다.

그 완전하고 후대 소나타의 모든 경향을 뒤집어버린 음악성에 비해 저평가되고 있었다.

베토벤 이전까지의 모든 경향을 박살 내버리고, 피아노에

선율 악기가 아닌 하나의 작은 오케스트라로서의 가능성을 부여했던 베토벤의 29번 소나타.

그가 없었다면 리스트, 쇼팽, 브람스, 슈만도 없었다.

많은 피아니스트가 하머클라비어 소나타, 특히 3악장을 음악의 정점이자 시작으로 여기고 베토벤 역사상 가장 장대한 모놀로그라 평하면서도 대중에게는 사랑받지 못했다.

푸르트벵글러는 그것을 하머클라비어 소나타의 한계라고 여겼으나 그간의 생각이 틀렸음을 인정할 수밖에 없었다.

적어도 가우왕이 연주하는 하머클라비어 소나타 3악장만은 이 순간 모든 이의 영혼을 울리고 있었다.

위대한 베토벤이 느꼈던 좌절과 절망과 그럼에도 음악을 향한, 앞으로의 음악을 위한 사명감과 갈증을 고스란히 느낄 수 있었다.

지금껏 이 소나타가 대중에게 덜 알려졌던 이유가 하머클라비어 소나타의 한계에 있는 것이 아니라, 피아니스트의 한계였음을 알 수 있었다.

그도 그럴 것이.

베토벤은 단 하나의 화음도 헛되이 사용하지 않았다. 성부를 분리하여 베이스, 소프라노, 내성의 비율을 달리해야 했다.

비장히 울리는 아래 음이 두텁고.

그 속에서 비상하기 위한 의지가 그 위의 음으로 표현해야 했다.

여러 음을 동시에 누르면서도 노트마다 힘 조절은 당연히 요구하는 지독한 곡을 만들었다.

그러나 그것을 완벽하게 소화하니.

지금 이렇게.

마치 하나의 오케스트라가 된 듯한 피아노를 들을 수 있었다.

'이렇게 깊을 수 있나.'

그 누가 이 연주를 듣고 십여 년 전만 해도 연주에 깊이가 없다는 평을 들은 사람이라 할 수 있을까.

'50년 뒤의 피아니스트를 위한 곡이오.'

비록 200년이 지난 지금에 이르렀으나.

푸르트벵글러는 만약 베토벤이 신이 되어 지금 이 순간을 지켜보고 있다면 무척 흡족해하리라 믿어 의심치 않았다.

장대한 3악장이 끝나고.

연주는 격정의 4악장으로 이어지고 있었다.

강력한 라이벌 막심 에바로트조차 가우왕의 연주에 매료되어 멍하니 지켜볼 뿐이었다.

최지훈은 다시 한번 그의 우상에게 감격했으며, 프란츠 페터는 두 볼을 감싸고 충격에 빠져 있었다.

'이, 이게 진짜 형이랑 가우왕 님.'

감히 출전한 것이 잘못이었다.

그들에게 조금은 다가갈 수 있을 거라는 생각이 안일하고 어리석었다.

한계를 넘어서.

육체와 정신이 옭아맨 구속을 떨쳐버린 두 피아니스트의 연주에 감탄하고 다시 경탄할 뿐이었다.

프란츠가 슬쩍 고개를 돌려 턱을 괴고 눈을 감은 채 연주를 감상하는 배도빈을 보았다.

동요하는 것 같지 않았다.

이렇게나 압도적인 기량을 보이는데도 도리어 즐거운 듯, 만족스러운 듯 웃고 있었다.

이 얼마나 넓은 그릇이란 말인가.

프란츠는 이런 사람들 뒤에 연주해야 한다고 생각하니 도저히 그 부담을 떨칠 수 없었다.

마침내 가우왕이 연주를 끝내자 생전 처음 받아보는 감동에 북받친 관객들이 전원 일어났다.

"브라-보!"

"브라-보!"

루트비히홀이 떠나갈 듯한 환호 속에서 가우왕은 반지를 집어 끼곤 두 팔을 벌려 황제로서의 면모를 보였다.

"왜 그렇게 떨어?"

감상을 끝내고 눈을 뜬 배도빈이 오돌오돌 떠는 프란츠를 탓했다.

"어, 어, 엄청나잖아요. 진짜 엄청나잖아요. 형도 가우왕 님도 진짜, 진짜 어마어마하잖아요."

"당연하지."

"그 뒤에 어떻게 연주하라는 거예요."

프란츠 페터가 울먹이는데 대기실에 있던 루리얼 부르상이 무대 뒤로 들어섰다.

그는 넋이 나간 채 매니저에 의해 이끌리다시피 옮겨지고 있었다.

프란츠 페터의 외침을 들었는지 슬쩍 고개를 돌리더니 이내 길고 긴 한숨을 내뱉으며 고개를 떨어뜨렸다.

"아, 다다음이라 다행이다."

니나 케베리히마저 한 술 거드니 루리얼 부르상이 울먹이며 매니저에게 달려들었다.

"나, 나 안 나가면 안 될까?"

"무슨 소리야. 이 기회에 확실히 알려야지. 베토벤 기념 콩쿠르 못 봤어?"

"비교만 당할 게 뻔하잖아!"

"아냐. 넌 할 수 있어. 난 믿어. 네가 지금까지 노력했던 거 모두 지켜봤잖아."

"적당해야지! 저런 무대 뒤에 뭘 보이란 말이야!"

부르상이 주변을 둘러보다가 다시금 매니저에게 달라붙었다.

"나, 나 배 아픈 거 같아. 아니, 아파."

"갑자기?"

"갑자기."

부르상이 억지를 부리고 있을 때 무대에서 내려와 복도를 통해 뒤로 돌아온 가우왕이 방으로 들어섰다.

"뭐야."

상황을 파악한 그는 부르상을 한심하게 내려다보며 벌레 보듯 했다.

그 경멸 어린 시선이 부르상의 가슴에 더욱 큰 상처를 안겼다.

지금까지의 그였다면, 동료를 가져본 적 없었던 과거의 그였다면 어깨를 밀치고 지나갔을 터였으나 그는 분명 달라져 있었다.

"머저리."

"네, 네? 저, 저요?"

"알면서 뭘 물어?"

"네, 네. 머저리입니다……."

부르상이 잔뜩 쭈그러들었다.

가우왕은 그 모습에 더욱 인상을 썼다.

"지금 시비 거는 거냐?"

"네? 그, 그럴 리가요! 제가 왜."

"그럼 내 연주를 듣고도 이러는 이유가 뭐야?"

부르상은 가우왕이 무엇을 말하는지 좀처럼 이해할 수 없었다.

"베토벤이 말하잖아. 더 멋진 연주를 하라고. 피아니스트란

놈이 그렇게까지 잘 전달해 줬는데도 못 알아먹어?"

"베트호펜이에요."

"아무튼간."

"너 같은 놈들 응원하는 곡이잖아. 우리가 연주하는 곡 모두 그 인간이 만든 곡에서 발전해 왔잖아. 더 높이 갈 수 있다고. 더 멋진 연주할 수 있다고 귀먹은 양반이 응원해 주는데 이러고 있으면 되겠어?"

가만있다가 모욕을 당한 배도빈이 가우왕을 향해 신경질적으로 목도리를 집어 던졌다.

가우왕은 목도리에 감긴 채 부르상을 노려보며 말했다.

"고개 들어."

부르상이 어쩔 수 없이 고개를 들었다. 가우왕의 부리부리한 눈에 또다시 겁을 먹었지만 가우왕은 그의 양팔을 꽉 잡으며 흔들었다.

"가슴 펴고 올라가서 네 연주를 보여. 여기서 도망치면 넌 피아니스트가 아니야. 떨어진 피아니스트를 무시하는 비겁한 놈일 뿐이지."

"……."

"알아들었으면 빨리 올라가서 내 위대함을 강조해 봐. 이 나와 일반 피아니스트가 얼마나 현격한 차이를 보이는지."

"네, 네!"

루리얼 부르상이 어리둥절한 채 무대로 오르자 가우왕이 배도빈 옆에 앉았다.

"언제부터 그렇게 오지랖이 넓었어요?"

"시끄러워."

가우왕이 팔짱을 꼈다.

루리얼 부르상이 연주를 시작했고 베를린 필하모닉이 뽑은 스무 명의 피아니스트다운 훌륭한 기량을 펼쳤다.

그 모습 지켜보다가 배도빈이 슬쩍 입을 열었다.

"잘 들었어요."

무심한 듯 뱉은 그 말에 가우왕이 고개를 돌렸다. 그러더니 이내 씨익 웃는다.

"이제야 인정하는구만. 퍼스트는 내 자리라고."

"그거 말고요."

"그럼 뭘."

"사교성이라고는 전혀 없는 사람인 줄 알았는데, 제법 친화력이 있는 것 같다고요."

하머클라비어 소나타를 작곡한 사람으로서의 감상이었지만 전말을 모르는 가우왕으로서는 부르상을 두고 한 말로 이해할 수밖에 없었다.

"시끄러워."

"앞으로도 계속 그렇게 해요. 보기 좋으니까."

"흥."

가우왕이 다시 팔짱을 꼈고.

배도빈은 턱을 괸 채 작게 미소 지었다.

♪

"좋아."

루리얼 부르상이 연주를 마치자 손 스트레칭을 하고 있던
니나 케베리히가 자리에서 일어섰다.

그녀는 배도빈을 향해 웃어 보이고는 힘차게 무대 위로 올
랐는데, 그 모습이 무척 즐거워 보였다.

"이상한 녀석."

"보기 좋잖아요."

가우왕도 더는 말하지 않고 니나를 지켜보았다.

배도빈이 굳이 설명하지 않아도 그녀가 얼마나 뛰어난 피아
니스트인지 잘 알고 있었다.

제대로 된 교육 과정을 밟은 것도 아니면서 그 까탈스러운
찰스 브라움이 반주를 의뢰할 정도로 그녀는 특별했다.

배도빈과 가우왕도 그녀의 반주를 접한 순간부터 줄곧 니
나 케베리히에게 주목해 왔었다.

독특한 박자 감각과 통념에 얽매지 않은 신선한 해석.

나나 케베리히의 재능은 피아노를 잘 아는 사람일수록 감탄할 수밖에 없는 무엇인가가 있었다.

"나나!"

"나나!"

무대에 오른 나나 케베리히가 환하게 웃으며 관객들을 향해 팔을 휘둘렀다.

그 티 없는 모습에 몇몇 관객이 웃으며 함께 손을 흔들어 주었다.

자신을 꾸미는 데 서툴렀으나 그것이 그녀의 본 모습이었고 모든 사람에게 환영받진 못했다.

"미국에서 활동한다고 하더니 교양 없네요."

"그쪽이 원래 그런 편이죠."

브라움 부부는 그들과 함께한 이들과 함께 나나 케베리히를 정숙하지 못한 이로 치부하며 고개를 저었다.

그 대화를 들은 유진희는 얼마나 교양 있는 인간이 그런 말을 하는지 의심스러워 고개를 돌렸다.

그리고 뜻밖의 인물을 발견할 수 있었다.

"어머나. 지훈 아버님."

최우철도 뜻하지 않은 만남에 반가워했다.

"이런. 같은 곳에 계실 줄은 몰랐군요. 반갑습니다, 진희 씨."

"아는 분이신가요?"

그때 브라움 부부와 영국 상원의원 부부가 유진희에 대해 물었고 최우철은 웃으며 고개를 끄덕였다.

"그럼요. 신표현주의를 이끌고 계신 화가 아니십니까. 마에스트로 배의 모친이기도 하고요."

"마에스트로……."

두 부부는 눈인사를 할 뿐 금방 유진희에게서 시선을 떼 그들끼리의 대화를 이어나갔다.

최우철은 유진희에게 정중히 인사했고 유진희는 그가 왜 저런 인간들과 함께 있는지 의아해하고 불편해하면서도 그와 인사를 주고받았다.

한편.

그러거나 말거나 나나 케베리히는 관객들과 놀 생각으로 잔뜩 고무되어 있었다.

'이번에도 재밌게 놀아야지.'

순박한 시골 출신 피아니스트가 피아노 앞에 자리했다.

그녀가 준비한 곡은 생기발랄한 베토벤 소나타 18번, E플랫 장조.

노을 지는 무렵에 별이 창문을 두드리듯.

연주가 시작되었다.

저녁 식사 자리에서 다섯 남매가 조잘대며 뛰어다닌다.

아버지와 어머니가 엄하게 꾸짖어도 잠시뿐.

종일 함께 있었으면서도 무엇이 그리 즐거운지 서로를 보며 꺄르르 웃는다.

결국은 부모도 아이들의 천진난만함에 못 이겨 오늘도 저녁 식사 자리는 시끌벅적하다.

'아빠! 내일 우리 소풍 가죠?'

'어디로 가요?'

'계곡으로 가요!'

'아니야! 옆 마을로 가요!'

나나 케베리히의 손이 통통 튄다.

피아노 소리가 아이들의 맑고 명랑한 목소리처럼 울렸다.

밤이 깊어 조금씩 졸음이 몰려들어도 들뜬 마음에, 설레는 마음에 좀처럼 쉽게 잠들 수 없다.

다음 날.

이른 새벽부터 아이들이 집 안을 뛰어다닌다.

'나 오늘 소풍 간다!'

'나도다!'

'아빠! 양말!'

'엄마! 모자 주세요!'

'빵이다! 이거 먹어도 돼요?'

아침부터 부산스레 준비를 마친 가족은 일렬로 걷기 시작한다.

막내는 아빠에게 업혀서.

가장 의젓한 첫째는 엄마와 함께 제일 뒤에서 장난기 많은 동생들이 다른 곳으로 새지 않는지 확인하며 들로 산으로 향한다.

'엄마! 뱀이야!'

'아빠! 저 구름 좀 봐! 토끼 닮았어! 그치!'

'와! 시냇물이다!'

'개구리!'

아이들은 눈에 들어오는 모든 것이 신기하고 즐겁다.

징검다리를 건널 때는 괜한 긴장감을 만들어 폴짝폴짝 뛴다.

니나 케베리히는 힘찬 스타카토로 아이들의 발걸음을, 반복되는 포르테로 시냇물을 발견해 깜짝 놀라는 아이를, 구름을 발견해 좋아하는 아이들의 목소리를 그려냈다.

연주를 듣고 있던 배도빈이 무심코 웃고 말았다.

'재밌단 말이야.'

니나 케베리히의 재능은 무척 희귀했다.

무용수의 탄탄하고 가벼운 스텝 같은 타건도, 그녀만의 독특한 박자 감각도 모두 듣는 사람으로 하여금 즐거움을 주었다.

꾸며낸 화려함이 아니라 그 모습 그대로의 발랄함.

배도빈은 니나 케베리히보다 자신의 18번 소나타를 더 즐겁게 표현할 수 있는 사람은 없다고 여겼다.

그뿐만이 아니었다.

그녀의 연주를 듣는 수백만 명이 모두 단란한 가족의 모습을 떠올리며 즐거워했다.

마치 익살스러운 동화를 보는 듯한 기분에 사로잡혀 동심으로 돌아가 있었다.

구연동화를 펼친 니나 케베리히가 연주를 마쳤을 때.

만면에 환한 미소를 지은 관객들이 일제히 박수를 보냈다.

프란츠 페터도 바로 뒤에 무대에 서야 한다는 것도 잊은 채 손뼉을 마주치며 좋아라 했다.

"들으셨어요?"

배도빈이 당연한 질문을 하며 좋아하는 프란츠 페터를 물끄러미 바라보았다.

"대단해요! 엄청! 어어엄청! 이런 연주는 처음 들었어요. 연주가 꼭 만화영화 보는 기분이에요!"

"그래."

배도빈은 잔뜩 흥분한 프란츠의 기분을 가라앉히고자 입을 열었다.

"2라운드 진출 못 하면 한동안 피아노 앞에서 살아야 할걸."

효과는 대단하여 프란츠의 어깨가 잔뜩 처졌다.

그 모습이 배도빈을 또 한 번 즐겁게 했다.

죠엘 웨인이 배도빈을 찾았다.

"보스."

그녀가 배도빈에게 다가가 귓속말을 했다.

"찰스 왕세자가 면담을 요청했습니다."

배도빈이 의아해하자 그녀가 다시금 배도빈의 귀에 입을 가져갔다.

"브라움 악장님 말고 찰스 아서 조지가 방문했습니다."

웨일스 공작이 연락도 없이 찾아왔단 말에 배도빈이 우선 그녀와 함께 복도로 나섰다.

"무슨 일이에요?"

"보스의 팬인데 한 번쯤 만나보고 싶다고 합니다. 언제쯤 괜찮으시냐며. 어떻게 할까요?"

굳이 만나볼 이유는 없었지만 배도빈은 자신을 만나 보기 위해 베를린까지 찾아온 찰스 아서 조지 왕세자의 수고와 친인척 찰스 브라움의 면을 고려했다.

"오늘 저녁에 별일 없죠?"

"네."

"그럼 저녁에 보죠. WH호텔에 자리 마련해 주세요."

"알겠습니다."

대화를 마무리하고 다시 대기실로 들어선 배도빈은 프란츠의 연주를 듣다가 눈썹을 찌푸렸다.

아나나 다를까.

가우왕이 투덜댔다.

"어떻게 된 거야? 나아진 게 없잖아."

분명 수준급 연주였으나 3년 전과 비교해도 큰 차이가 없는 실력에 배도빈도 적잖이 실망했다.

"그러게요."

배도빈과 가우왕은 재능 있는 피아니스트인 프란츠 페터를 탓했다.

정작 관객들은 프란츠 페터의 연주를 즐겁게 들었지만, 두 기형적 천재가 작곡과 지휘 그리고 음악 전반을 공부하며 하루하루 치였던 프란츠 페터가 실력을 유지한 것만으로도 대단하다는 걸 이해할 리 없었다.

잠시 후.

프란츠 페터가 그가 가장 좋아하는 베토벤의 G장조 피아노 소나타 연주를 마치자 또 한 번 열렬한 반응이 튀어나왔다.

관객들은 오늘 누린 호사에 대해 저마다의 감상을 나누기 시작했고 사회를 맡은 이자벨 멀핀이 단상으로 나섰다.

"이로써 다섯 참가자의 연주가 모두 마무리되었습니다. 투표가 집계되는 동안 해설위원께서 오늘의 감상을 전해주시겠습니다."

빌헬름 푸르트벵글러가 먼저 마이크를 잡았다.

"베트호펜 기념 콩쿠르 심사를 맡으며 그만한 경연을 또 볼 수 있을까 싶었는데 반년도 안 지나 그 예상이 빗나가고 말았다. 평에 앞서 오늘 참가자 모두에게 감사를 표하지."

관객들이 푸르트벵글러의 말에 동조하여 박수를 보냈다.

"먼저 도빈이. 말할 필요가 있나? 지메르만이라면 그럴 수도 있겠군."

푸르트벵글러가 고개를 돌리자 크리스틴 지메르만이 입을 열었다.

"피아니스트의 기량을 가늠하는 기준은 여럿 있지만 글쎄요. 그렇게 압도적인 심상은 그만이 보여줄 수 있는 퍼포먼스였습니다."

푸르트벵글러와 지메르만의 극찬에 관객들이 박수를 보냈다.

"다음은 가우왕인데…… 나는 감히 하머클라비어 소나타가 오늘에야 완성되었다고 평하지."

"같은 생각이에요."

지메르만이 푸르트벵글러의 말을 받았다.

"지금까지 베토벤의 B플랫 장조 소나타는 명확한 선율 대신 구조적 음악성을 지닌 소나타로 인식되었습니다. 감상보다는 분석이 앞섰죠."

"그의 피아노 소나타가 신약 성경으로 불리게 된 가장 큰 이유였으니까."

지메르만이 푸르트벵글러의 도움에 눈인사하고 설명을 계속했다.

"그러나 왕이의 오늘 연주는 그것을 보다 예술적인 경지로 이끌었습니다. 베토벤이 만약 오늘의 연주를 들었다면 무척이나 기뻐했겠죠. 그가 바라던 연주였을 테니까요."

가우왕의 연주에 감동했던 관객과 시청자들은 두 전설의 해설로 가우왕이 어떤 일을 해냈는지 보다 명확히 인지할 수 있었다.

객석에서 그 광경을 지켜보고 있던 차채은이 손뼉을 치기 시작했고 곧 모든 관객이 위대한 비루투오소 가우왕을 향해, 또 그를 알아본 해설위원과 하머클라비어 소나타를 만들어낸 위대한 베토벤을 향해 박수를 보냈다.

"흥."

무대 제일 앞줄에 앉아 있던 가우왕은 콧대를 세우며 의기양양한 표정으로 배도빈을 보다가, 평소 그답지 않게 고개를 끄덕이는 모습에 김이 새고 말았다.

"왜 말이 없어?"

"사실이니까요."

"드디어 날 인정하는구만."

"예전부터 그랬다니까요."

"아니. 그랬으면 날 쫓아내려 하지 않았겠지."

"자꾸 지난 이야기 꺼낼 거예요?"

배도빈과 가우왕이 투닥거리는 와중에도 두 해설위원의 평은 계속되었다.

"부르상의 연주는 자신감이 부족한 게 흠이었어."

"미스 터치도 잦았죠. 어쩌면 앞선 두 사람 때문일지도 모르겠다는 생각이 드네요. 혹시나 그렇다면 마음을 달리 먹어야 할 거예요."

"최선은 공연을 보러 온 관객에게, 시청자들에 대한 예의다. 그러지 못할 거라면 충분히 납득할 수 있을 정도로 준비해."

푸르트벵글러와 지메르만의 조언에 루리얼 부르상이 고개를 끄덕였다.

"다음은 니나 케베리히. 멋진 연주였지."

푸르트벵글러가 드물게 미소 지었다.

"아주 재밌는 해석을 했더군. 여기에 사냥이란 별명을 붙이는 사람도 있는 걸 알고 있나?"

"알고 있어요."

"그런데 오늘 연주는 전혀 다른 느낌이었어. 들판에서 숲으로 이어지는 전경. 쉴 새 없이 조잘대는 목소리와 따뜻한 분위기까지. 앞으로도 자신의 목소리로 연주해 주길 바라지."

푸르트벵글러가 말을 마치며 당부하자 니나 케베리히가 힘차게 고개를 끄덕였다.

그 모습을 따뜻하게 보던 지메르만이 다음 차례에 안타까운 목소리를 냈다.

"페터 군은 크리크 콩쿠르에서 우승했을 때부터 관심 있게 지켜봤는데 오늘은 나아진 모습을 보여주지 않았어요."

프란츠가 덜덜 떨었다.

"재능 있는 사람이 노력하지 않는 것만큼 큰 죄도 없다. 저번 콩쿠르를 통해 기대가 컸다만 오늘은 실망이구나."

"죄, 죄송합니다."

"뭐, 네 스승이 알아서 하겠지."

"끄으우."

프란츠 페터가 조심스레 고개를 돌려 배도빈의 눈치를 살폈다.

배도빈은 무척 화가 나 있었고 프란츠는 고개를 떨어뜨리며 좌절했다.

'난 죽을 거야.'

배도빈의 특별 지도가 얼마나 자세하고 넓은 범위를 다루는지 알기에 프란츠는 당분간 편히 지내는 건 일찌감치 포기했다.

"그리고 보니 오늘 다섯 사람 모두 베트호펜을 연주했군."

"그러네요."

"케베리히는 자신만의 이야기로 잘 각색했고 가우왕은 그와 무척 깊이 대화한 느낌이었어."

"도빈 군은…… 본인이 나선 것 같고요."

배도빈이 당연하다는 듯 콧김을 내뿜었다.

"다른 사람들은 어떻게 들었을지 궁금하군. 이자벨."

푸르트뱅글러가 신호를 주자 이자벨 멀핀이 마이크를 잡았다.

"네. 두 분 해설위원께 감사드리며 2조 결과를 발표하겠습니다. 총 540만 9,117분께서 참여해 주셨으며 가장 좋았다고 생각하는 단 한 명의 피아니스트를 뽑아주신 결과입니다. 과연 다음 라운드에 진출할 영광이 누구에게 향할지! 결과 공개해 주시기 바랍니다!"

이자벨 멀핀의 힘찬 소개와 함께 무대 가운데 준비된 스크린에 2조 투표 결과가 나타났다.

1st 가우왕(41.7%)

2nd 배도빈(40.9%)

3rd 니나 케베리히(15.1%)

4th 루리얼 부르상(1.2%)

5th 프란츠 페터(1.1%)

그 순간 오늘 내내 미소가 떠나지 않았던 배도빈의 얼굴이 순식간에 일그러졌고.

"하핫하하하하!"

가우왕의 웃음소리와 더불어 그의 입술과 눈썹이 꿈틀댔다.

[배도빈·가우왕 재대결 결과는?]

[가우왕 조 1위로 2라운드 진출!]

[가우왕, "예상했던 결과."]

[배도빈 충격의 첫 패배, 신의 몰락인가!]

[배도빈 인터뷰 거절]

세 개의 손을 위한 소나타 이후 가우왕의 기량을 의심하는 사람은 없었으나, 그럼에도 배도빈의 조 2위 진출은 적잖은 파장을 일으켰다.

지난 16년간 마왕으로 군림하며 단 한 번도 권좌를 허용치 않았던 배도빈이 누군가에게 밀렸다는 사실은 그의 팬뿐만 아니라 클래식 음악을 향유하는 모든 이에게 충격으로 다가왔다.

└와 설마설마 했는데 배도빈이 졌어.

└상대가 다른 사람도 아니고 가우왕이면 그럴 만하지.

└솔직히 피아노만 파고든 가우왕하고 얼마 차이도 안 난 것만으로도 대단하지 않나?

└배도빈 성격에 그런 식으로 생각하진 않을걸?

└인터뷰도 거절했잖아.

└표정 무서웠음 ㅠㅠ

└진짜 2라운드에선 작정하고 나올 듯.

└배도빈이 진짜 승부욕도 자존심도 엄청 세서 이번 일로 상처 받았을 거 같음. 지금까지 한 번도 이런 적 없었으니까.

ㄴ자기가 아니면 누가 우승하냐는 말을 입에 달고 살던 앤데 그럴 테지.

ㄴ근데 솔직히 이번엔 좀 힘들 듯. 가우왕이 예전 가우왕도 아니고 막심이나 최지훈도 있고.

결과 발표 직후, 팬들은 쏟아지는 관련 기사를 탐독하고 의견을 나누었다.

배도빈이 충격받진 않았을까 하는 우려와 2라운드에서 절치부심해서 어떤 연주를 들려줄지에 대한 기대.

동시에 이번에는 배도빈도 힘들 거란 조심스러운 추측이 오가는 가운데, 이자벨 멀핀이 배도빈의 집무실을 방문했다.

"죠엘, 보스 안에 계시죠?"

"네. 계신데 아무도 들이지 말라고 하셨어요……."

죠엘 웨인의 태도로 생각보다 배도빈의 상태가 심각하다는 걸 안 멀핀이 한숨을 내쉬었다.

"무리하지 않도록 잘 보좌해 주세요. 알다시피 몸이 그리 좋지 않으니까요."

"네."

"두 시간 뒤에 찰스 왕세자와 미팅 있으니 상황 봐서 슬쩍 말씀드리고요."

"그렇게 하겠습니다."

이자벨 멀핀이 한숨을 내쉬곤 돌아섰다.

한편.

배도빈을 누구보다도 잘 아는 베를린 필하모닉 단원들도 그를 걱정하긴 마찬가지였다.

행사가 끝나자마자 모든 인터뷰를 거부하고 집무실에 틀어박혔기에 그가 마음에 큰 상처를 입었다고 여긴 탓이었다.

"도빈이 삐졌어."

왕소소의 말에 마누엘 노이어가 목을 벅벅 긁었다.

"그럴 만하지. 평생 져본 적 없는 녀석인데."

"충격이 큰가 봐. 인터뷰는 그렇다 쳐도 우리랑 말도 안 하고."

이승희도 걱정스레 입을 열었다.

단원 모두 어린 보스를 걱정하는 와중에 정작 가우왕은 승리의 달콤함을 마음껏 누렸다.

"흐흐흐흐흐흐."

이승희가 가우왕을 한심하게 보았다.

"그렇게 좋냐?"

"당연하지."

가우왕이 샴페인을 따르며 말했다.

"녀석보다 피아노를 잘 이해하는 사람이 있다고 생각해? 없지. 아무렴 없지."

잔을 가득히 채운 그는 황홀한 표정으로 그것을 살폈다.

"녀석이 만든 곡만 해도 알 수 있어. 두 대의 피아노를 위한 연탄곡, 베를린 환상곡, 태풍, 아니, 세 개의 손을 위한 소나타까지. 녀석보다 피아노를 잘 이해하는 작곡가는 없어. 그런 녀석을 이긴 거라고. 즐겁지 않을 리가."

단원들은 진심으로 감격하는 가우왕을 축하해 주고 싶으면서도 배도빈을 걱정할 수밖에 없었는데, 왕소소가 그들의 마음을 대변했다.

"으. 꼴 보기 싫어."

"맘대로 생각해. 난 지금 최고로 기분 좋으니까."

왕소소가 밖으로 나섰고 단원들이 어색해진 분위기에 떨떠름하고 있을 때 찰스 브라움이 나섰다.

"신경 쓸 필요 없어."

그에게 이목이 집중되었다.

"이 머저리가 눈치 없이 구는 건 마음에 안 들지만 그렇다고 기쁜 걸 숨기는 것도 말이 안 되지."

"처남이 바른말 하네."

"그렇게 부르지 마라."

찰스 브라움의 으름장에 가우왕이 입을 샐쭉거리고는 샴페인 잔을 입으로 가져갔다.

"이런 일로 삐지거나 하는 놈 아니야. 인정할 건 인정하는 놈이니 걱정할 필요 없어."

찰스 브라움은 벌써 수년 전 베를린 필하모닉 악장 오디션

때의 일을 기억하고 있었다.

당시 이미 배도빈의 바이올린을 앞질렀던 찰스 브라움은 어린 소년이 그것을 순순히 인정했던 일을 떠올렸다.

자신이 못하다는 사실을 인정할 줄 몰랐던 찰스 브라움에게 그것은 신선한 충격이었다.

'그것이 배도빈이 무서운 이유지.'

프라이드가 높으면서도 남을 인정할 줄 알고 그것을 받아들일 수 있는 점.

찰스는 그것이 배도빈이 끝없이 나아갈 수 있는 요인이라 생각했다.

'저런 놈에게 한 번 졌다고 화낼 녀석이 아니야.'

찰스 브라움은 단원들이 상황을 너무 예민하게 받아들인다고 여겼다.

"빌어먹을."

배도빈은 오늘 오전 연주를 들으며 복잡한 심경을 다스리고 있었다.

'완벽해.'

몇 번을 반복해서 들어도 가우왕의 하머클라비어 소나타는 완벽했다.

배도빈은 자신의 머릿속에서만 완벽했던 하머클라비어 소나타가 온전히 연주됨에 더없이 기뻤다.

그가 얼마나 많이 준비했는지, 그의 기량이 얼마나 올라와 있는지는 배도빈이 가장 잘 알고 있었다.

곡을 만든 사람으로서 이보다 행복할 순 없었다.

문제는 자신의 소나타로 경쟁했음에도 졌다는 것이었다.

'이 내가.'

비록 피아노 앞에 앉아 있을 시간이 부족했다곤 하나 소홀했던 것도 사실.

제자 프란츠 페터에게 뭐라 할 입장이 아니었다.

배도빈은 자신과 가우왕의 연주를 반복해 들으며 기쁨과 분노를 번갈아 느끼고 있었다.

그렇게 몇 시간이 흐르고 죠엘이 문을 두드렸다.

"보스, 찰스 왕세자와 면담 시간입니다."

벌써 약속 시각인 오후 7시가 되었다는 것을 확인한 배도빈이 재킷을 걸치고 나섰다.

"가죠."

"아, 네."

"왜 그래요?"

배도빈이 생각보다 멀쩡해 보여 잠시 의아해하던 죠엘이 어색하게 웃었었다.

"너무 신경 쓰지 않으셨으면 했는데 괜찮아 보이셔서요. 다행이에요."

죠엘 웨인의 말에 배도빈이 눈썹을 좁혔다.

신경 쓰지 않을 일이 아니었으나 배도빈은 굳이 죠엘에게 자신의 속내를 드러내지 않았다.

그럴 바에는 지금의 기분을 온전히 건반 위에 쏟아낼 작정이었다.

"차 준비되어 있죠?"

"네. 바로 출발 가능하십니다."

배도빈은 개의치 않고 WH호텔 베를린 지점으로 향했다.

준비된 스위트룸에 이른 배도빈은 곧장 찰스 왕세자를 만날 수 있었다.

"오오, 배도빈 공. 참으로 반갑소."

방으로 들어선 찰스 왕세자가 두 손을 벌리며 반가움을 표했고 배도빈도 그를 마중하고자 일어섰다.

'뭐야.'

영국의 왕자라기에 찰스 브라움 정도의 나이로 생각했던 배도빈은 찰스 아서 조지의 외견에 놀라고 말았다.

그는 마르고 주름이 많아 푸르트벵글러보다도 늙어 보였다.

'왕세자가 이 나이면 왕은 대체.'

의아해하던 배도빈은 어쨌거나 환영의 의미로 손을 내밀었으나 찰스 왕세자의 수행원들이 가로막아 그의 심기를 거슬렀다.

"왕세자님과의 신체적 접촉은 불가합니다."

배도빈은 몹시 불쾌하여 찰스 왕세자의 수행원을 노려보았다.

'이 개떡 같은 놈이 뭐라는 거야.'

배도빈이 입을 열기 전 찰스 왕세자가 수행원을 탓했다.

"무례하게 굴지 말게, 닐."

왕세자의 말에 수행원들이 뒤로 물러섰고, 찰스는 배도빈의 손을 맞잡고 위아래로 가볍게 흔들었다.

"의도치 않게 결례했소. 왕실 예법 때문에 그런 것이니 공께서 이해해 주면 바랄 게 없겠소."

첫 만남부터 불편함이 있었지만 배도빈은 찰스 아서 조지란 남자에 대해 상당히 좋은 인상을 받았다.

여든 먹은 노인임에도 말과 행동에 품위가 있었고 자신의 신분을 내세워 거들먹거리지 않는 모습이 썩 마음에 들었다.

귀족이란 부류에 치를 떠는 배도빈으로서도 오늘의 만남을 즐길 수 있을 것 같았다.

"그러죠."

두 사람은 저녁을 함께하며 대화를 나누기 시작했다.

"실은 베를린 환상곡을 하루라도 듣지 않으면 잠을 이룰 수 없소. 특히 2악장의 발전부는 심금을 울리지."

'제법.'

짧은 대화였으나 찰스 왕세자가 음악에 조예가 있음을 알기엔 충분했다.

"주제를 깊이 있게 만드는 데 그만큼 효과적인 방법도 드물죠."

"그래서 그런가 싶소. 단 2도 활용은 베트호펜도 항상 활용했던 방법이니."

배도빈이 눈썹을 들어 올렸다.

"알아보시네요."

"팬이면 당연한 일 아니겠소."

찰스 왕세자가 점잖게 웃었다.

식사를 물리고 차를 마시던 중 배도빈은 엄지와 검지로 찻잔 손잡이의 위를 잡고 중지를 걸쳐 놓은 찰스 왕세자의 자세에서 기품을 엿볼 수 있었다.

'찰스도 저랬지.'

배도빈은 그의 소중한 악장을 떠올리며, 이러니저러니 해도 그가 왕실 사람이라는 걸 새삼 깨달았다.

그가 입을 열었다.

"그럼 저도 하나 궁금한 걸 여쭤보고 싶은데요."

"얼마든지 하시오."

찰스 왕세자가 미소 지었다.

"가우왕과 예나왕이 결혼한 사실은 알고 계시죠?"

"알고 있소."

"집안 반대가 많다고 들었어요. 식민지 출신의 음악가 따위와 결혼시킬 수 없다고."

질문하는 배도빈의 얼굴에서 웃음이 사라져 있었다.

그는 찰스 왕세자를 그리 나쁜 사람이 아니라고 느끼면서도 그와 영국 왕실이 가진 거만함을 경계했다.

찰스 왕세자가 안타깝게 입을 열었다.

"우리 나이 때 이들이 젊었을 적에는 그런 생각이 상식처럼 받아들여졌소."

배도빈이 눈썹을 좁혔다.

"브라움 가에 대해선 잘 알고 있지만 그들 역시 과거에 사로잡혀 세상을 바로 보지 못하는 것이오."

찰스 왕세자가 허허하고 점잖게 웃었다.

"그러나 그러한 발언은 무척 조심해야 하오. 왕가 인물이라면 모든 자리에서 정치적 발언은 금하고 있지. 과거 식민지였던 나라에 관한 말이라면 더더욱."

그는 실제로 중국이 식민지가 아니었다는 말을 덧붙이며 고개를 저었다.

"이번 베를린 대전도 몇몇 사람과 함께했으나 음악을 장식품으로 여기는 사람이 있다는 것도 알고 있소. 가우왕에 대한 일은 애석할 뿐이오."

듣고 싶었던 말을 모두 확인한 배도빈은 차를 마신 뒤 입을 열었다.

"오늘은 어디서 관람하셨죠?"

"좌측에서 봤네만 가까워서 참으로 좋았지."

"내일부턴 특별석을 마련해 드리죠."

찰스 왕세자가 고개를 저었다.

"수행원들도 다른 사람들과 같은 특별석을 추천했네만 나는 무대와 가까운 자리가 좋소."

배도빈이 그를 바라보다가 고개를 끄덕였다.

두 사람은 그렇게 차를 비우고 두 시간 남짓 짧은 만남을 끝냈다.

"고생하셨어요."

죠엘 웨인이 다가왔다.

"아뇨. 생각보다 나쁘지 않네요. 정말 팬미팅일 뿐이라는 게 의아하지만."

"그러게요."

죠엘 웨인도 찰스 왕세자쯤 되는 사람이 베를린까지 와서 그저 수다나 떨기를 바랐다는 데 의아해하면서도 조금은 그의 마음을 알 수 있었다.

"정말 팬이시더라고요. 보스가 좋아하는 방식이라든가 풍조까지 언급하고."

"네. 지식이 있는 사람이었어요."

그의 수행원들은 배도빈의 심기를 여러 번 건드렸으나 60년 가까이 차이 나는 연령과 출신에 대해서도 조금도 불편하게 하지 않았다.

"같은 왕실이라도 개개인의 차이가 있다는 건가."

배도빈의 감상에 죠엘 웨인이 작게 웃었다.

대화 도중 배도빈이 가우왕의 일을 언급할 땐 그녀도 가슴이 조마조마했는데, 그가 받았을 상처를 신경 쓰는 모습이 좋아 보인 탓이었다.

"오늘 일 가우왕 씨가 알았다면 좋아했을 거 같아요."

"가우왕?"

"네. 보스가 이렇게나 신경."

죠엘 웨인이 말을 마치기도 전에 배도빈이 자리에서 벌떡 일어났다.

"빨리 가죠."

죠엘 웨인은 갑자기 서두르는 배도빈을 이해할 수 없었다.

그러나 오전의 치욕이 다시금 떠오른 배도빈은 피아노 앞에 한시라도 빨리 앉아야만 했다.

♪

배도빈 국제 피아노 콩쿠르 2조 경합이 일으킨 파란이 무르익을 무렵.

팬들과 언론이 배도빈이 조 2위로 진출했단 사실에 집중하는 반면, 음악가들은 다른 이유로 심각해져 있었다.

샛별 엔터테인먼트 소속으로 프로 피아니스트로서 자리를 잡아나가기 시작한 김소망사랑에게는 특히나 충격이었다.

'어떻게?'

그녀는 배도빈과 가우왕의 연주를 반복해 들을수록 알 수 없는 회의감에 빠져들었다.

완벽.

너무나 완벽했다.

가우왕과 배도빈 중 누가 더 멋진 연주를 했는가는 540만 9,117명의 선택이었을 뿐.

600만 명이었으면 어땠을까.

혹은 1,000만 명이었으면?

김소망사랑은 그 가정에서도 가우왕이 앞설 거라고 확신할 수 없었다.

그만큼 두 피아니스트의 연주는 우열을 가릴 수 없을 정도로 완벽했다.

가우왕의 탁월한 기교와 진정성.

배도빈의 폭력과도 같은 표현력.

이만한 수준의 피아니스트를 두고 우열을 가린다는 것 자체가 말이 안 되는 일이었다.

'평소에 대체 뭘 하고 지내는 거야.'

특히나 피아니스트로서의 활동이 거의 없다시피 했던 배도빈이 이만한 기량을 유지하고 있다는 사실은 도저히 받아들일 수 없었다.

그녀만의 생각은 아니었다.

배도빈과 가우왕의 재대결에 집중했던 다른 피아니스트와 음악가도 오늘의 연주를 곱씹을수록 좌절을 거듭해야 했다.

"완벽해."

위대한 피아니스트 밀스 베레조프스키의 아들 다닐이 배도빈의 연주를 듣고는 중얼거렸다.

그의 매니저가 격려하기 위해 애써 웃었다.

"대단하긴 하지. 하지만 네가 밀스 베레조프스키의 재능을 물려받은 뛰어난 피아니스트라는 건 변치 않는 사실이야."

"……."

"최선을 다하면 돼. 너도 충분히 결승에 오를 수 있다고."

매니저의 응원에 다닐은 말 없이 코를 매만지다 입을 열었다.

"……아니."

이미 가우왕과 배도빈은 피아니스트가 이를 수 있는 가장 높고 먼 곳에 있어, 그가 비집고 들어갈 만한 틈이 없었다.

지금껏 그가 겪었던 콩쿠르와는 달랐다.

'아버지만큼. 아니. 어쩌면 그보다.'

다닐 베레조프스키는 이미 완벽한 그들을 상대로 대체 무엇을 해야 좋을지 알 수 없었다.

곡을 다루는 일도 건반을 다루는 일에서도 도저히 그들보다 나은 연주를 할 자신이, 아니, 따라갈 엄두조차 나질 않았다.

그를 평생 동안 가로막았던 아버지를 대할 때의 느낌 같았다.

"대체 이런 괴물을 어떻게 상대하라는 거냐고."

"다닐……."

"배도빈이 한 번 진 게 중요한 게 아냐. 듣고도 모르겠어? 가우왕이나 배도빈이나 완벽해. 너무 완벽하다고. 배도빈의 패배는 단지 몇 명의 변덕 때문에 발생한 일이야. 내일 막심과 최도 마찬가지겠지."

"……."

"이미 완성된 사람이 네 명이나 있어. 오늘 가우왕이나 배도빈의 연주에서 부족함을 찾아낼 수 있는 사람이 있을까? 전혀. 그럴 리가 없어. 두 사람은 완벽하다고."

"다닐."

"그런 사람이 내일 둘 더 나와. 이 대회는…… 내가 나올 곳이 아니었어."

다닐의 매니저는 그의 아티스트에게 어떤 말도 해줄 수 없었다.

너무나 완벽한 아버지를 두고 평생을 괴로워한 다닐이, 아버지 못지않은 네 명의 경쟁자를 둔 지금.

얼마나 절망하고 있을지.

얼마나 괴로워할지 좀처럼 짐작할 수 없기 때문이었다.

다닐 베레조프스키는 고개를 저으며 피아노 앞에 앉아 건반을 누르기 시작했고.

배도빈 콩쿠르에 참가하려 했던 다른 모든 피아니스트도 그와 같이 좀처럼 가만있을 수 없었다.

너무나도 완벽한 두 사람의 연주에 답답해하면서도 각자가 할 수 있는 일이 연습뿐이라는 걸 잘 알고 있었다.

찰스 왕세자와의 만남 후 자택으로 돌아온 배도빈은 늦은 밤까지 피아노 앞에 앉아 가우왕의 연주를 곱씹었다.

그리고 본인이 남긴 수많은 질문에 정답만을 제시한 데 거듭 감탄했다.

'훌륭해.'

단단하고 정확한 타건도, 민첩하면서도 박자를 능수능란하게 다루는 기교도 탁월했으나.

배도빈은 그의 진가가 집착에 있다고 결론 지었다.

'분명 그런 식으로 접근했을 테지.'

오직 완벽한 연주를 위해.

악보와 작곡가에게 끝없이 질문을 던지고 끝끝내 악보에 담긴 진의를 이끌어 내는 고집.

인간관계에 있어서 그보다 귀찮을 수 없는 성격이 음악에 있어서만큼은 그를 누구보다도 높은 곳에 이르게 한 것이었다.

'최고라 불리기에 손색없다.'

배도빈은 그 외에 가우왕을 설명할 길이 없다고 여겼다.

사카모토와 글렌 골드, 미카엘 블레하츠, 크리스틴 지메르만 등 손에 꼽을 피아니스트를 수도 없이 접했으나 지금의 가우왕을 넘어서는 이는 없었다.

간절함.

그의 화려한 연주 뒤에는 알 수 없는 절박함이 느껴졌다.

그러지 않았다면 음 하나하나를 이렇게까지 소중히 다룰 수 있을 리 없었다.

푸르트벵글러와 지메르만의 해설대로 그는 하머클라비어의 모든 노트에 의미를 부여했었다.

옥타브를 지시했을 때조차 어떤 손가락을 어떻게 활용해야 할지 치밀하게 안배해 두었다.

그것을.

가우왕은 모두 소화했다.

배도빈은 오늘 가우왕의 연주를 반복해 듣는 것을 멈추고 눈을 감았다.

오후부터 스무 번 넘게 반복해 들은 뒤에야 비로소 가우왕이 자신을 넘어서 있음을 인정할 수 있었다.

그런 뒤, 그는 미세하게 굳었던 손을 계속해서 풀어냈다.

느리고 반복적인 아르페지오로 시작해 조금씩 박자를 빠르게 가져갔고 변화를 주었으며 보다 복잡한 형태를 그려냈다.

아무리 반복해도 족할 수 없었다.

시력을 상실하면서 얻었던 예민한 청각과 기적이라고밖에 설명할 길이 없는 음감이 어울리며, 스스로의 연주에 만족할 수 없었다.

그럴 수밖에 없었다.

사실 그에게 피아노는 새 악기였다.

그가 다루던 옛 피아노와 현대의 피아노는 너무나 달랐다.

현대 피아노의 초기 형태, 하머클라비어조차 그가 청력을 완전히 잃은 뒤에 나온 물건.

최고의 피아니스트였던 베토벤이라 해도 익숙해지기까지 시간이 필요했다.

특유의 야성미와 폭력적인 전달력만으로도 최고 중 하나로 꼽히기 충분했으나.

그 역시 자신의 연주에 불만을 가지고 있던 것만은 사실이었다.

'부족해.'

일찍이 파악했던 일이었다.

청력이 예민해지면서 배도빈은 자신이 크리스틴 지메르만, 가우왕, 최지훈이 가지고 있는 단단하고 명확한 타건을 갖추지 못했음을 인정하고 있었다.

오래된 사람이기 때문.

옛사람이기 때문.

오래 전부터 부족함을 인지하고 있으면서도 그보다 작곡과 지휘에 집중했기에 남았던 과제.

'안일했어.'

그것만이 피아노 연주의 완성도를 결정하는 요소는 아니었다.

현대 피아노를 다루는 일에 익숙하지 않다고 해도 어렸을 적부터 감과 연습량으로 조금씩 잡아나가고 있던 것도 사실이었다.

그럼에도 부족한 이유는 완벽하지 않기 때문.

피아노만을 바라보며 살았던 명장들에 비해 건반을 효율적으로 다루는 일에 미숙한 것 또한 사실이었다.

'내가 갖추지 못한 유일한 일이다.'

풍부하고 깊이 있는 음악성.

완벽한 박자 감각과 음감.

악상을 전개하는 능력 모든 것을 가졌고 그것만으로도 정상급 피아니스트로 활동하기 전혀 무리 없으나.

건반을 완벽히 다루는 기교.

현대 피아노의 가능성을 연 베토벤 본인이 청력 상실과 200여 년이란 공백 때문에 건반을 온전히 다룰 기회가 없었던 것이다.

'알고 있었어.'

어렸을 적 피아니스트로 활동했을 때는 그보다 팔 길이, 손가락 길이의 부족으로 생기는 어려움을 보강하는 데 힘써야 했다.

그 때문에 당시에는 몸을 보다 적극적으로 쓰게 되었고 연주는 화음을 늘어서 연주하는 방식으로 대체했다.

타건에 집중할 수 있을 리 만무.

그러나 시간이 흐르며 온전한 신체를 얻은 후, 최고의 피아니스트를 상대하게 되면서 더는 미룰 필요가 없었다.

그것은 조금도 갑작스럽지 않았고.

스스로 인지하고 있는 단점이었기에 배도빈은 그저 기쁠 뿐이었다.

'더 나아갈 수 있어.'

연습곡을 연주하며 배도빈은 자신이 보다 나은 연주를 할 수 있을 거란 확신에 차 미소 지었다.

두려운 것은 멈춰 섰을 때.

무엇을 해야 좋을지 모를 때다.

그러나 지금은 바쁜 일정 때문에 미뤄두었던 일을 마음껏 다를 뿐, 해야 할 일이 산더미처럼 쌓여 있었다.

이보다 더 기쁠 수 있을까.

이미 정점에 이른 음악가는 마치 피아노를 처음 배우기 시작했을 무렵과 같은 천진함으로 손가락을 움직였다.

이미 그는 시간에서 벗어나 있었다.

애초에 시간이란 것이 존재하긴 할까.

냉철한 머리와 풍부한 가슴.

민첩한 손가락과 묵직한 건반, 망치, 현 그리고 소리.

오직 그것들만이 모든 사고를 지배하여 조금씩 조금씩 정제되었다.

C. C. C. C.

청력을 잃기 전 영혼에 각인했던 음들을 다시금 새겨넣었다.

같은 음이라도 손가락의 각도를 바꾸고 손목을 들어보며 페달을 눌렀다 떼며 그 작은 차이를 답습해 나갔다.

마치 피아노를 처음 배우는 사람처럼 기초부터.

오직 피아노를 다루는 데 더 익숙해지기 위한 행위였다.

다시 태어난 순간부터 알게 모르게 쌓였던 경험들이 그의 기적과도 같은 음감과 청력에 어울려 하나의 목적지로 그를 인도했다.

C. C. C. C.

창밖으로 빛이 들기 시작했다.

그를 깨우기 위해 찾아온 집사가 조용히 자리를 뜨고.

학교를 다녀온 배도진이 문밖에서 배토벤과 함께 배도빈의 피아노를 듣다가 밥을 먹으러 가고.

3조 경연을 마친 최지훈이 찾아왔을 때조차 배도빈은 멈추지 않았다.

건반과 음악에 취해.

조금씩 정제되는 자신의 연주에 도취한 채 잡힐 듯 잡히지 않는 무엇인가를 탐하고 또 탐했다.

그러다 어느 순간.

바랐던 음과 실제 소리가 완벽히 들어맞았을 때.

그가 손을 멈추었다.

땀에 젖은 얼굴이 미소 짓고 있었다.

마침내 배도빈이 스스로의 연주에 만족한 순간이었다.

짝짝짝짝-

박수 소리에 놀라 배도빈이 고개를 돌렸다.

최지훈이 서 있었다.

"왔으면 얘기를 하지 왜 그러고 서 있어?"

"그러게?"

문을 열고 들어온 줄도 모르고 계속해 집중하고 있던 배도빈이 도리어 왜 기척을 내지 않았냐고 묻자 최지훈이 어깨를 으쓱였다.

배도빈이 벽시계를 확인하고는 목 주변 근육을 풀었다.

"나이를 먹긴 했나 봐. 좀 찌뿌둥한데."

"그럴 만하지. 계속 연습하고 있었던 거야?"

"어. 두 시간쯤?"

"두 시간?"

배도빈이 기지개를 켜며 늘어지게 하품했다. 그러고도 피로가 풀리지 않아 스트레칭을 하며 일어섰다.

"너도 빨리 돌아가서 자. 내일 제 실력 보이려면 컨디션 관리해야지."

"어?"

"어는 무슨."

"나 끝났는데?"

"……무슨 소리야?"

배도빈이 눈썹을 좁히자 최지훈이 핸드폰을 꺼내 배도빈 콩쿠르를 검색했다.

펼친 핸드폰을 보여주자 배도빈이 눈을 비비고 화면을 다시금 살폈다.

[배도빈 콩쿠르! 파란이 이어지다!]

[최지훈, 조 1위로 2라운드 진출!]

[혁명가 막심 에바로트 충격의 패배! 조 2위로 진출!]

[막심 에바로트, "팬들의 결정에 따를 뿐. 최지훈의 연주는 완벽했다."]

[치열했던 3조 경합!]

[최지훈 37.1%, 막심 에바로트 37.0%, 최성신, 22.8%]

잔뜩 인상을 쓴 배도빈이 날짜를 확인하더니 잠시 고개를 돌렸다가 최지훈에게 따지듯 말했다.

"나 몰래카메라 안 좋아하는데."

베를린 필하모닉이 신고식이랍시고 했던 잔악무도한 짓을 떠올릴 수밖에 없었다.

"무슨 소릴 하는 거야. 빨리 씻고 뭐라도 먹고 자. 두 시간이라고 하더니 뭔 소린가 했네. 하루를 꼬박 그러고 있었던 거야?"

최지훈이 배도빈을 샤워실에 밀어 넣었다.

배도빈은 그제야 피로를 느끼며 뜨거운 물로 샤워를 하기 시작했다.

최지훈은 형제가 허기를 달랠 수 있도록 간단한 음식을 주문한 뒤 침대에 걸터앉았다.

'역시.'

그는 두 손을 깍지 낀 채 방금까지 배도빈의 연주를 떠올리며 고개를 저었다.

이미 완벽하다고 생각했던 배도빈이 또다시 한 걸음 나아갔음을 가장 먼저 알게 된 최지훈은 거듭 감탄하며 미소 지었다.

'가우왕 씨 연주에 자극받은 거야.'

흠이라고도 하지 못할 일이었다.

배도빈의 타건이 다소 거칠긴 했어도 도리어 그 격렬함과 힘 덕분에 연주가 풍성할 수 있었다.

그러나 끝끝내 완벽히 정제된 음을 내는 데 성공했으니, 지금껏 그를 지켜보았던 최지훈으로서는 황당할 뿐이었다.

그뿐만 아니라 누구도 배도빈이 부족하다고 생각하지 않았고.

그의 완벽한 연주에 감탄하고 좌절하기 바빴을 터.

최지훈조차 어제 배도빈의 연주를 듣고 그가 여전히 완벽하다고 평했었다.

취향의 차이일 뿐.

결과의 차이가 있었을 뿐.

가우왕과 비교하더라도 배도빈은 분명 동등한 수준이라 할 수 있었다.

그만큼 완벽했던 배도빈이 자신에게 없던 것을 하나 더 취했다는 사실과 그 만족할 줄 모르는 과도한 욕심을 목도한 최지훈은 온몸으로 전율했다.

기쁨이었다.

'나도 더 나아갈 수 있어.'

이미 정상에 오른 최지훈은 다시 한 걸음 내디딘 형제를 본으로 삼아 자신 역시 나아갈 수 있다고 생각했다.

♪

"그럼 열심히 해."

예나가 입을 맞추고 침실로 향했다.

피아노 앞에 앉아 오늘의 연주를 되짚어 보다가 결국엔 인정할 수밖에 없었다.

순딩이가 결국 일을 내버렸다.

막심의 컨디션은 그 어느 때보다 좋았고 한층 더 무르익은 연주력을 선보였다.

그럼에도 500만 명이 넘는 사람이 순딩이를 선택했다.

이 나를 위협하는 데 그치지 않고 결국 막심 그놈을 제쳐 자신을 증명한 것이다.

무시해선 안 된다고.

더 이상 마음 놓고 있으면 안 된다고 경고한 것이다.

"하."

기가 찰 노릇.

재작년부터 심상치 않다고는 생각했지만 이렇게 빨리 쫓아올 거라고는 생각지 못한 게 사실이다.

배도빈이 여전한 것이 다행이라면 순딩이 녀석의 발전은 놀랍다.

처음부터 이 자리에 있었던 녀석과 달리 순딩이는 가장 아래에서 시작했으니.

항상 붙어 다녀 어쩔 수 없이 눈에 들어온 녀석이었지만 어느 순간 훌쩍 커버려 고개를 내리지 않아도 내 시야에 들어와 버린 놈.

헤실헤실 웃고 다니는 외관과 달리 그 가슴속에 어떤 괴물을 키우고 있을지 모를 놈이다.

그래.

오늘은 꽤 충격이다.

할망구나 나와 같은 타건을 가졌다는 건 알고 있었지만 그런 속주는 들어본 적 없다.

나도 배도빈도 속주라면 빠질 수 없건만, 아니, 단순 빠르기라면 나와 배도빈이 녀석보다 낫다.

그러나 오늘의 연주는 녀석이 무슨 짓을 하다가 손가락이 망가졌는지 이해할 수 있는 시간이었다.

노트 수를 따지면 비슷하나 배열은 전혀 아니다.

불가능한 연주다.

손가락이 꼬일 수밖에 없는 상황을 기형적인 움직임으로 가능케 한 것이었다.

'말이 돼?'

그럴 리가.

그러나 그 말이 안 되는 일을 실제로 해내고야 말았다.

피아노를 치는 사람이라면 놈이 무슨 짓을 했는지 알 터.

최지훈의 연주 영상을 반복해 보았다.

'……미친놈이야.'

보고 따라 해보려 해도 순간 망설여졌다.

숨을 짧게 내쉬고 녀석의 연주를 따라 손가락을 움직이니 어설프게나마 가능은 하다.

그러나 30초 가까운 즉흥 연주를 이렇게 지속할 수 있는지는 다른 문제.

순딩이 녀석은 이 짓을 아무렇지도 않게 평소 연주하던 대로 유지할 수 있다.

아무도 상상하지 않았고 엄두조차 내지 않았던 일을 해낸 것이다.

마치 내가 '세 개의 손을 위한 소나타'를 연주했을 때처럼 말이다.

"뭐 하는 놈이야?"

안 그러냐.

무슨 짓을 하는지 오늘 콩쿠르장에는 코빼기도 내비치지 않은 배도빈도 마찬가지였을 것이다.

무모하고 불가능한 도전.

그러다 손가락을 망가뜨려 놓고도 결국엔 완성한 기이한 연주법.

분명 이것만이 피아니스트의 기량을 결정 짓진 않지만.

남이 하는 걸 내가 못 하다니.

그런 일을 참을 수 있을 리 없다.

이 또한 배도빈도 같은 생각일 터.

최지훈의 연주를 반복해 연습하고 또 반복하다 보니 예나가 슬쩍 목을 감쌌다.

"먼저 잔다며."

"아침이야."

분명 한두 시간 정도 흘렀을 거라 생각하며 고개를 돌리니 예나가 커튼을 쳤다.

태양이 눈부시다.

[제1회 배도빈 콩쿠르 2라운드 진출자가 확정되었습니다]

안녕하십니까, 클래식 음악을 사랑하시는 모든 여러분. 배도빈 콩쿠르 운영위원회입니다.

2월 4일부터 개최된 배도빈 콩쿠르 1라운드가 성황리에 종료되었습니다.

누적 3억 명의 시청자께서 시청해 주고 계신 배도빈 콩쿠르는 2라운드에서 다음과 같은 양질의 서비스로 양질의 영상을 제공해 드릴 예정입니다.

• 2라운드부터는 연주된 곡에 대한 자세한 이야기를 더보기 탭을 이용해 열람하실 수 있습니다.

• 참가 피아니스트에 대한 정보를 얻고 싶으시다면 프로필 사진을 클릭 또는 탭 해주시기 바랍니다.

• 2라운드부터는 마에스트로 빌헬름 푸르트벵글러와 완전무결의 비르투오소 크리스틴 지메르만의 해설 전문이 웹상에 공개됩니다.

• 베를린 필하모닉 디지털 콘서트홀 구독하셨다면 무손실 음원을 무료로 감상하실 수 있습니다(앨범 발매 시까지 적용).

• 매일 실시간 투표 참가자 중 100분을 선정해 2026 베를린 필하모닉 발트뷔네 온라인 시청권을 제공해 드립니다.

2라운드 진출자와 조 배정은 다음과 같이 결정되었습니다.

다닐 베레조프스키

(러시아, CAA, 29세, A조)

가우왕

(독일, 베를린 필하모닉, 40세, A조)

막심 에바로트

(크로아티아, 엘 부쉬 엔터, 39세, A조)

소망사랑 킴

(한국, 라이징스타 엔터, 24세, A조)

도빈 배

(한국, 베를린 필하모닉, 20세, B조)

엘리자베타 툭타미셰바

(러시아, 빈 필하모닉, 28세, B조)

지훈 최

(한국, 베를린 필하모닉, 21세, B조)

나나리 수완포티프라

(태국, EMI, 30세, B조)

각 참가자는 이틀에 걸쳐 프리룰로 연주를 펼치며, 1라운드와 마찬가지로 각 조에서 상위 득표한 두 사람이 파이널 라운드에 진출할 자격을 획득하게 됩니다.

앞으로도 관객, 시청자 여러분을 위한 여러 장치를 마련할 예정이니 많은 관심과 사랑 부탁드립니다.

감사합니다.

배도빈 콩쿠르 2라운드 진출자가 확정되었다.

팬들은 니나 케베리히와 최성신과 같은 뛰어난 피아니스트가 진출하지 못했음에 아쉬워하기도.

동쪽에서 떠오른 태양으로 불리는 최지훈이 거장 중의 거장 막심 에바로트를 넘어섬에 경악하기도.

또 진노한 마왕 배도빈이 앞으로 어떤 연주를 펼칠지, 가우왕이 황좌를 지켜낼 수 있을지에 대한 기대로 들떠 있었다.

ㄴ차라리 전체 투표로 하지. 케베리히나 최가 못 올라간 건 정말 말이 안 됨.

ㄴ최 올라 갔는데?

ㄴ성신. 지훈 말고.

ㄴ그러니까. 내년 오케스트라 대전처럼 했으면 얼마나 좋아.

ㄴ급조된 이벤트라 어쩔 수 없는 듯. 그래도 배도빈, 가우왕, 막심, 최지훈은 들을 수 있으니 다행이지.

ㄴ난 소망사랑과 나나리라는 이름을 들어본 적 없어. 그녀가 뛰어난 피아니스트라는 건 인정하지만 케베리히나 성신의 자리를 채울 수 있을 것 같진 않음.

ㄴ너무 그러지 마. 지금 우승권 네 명 빼곤 다 기권하고 싶은 심정일걸?

ㄴ가우왕이랑 막심이라니. 둘이 이렇게 맞부딪힌 적이 대체 얼마만이야?

ㄴ20년 가까이 되었을 듯. 애초에 이런 데 나오는 것부터가 손해인 인간들이니 마지막일지도.

ㄴ엘리자베타는 또 떨어지게 생겼네. 배랑 최라니.

ㄴ그녀는 자신감을 잃지 않았어. 오늘 인터뷰에서 "모두 배, 최, 왕, 에바로트를 우승 후보로 보고 있지만 저 또한 우승할 자격이 있어요."라고 했어.

ㄴ대단한 자부심이네.

ㄴ그만큼 열심히 했다는 뜻이겠지. 개인적으로 난 그녀를 지지해.

"느어."

커뮤니티 사이트에서 팬들의 반응을 살피던 차채은이 책상 앞에 엎드렸다.

잡지사 리드로부터 배도빈 콩쿠르에 관한 특집 기사를 의뢰받은 그녀는 각 피아니스트에 관련한 자료 수집에 애를 먹고 있었다.

배도빈, 최지훈에 관한 것은 문제가 될 수 없었고 가우왕, 막심, 니나, 최성신과 같은 유명인사들에 대한 정보 역시 널리고 널렸으나 그 외에는 한계를 느낄 수밖에 없었다.

특히나 태국 출신의 나나리 수완포티프라에 대해서는 기사조차 몇 없었고 한국어는커녕 영어나 독일어로 된 기사도 찾기 어려웠다.

그렇게 답답한 마음으로 인터넷을 뒤지다 보니 자연스레 포럼이나 커뮤니티 사이트에서 팬들의 이야기에 집중하게 되었고.

그렇게 시간을 낭비하게 되었다.

엎드려 있던 차채은이 답답한 마음에 발을 굴렀다.

'인터뷰라도 따면 좋은데.'

지난 사건 이후로 상태가 많이 좋아졌으나 아직 외부 활동에 부담을 느끼는 것도 사실이었으며.

한이슬과 같이 붙임성 있게 인터뷰하고 다닐 깜냥도 없는 어린 칼럼니스트는 원고를 준비하느라 며칠째 감지도 않은 머리를 벅벅 긁었다.

'잘 아는 사람 없으려나.'

그렇게 고민이 깊어지고 답은 나오지 않을 때 누군가 문을 두드렸다.

"엄마?"

"나야."

최지훈의 목소리였다.

차채은이 눈을 동그랗게 뜨곤 서둘러 문을 잠갔다.

문을 열려던 최지훈은 손잡이가 돌아가지 않자 의아히 물었다.

"들어가면 안 돼?"

"안 돼!"

"왜?"

"왜긴 왜야! 내가 올 거면 연락하고 오랬지!"

"불편해."

"불편하긴 뭐가 불편해? 나야말로 불편해!"

차채은이 잔뜩 어질러진 방과 자신의 몰골을 보곤 씨잉 하고 혀를 찼다.

"지금까지 안 그랬잖아. 갑자기 왜 그래?"

"지금까지가 이상했던 거야! 아무튼 빨리 가!"

"심심해."

"심심하면 무작정 찾아오는 곳이냐!"

"그럼?"

"아아아아악! 진짜!"

차채은이 머리카락을 부여잡고 비명을 지르자 최지훈은 자신이 무엇을 잘못했는지 알 수 없어 당황했다.

"나 뭐 잘못했어?"

"어!"

차채은이 방 안에 널린 옷가지를 세탁 바구니에 쑤셔 넣으며 신경질적으로 답했다.

"말해줘."

"시끄러워!"

최지훈이 뭐라 하든 차채은은 다급히 방을 정리했고 우울해진 최지훈은 문을 여는 걸 포기했다.

샤워하고 대충 머리를 말린 차채은이 문을 열었다.

"……갔나?"

복도에는 아무도 없었다.

차채은이 잔뜩 인상을 쓰고 핸드폰을 찾으려는데 1층에서 웃음소리가 났다.

계단을 내려가자 곧 모친과 웃으며 대화를 나누고 있는 최지훈을 발견할 수 있었다.

"제가 뭘 잘못한 거 같아요."

"아니야. 좋으면서 그러는 거니까 신경 쓰지 마. 매일 방에만 틀
어박혀 있어서 얼마나 걱정인지 아니? 정리도 안 하고 씻지도 않고."

"엄마!"

잔뜩 약이 오른 차채은이 소리를 질렀고 모친 이은지는 그
런 딸의 반응에 더욱 크게 웃었다.

"빨리 와."

차채은이 최지훈을 붙잡아 이끌었다.

"이제 들어가도 돼?"

"너 진짜 죽을래? 알면서 이러지!"

"진짜 몰라."

"니가 자꾸 이상한 짓 하니까 그러잖아!"

"양말 치우는 거?"

차채은이 최지훈을 붙잡고 있던 손을 놓고 그의 정강이를
냅다 걷어찼다.

신경질을 내며 방으로 들어간 차채은은 최지훈이 무신경함
을 믿을 수 없었다.

'둔해도 어떻게 저렇게까지 둔할 수 있어?'

반면 최지훈은 차채은을 놀리는 게 즐거울 뿐이었다.

'아, 너무 재밌다.'

생전 누구에게 장난 한 번 하지 않았던 그였으나 차채은이

발작을 일으키면 그것이 너무나 즐거웠다.

"이제 양말 안 치울게."

차채은은 대답하지 않았다.

"연락하고 올게."

거듭된 말에도 차채은이 반응하지 않자 최지훈이 슬쩍 문을 열었고 잔뜩 화가 난 차채은은 애써 그를 무시하며 모니터에 시선을 집중했다.

최지훈이 다가와 그녀가 모니터를 같이 살피니 그제야 그를 밀어냈다.

"나가."

"수완포티프라 씨네? 기사 쓰고 있었어?"

"그러든 말든!"

"전에 같은 대회 나간 적 있었는데 깜짝 놀랐거든."

차채은이 눈을 크게 떴다.

"그때만 해도 아시아에서만 활동해서 잘 몰랐는데 대단하더라."

"아는 사이야?"

"알고 지내는 사이는 아니지만 연주풍이 독특해서 찾아본 적 있어."

"어디서 찾았어?"

"도빈이한테 말했더니 히무라 대표님이 파일을 보내주셨어. 필요해?"

"필요해!"

차채은이 다급히 대답했다.

최지훈이 개인 서버에 접속해 파일을 다운로드 받아 넘겼고, 그것을 확인한 차채은이 두 팔을 번쩍 들었다.

"대박!"

언제 짜증을 냈냐는 듯 달라진 태도에 최지훈이 웃고 말았다.

"이번 칼럼은 언제 나와?"

"결승까진 내려고."

"바쁘겠다."

"응. 엄청 바빠."

원고 파일을 연 차채은이 고개를 확 돌려 최지훈과 눈을 마주쳤다.

"툭타미셰바한테 지면 안 돼."

"응."

최지훈이 방실방실 웃으며 답했다.

"아무한테도 안 질 거야."

to be continued